Mouad quité lycée:
    75, 78, 88, 89.

le paradis
ancien 112

le 8 mai 75, 217

clangue 88. 102, 121

nègre 128 - 134
      136, 139
      142
      173, 176 175

Kamel 62, 71, 77, 83
              51
        54 torturé - 44, 46, 47   72

Lakhdar 55, 67   9, 10

Nedjma 61, 66 ? 71, 72

voyageur 64 → (Lakhdar) 75.

mustapha 18, 20, 59, 60 73   125

rachid - mystère 138 ? 66 85   paludisme
                                  80, 201 ?

attaque Mourad 36

Mourad   71

la mort de père de Rachid
        85, 145

le puritain 83

NEDJMA

Kateb Yacine

NEDJMA

ROMAN

Éditions du Seuil

TEXTE INTÉGRAL

ISBN 2-02-028947-4
(ISBN 2-02-004196-0, édition brochée
(ISBN 2-02-005768-9, 1re publication poche)

© Éditions du Seuil, 1956
et avril 1996, pour la préface

PRÉFACE
DE GILLES CARPENTIER

> *Quand Alexandre lui demanda pourquoi il l'appe-*
> *lait un bâtard, Diogène répliqua : « J'apprends que*
> *ta propre mère le dit. N'est-ce pas elle qui raconte que*
> *tu n'es pas issu de Philippe mais bien d'un dragon ou*
> *d'Ammon ou de je ne sais quel dieu, demi-dieu ou*
> *quelque bête sauvage ? »*

Dion Chrysostome

Quelques mois après la parution de *Nedjma*, alors que la guerre atteint son paroxysme en Algérie, Kateb Yacine écrit à Albert Camus qu'il appelle – est-ce de l'ironie, est-ce l'expression d'un véritable désarroi ? – son « cher compatriote » : « Exilés du même royaume nous voici comme deux frères ennemis, drapés dans l'orgueil de la possession renonçante, ayant superbement rejeté l'héri-tage pour ne pas avoir à le partager. Mais voici que ce bel héritage devient le lieu hanté où sont assassinées jusqu'aux ombres de la Famille ou de la Tribu, selon les deux tran-chants de notre verbe pourtant unique [1]. » De fait, à bien des égards, et peut-être plus encore avec le recul du temps, *Nedjma* apparaît comme la réponse de... l'Étrangère à *L'Étranger*.

De Bône à Constantine, de Constantine à Bône, un

---

1. 1957. Rappelons que Kateb Yacine était alors âgé de 28 ans. La lettre à Albert Camus figure dans *Kateb Yacine, éclats de mémoire*, IMEC Éditions, 1994.

détour par Sétif, une escapade au Nadhor où vivent reclus les derniers représentants de la tribu de Keblout… le paysage de *Nedjma* tient tout entier, à l'exception d'un étrange voyage dont nous reparlerons, dans une petite province d'Algérie orientale : c'est le monde. Commencements et recommencements du monde, les fondations de Bône et de Constantine superposées à celles des antiques Cirta et Hippone, « les deux cités qui dominaient l'ancienne Numidie aujourd'hui réduite en département français » : c'est l'histoire. Et si les Numides ont laissé leur patrie « vierge dans un désert ennemi, tandis que se succèdent les colonisateurs, les prétendants sans titre et sans amour », le moment n'est pas venu pour autant de baisser les bras devant la fatalité du désastre. Le moment n'est pas venu – et il ne viendra jamais – de se rallier à une lecture convenue ou héroïque (c'est tout un) de l'histoire.

Car le « moment » de *Nedjma*, c'est moins l'entre-deux guerre où se situe le récit, c'est moins encore la guerre d'Indépendance dont s'annoncent les premiers coups de tonnerre que le moment de toutes les guerres passées qui ne cessent de resurgir sous nos pas. Parce qu'il est le roman de cet archaïsme-là, de ces guerres « d'un autre âge » qui font pourtant l'actualité quotidienne de la planète, *Nedjma* est un roman résolument moderne. Sa construction tout à la fois fragmentaire et cyclique ne doit rien à un quelconque exercice d'école. Il s'agissait bien pour Kateb Yacine de donner à voir une Algérie que personne ne voulait voir, ni les ultras de la colonisation, ni les zélateurs du nationalisme arabe, ni même les « modérés », tel Albert Camus qui, après avoir déclaré « préférer le désordre à l'injustice » en venait maintenant à « choisir [sa] mère plutôt que la justice » : une Algérie multiple et contradictoire, agitée des soubresauts de sa longue et violente histoire, une Algérie jeune et âgée, musulmane et païenne, savante et sauvage. A l'image d'un monde réel que l'imagerie de la guerre froide a un temps occulté et qu'on s'étonne de retrouver aujourd'hui à feu et à sang, tel qu'en lui-même.

« Tu penses peut-être à l'Algérie toujours envahie, dit Si Mokhtar à son jeune disciple Rachid, à son inextricable passé, car nous ne sommes pas une nation, pas encore, sache-le : nous ne sommes que des tribus décimées. » Il n'est pas indifférent que cette phrase soit prononcée par le vieux descendant de l'ancêtre Keblout, sage paradoxal, poète et buveur, amoureux des belles étrangères… bref, une sorte de Diogène oriental préfigurant d'étonnante façon le Kateb Yacine que nous connaîtrons plus tard, éternel errant disant à chacun ses quatre vérités. Il n'est pas indifférent non plus que ces propos soient tenus lors de la seule échappée du récit hors de l'Est algérien, pendant le voyage de retour d'un pèlerinage à la Mecque qui a tourné court. Mokhtar et Rachid n'ont pas été plus loin que Djeddah, faute de moyens financiers… à moins que le vieux brigand n'ait lui-même prémédité cet échec.

Or il se trouve que Si Mokhtar est aussi l'un des deux pères putatifs de Nedjma et l'assassin patenté de l'autre ainsi que de la mère de la jeune femme. Si Nedjma (l'Étoile, en arabe) donne son titre au roman, elle n'en est pas le principal personnage : plutôt le lieu central rayonnant de ce que Kateb Yacine appellera plus tard « le Polygone étoilé », attirant les regards et les convoitises, un astre s'effondrant sur lui-même sous le poids des bâtardises, des crimes et des incestes, jusqu'à n'être plus que cette silhouette voilée de noir cheminant sous la conduite d'un Noir assassin, le dernier des Keblouti. « Ce n'est pas revenir en arrière que d'honorer notre tribu, dit encore Si Mokhtar à Rachid, le seul lien qui nous reste pour nous réunir et nous retrouver, même si nous espérons mieux que cela. » Objet de tous les désirs et de tous les projets, mariée de force à un homme qui est peut-être son frère, symbole d'une Algérie à naître dans la douleur, Nedjma est fille de la tribu par un père qu'elle ne connaît pas, et fille d'une étrangère, cette juive de Marseille qu'aimèrent tant Si Mokhtar et son défunt rival. Chacun des quatre jeunes gens qui la courtisent (Lakhdar, Mourad, Mustapha et Rachid), chacun endossant une bonne part de la biographie, des sentiments et des idéaux de son créateur, connaîtra un sort peu enviable : prison, dur labeur sur un chantier colonial, déchéance dans l'alcool et le haschich, exil… La patrie n'est pas tendre pour ses fils et « les ancêtres redoublent de férocité ».

De toute évidence, et contre la plupart des idées dominantes du temps, les lendemains de *Nedjma* ne sont pas des lendemains qui chantent. Voyant des gens en prière devant une mosquée, Lakhdar s'interroge : « Vous commencez par la fin ; à peine savez-vous marcher qu'on vous retrouve agenouillés ; ni enfance ni adolescence : tout de suite, c'est le mariage, c'est la caserne, c'est le sermon à la mosquée, c'est le garage de la mort lente. » L'Algérie réelle est une tragédie. L'Algérie rêvée de Kateb Yacine n'est pas non plus un paradis sans histoire. Leur rencontre sur le papier, leur face à face pourrait-on dire tant est nette la rupture de style entre la sécheresse extrême des passages narratifs et le lyrisme intense des pages de méditation ou de colère, comment se fait-il que cette rencontre-là donne lieu, non pas à un livre sombre, mais à l'un des romans les plus lumineux, parfois jusqu'à l'éblouissement, qu'il nous soit donné de lire ?

La réponse est en partie, bien sûr, dans le personnage de Nedjma dont le mystère et l'éclat atteignent au paroxysme lors de l'épisode de la montée au Nadhor. Née de l'adultère et du crime, elle triomphe dans toute sa beauté. Et il en va de même de la prose de Kateb Yacine, nourrie d'influences et de circonstances apparemment incompatibles ici unies dans un mariage contre-nature. On a trop souvent dit de *Nedjma* qu'il s'agissait d'une œuvre « profondément arabe » bien qu'elle fût écrite en un français des plus purs. Mais non. Cette pureté même de la langue est le fruit d'une bâtardise assumée, revendiquée avec morgue.

Parmi les auteurs que Kateb Yacine cite le plus souvent, qu'il dit avoir lus très jeune, Gérard de Nerval tient la première place. A travers Nedjma, proche cousine des « Filles du feu », il n'hésite pas à se réapproprier, pour l'exposer dans toute sa crudité, cet Orient des voyageurs que l'Occident a déjà profondément transformé. Il ignore sans doute alors qu'il se transformera lui aussi en infatigable pèlerin, en voyageur d'Orient et d'Occident, afin de ne jamais abdiquer une liberté durement conquise. Car c'est cela aussi, la lumière de *Nedjma* : en dépit de toutes les contraintes et oppressions, en dépit des ancêtres et des envahisseurs, la promesse d'une libération. La première phrase du livre est aussi l'une des dernières : « Lakhdar s'est échappé de sa cellule. »

Kateb Yacine est né en 1929 à Constantine. Poète, dramaturge et romancier, l'auteur de Nedjma *est considéré comme le fondateur de la littérature maghrébine moderne de langue française.*

Prix national des lettres en 1988, il est mort à Grenoble, en octobre 1989.

I

I

Lakhdar s'est échappé de sa cellule.

A l'aurore, sa silhouette apparaît sur le palier ; chacun relève la tête, sans grande émotion.

Mourad dévisage le fugitif.

– Rien d'extraordinaire. Tu seras repris.

– Ils savent ton nom.

– J'ai pas de carte d'identité.

– Ils viendront te choper ici.

– Fermez-la. Ne me découragez pas.

Plus question de dormir. Lakhdar aperçoit la bouteille vide.

– Vous avez bu ?

– Grâce au Barbu. Il sort d'ici.

– Et moi, j'ai pas le droit de me distraire ?

– Écoutez, propose Mourad. On va vendre mon couteau.

– On trouvera bien un gosse pour nous acheter du vin. Personne n'ira imaginer que c'est pour nous.

Ils entrent dans le plus piteux des cafés maures, Lakhdar en tête. Les clients leur font des signes d'intelligence. Beaucoup les invitent. Ils montrent le couteau à un tatoué. Il offre cinquante francs.

– Soixante-quinze, dit Mourad.

– Bon.

Le couteau valait bien cent cinquante francs. Moitié prix. C'est régulier. Les quatre étrangers prennent d'autres cafés, cette fois à leur compte. Leurs invitations sont chaleureusement rejetées. Ils soulèvent une certaine curiosité.

— C'est l'un de vous qui a frappé M. Ernest ?

— Moi, fait Lakhdar, avec la simplicité d'un vieux leader.

— Tu as bien fait, frère. Si tu veux, je t'allonge encore vingt francs pour le couteau.

— Laisse, dit Lakhdar. Ce qui va dans ta poche va dans la nôtre.

En sortant du café maure, ils heurtent un ivrogne. Rachid vocifère :

— Voilà notre ami Lakhdar, qui a réglé son compte à M. Ernest. Va chercher trois bouteilles.

Ils boivent jusqu'au matin dans la chambrée commune. A six heures, ils partent pour le chantier, sans Lakhdar.

Observant les premiers coups de pioche, M. Ernest semble revenu à de meilleurs sentiments ; le front bandé, son masque de fureur maussade a disparu ; il questionne d'un ton calme :

— Où est Lakhdar ?

— Je sais pas, grimace Mustapha.

— Il peut revenir. J'ai pas porté plainte.

Tandis qu'ils se démènent, les ouvriers poursuivent de loin en loin la conversation ; ils se demandent si le chef d'équipe ne prépare pas un mauvais coup.

— Pas la première fois qu'un chef d'équipe se fait rosser par un manœuvre...

— Possible que M. Ernest soit de ces chefs qu'il faut mener à la baguette.

Ameziane pense que Lakhdar n'a qu'à revenir.

— Si c'est un piège, nous sommes là.

— Gare aux incidents, souffle Mustapha.

A onze heures, arrive la fille, avec le panier. Dieu le généreux ! Elle est pleine de mouvements qui paralysent...

— Elle s'appelle Suzy, comme une artiste !

M. Ernest souffle sur sa fourchette.

Les ouvriers ne savent si c'est de manger seul qui l'énerve ainsi, chaque jour, à l'heure du repas. Il recommence à les épier. Cette fois Mourad semble tout particulièrement l'irriter. Il ne le quitte pas des yeux. Les hommes creusent, trottent, flânent de toutes leurs forces, comme si la tension générale s'efforçait de dresser une digue contre le silence menaçant du chef d'équipe. Suzy sourit. Et ce sourire à lui seul, par sa fraîcheur même, fait pressentir l'orage, bien qu'elle se préoccupe de ne fixer son regard sur aucun ouvrier.

Aujourd'hui le repas du chef tourne autrement qu'hier. Il mastique. Il grogne quelque chose du côté de Suzy. Le sourire se fige. Elle regarde à ses pieds. Le ciel se découvre. Dans les trouées de soleil, les corps se raniment, les membres craquent, des yeux neufs balayent le chantier. Cependant Ameziane garde une expression de mépris résigné, parlant entre ses dents en kabyle. Ses amis laissent entendre qu'il est capable de faire un malheur.

— Hé là...

Sans lever les yeux, Mourad laisse tomber les bras de la brouette.

— Accompagne ma fille à la maison. Y a du bois à scier.

Mourad s'éloigne à grands pas. Suzy ne paraît guère disposée à marcher avec lui ; elle le suit à bonne distance, ralentissant dès qu'il fait mine de se retourner.

II

A sept heures, M. Ricard se met au volant de son car de trente-trois places. Soixante miséreux y sont installés dans un nuage de fumée. Le receveur titube sur le marchepied. Sachant tous qui est M. Ricard, les voyageurs ne lui parlent pas. A vrai dire, ils ne manquent jamais de l'injurier gravement pendant le voyage, à voix basse. Mais ils ne lui adressent pas la parole. Après quelques instants de mutisme, M. Ricard demande une cigarette, mine de rien. Et comme il ne s'adresse jamais particulièrement à un Arabe, chacun reste coi. D'ailleurs il se trouve régulièrement dans le car un naïf ou un bourgeois qui tend son paquet. Ce qui plonge les voyageurs dans une profonde rancune. M. Ricard prend la cigarette. Il rit. Il se met à fumer voluptueusement, l'oreille tendue, dégustant les injures. Y a-t-il rien de plus exaspérant pour les voyageurs ? Les allumettes craquent de toutes parts. La mort dans l'âme, les miséreux grillent leurs derniers mégots.

Aux portes de Bône, M. Ricard se laisse doubler, salue de loin les agents de police. Ce n'est plus le même homme qui traversait le village en trombe, pas plus tard que ce matin.

La ville subjugue M. Ricard. Il n'ose regarder les vitrines. Une seule pensée désormais : s'asseoir dans le bar prestigieux où il ne connaît personne. La serveuse est gentille. Dix-huit ans. Elle jette une phrase à double tranchant : « A quand votre mariage, monsieur Ricard ? »

A deux bornes de la ville, il a failli capoter. « Cette salope croit que je suis pas capable de trouver une femme. Légende que font courir les Juifs et les Arabes. Ils savent bien que je me suis marié quand ils n'étaient pas nés, et par correspondance encore, chose qu'ils ne peuvent même pas imaginer... » Il relève sa casquette, cloué à la table dans un étroit malaise, avec l'impression de désirer des coups bien assénés. La nuit s'insinue. Voyant son maître écrasé par la hargne, la bonne se réfugie à l'étable. Il y a des années qu'elle a perdu le sommeil, comme les vaches qu'elle passe ses nuits à inquiéter, de sa fantomatique présence. Par le portail délabré, elle voit le maître se lever de table. M. Ricard va droit au Modern' Bar, où il n'a pas mis les pieds depuis le concours de manille ; à son entrée, la patronne se dissimule dans l'office. M. Ernest est seul dans la salle. En temps ordinaire, le chef d'équipe aurait mis son point d'honneur à ne pas inviter l'entrepreneur. Mais M. Ricard semble venu exprès pour voir M. Ernest.

— On prend un verre ?

III

M. Ricard quitte son lit vers cinq heures ; il enfile un vieux pantalon ajouré, et commence à bourdonner dans l'ombre de sa bonne, les souliers à la main, butant sur les murs et les meubles astiqués, lourd, instable, bruyant comme les mouches dont il interrompt le nocturne intermède, suivi par leur agitation incertaine et leurs rase-mottes de protestation contre ce réveil sans la chaleur solaire, sans l'allégresse du jour qui les aurait doucement tirées de la torpeur, si le vieil entrepreneur ne sautait rituellement de son lit au chant du coq, alors que son autocar a encore deux heures pour démarrer. Avant d'ouvrir tout à fait les yeux, il se tâte les poches, caresse le briquet, les clés de son infranchissable appartement ; chantonne devant l'évier, émerveillé par la durée du savon ; coiffe la casquette de cuir ; elle suffit à le distinguer de tous les citoyens qui se lèvent d'aussi bonne heure, mais ne sauraient imiter ce port de casquette à la racine des cheveux poivre et sel par quoi M. Ricard proclame sa fortune au village encore endormi, à part quelque contremaître comme M. Ernest, dont la silhouette s'allonge vers la carrière où les manœuvres l'attendent dans la pénombre en nettoyant leurs outils, tandis que l'autocar de l'entrepreneur brille déjà de mille feux… Plus que jamais, depuis que Suzy est nubile, l'entrepreneur et le chef d'équipe s'observent, se défient, sautant du lit à la même heure et jouant de la casquette, à la veille de l'inévitable alliance qui ne dépend plus que d'un geste : la demande en mariage que M. Ricard fera au dernier moment, selon son rang et sa réputation, et la casquette de qualité inférieure ne pourra que s'abaisser

13

une fois de plus, avec l'orgueil de M. Ernest et l'arrogance de la Suzy habituée aux soupirs des manœuvres et qui n'en sera pas moins acquise sans débat par le veuf équivoque, le vieux maniaque dont le chef d'équipe ne cesse de maudire l'incroyable réussite, tout en se préparant à lui sacrifier sa fille. M. Ricard ne songe d'ailleurs pas à spéculer sur son prestige de propriétaire en rupture de ban ; taciturne, cupide, mal accoutré, il n'aura jamais rien d'un homme d'affaires ; sa fortune est un coup de force, un acte d'énergie désespérée qui l'isole et le stérilise, lui dont la protestante famille ne pouvait même pas, en visitant l'église, prendre place parmi les Européens.

Les ustensiles de M. Ricard sont arrivés au village dans un tombereau, où les premiers colons l'ont vu somnoler comme un faucon en cage, tiré par un vague mulet paternel peut-être pillé, peut-être confisqué à son propriétaire et vendu à vil prix par quelque soldat de passage ; la mère était morte en couches, entre deux centres de colonisation, et l'époux malchanceux n'allait pas tarder à suivre, terrassé par la besogne ; encore imberbe, M. Ricard héritait d'une sorte de condamnation : le demi-siècle d'esclavage qui lui était réservé par le défunt père tombé à l'orée du bagne, devant le même avenir de peine angoissée que le rejeton n'avait plus à choisir, ne disposant pas d'argent liquide ; ni la terre en friche, ni le potager, ni les six chevaux, ni le carré de vigne ne pouvaient être évalués, pas plus que les bénéfices tirés de la première diligence que M. Ricard allait conduire chaque semaine à la ville, pour assurer le courrier, selon le projet paternel qui s'avéra aussi juste que malaisé ; ce fut effectivement la diligence qui assura le capital. Bien qu'il conduise trente ans après un superbe autocar, seul objet de luxe auquel il consente un régime pas trop rigoureux, – bien qu'il possède (en dehors du village où sa maison, le garage, l'atelier, l'étable, la laiterie et d'autres dépendances forment une sorte d'avant-poste des deux côtés de la route) une ferme prospère, mais retirée dont peu de gens connaissent l'emplacement exact, – bien que tout lui appartienne en propre et qu'aucun

14

associé n'ait surnagé avec lui, M. Ricard persiste dans l'étrange travaillisme primitif qui lui tient lieu de doctrine ; les costumes des exceptionnelles récoltes demeurent au garde-à-vous, délaissés, sauf à de rarissimes occasions comme le pèlerinage en France, en Suisse ou en Belgique – nul ne le sait ; la femme qu'il a reçue autrefois par les soins d'une agence matrimoniale (épouse qui ne sut pas gérer la laiterie de façon conforme au texte de l'annonce) s'est évanouie comme un rêve de grandeur, sans divorce ni corbillard, et l'on croirait même que M. Ricard a poussé la conscience de soi jusqu'à n'engendrer que l'unique garçon disparu entre les deux guerres, et dont il semble avoir perdu le souvenir. N'ayant jamais été de ceux qu'on interroge, travailleur de force et patron de combat, il se dispute implacablement son propre salaire, son propre repos, inapprochable et matinal, ainsi qu'un chef d'État, un forçat ou un prêtre.

Après avoir ingurgité un bol de café au lait, M. Ricard inspecte ses provisions, tandis que la bonne prépare sous ses yeux le casse-croûte qu'il arrose de vin invendu au sortir du pressoir, livraison du même métayer qui fut bûcheron avec le père de l'entrepreneur, au temps du tombereau d'infortune. Six heures sont encore loin de sonner quand il s'attable dans la cuisine, près du litre de rhum auquel personne d'autre que lui ne saurait goûter, pas même un jour de Noël ; ces jours-là, le maître de céans ne rentre pas de la ville ; il découche avec son autocar ; au bout d'un petit somme, il ferme son garage ; en fin de journée, on le voit rasé de près, avec une salopette et une chemise propres, accoudé dans un bar ; il joue aux cartes, histoire de s'exciter un peu, par triples doses d'anisette qu'il boit sans eau, et l'ivresse révèle l'heureux vieillard qu'il aurait pu être, s'il n'avait pas hérité d'une diligence et d'un père huguenot ; car la grosse voix de M. Ricard est faite pour la joie et le vacarme, de même que ses bras sont faits pour les tapes sur le dos, et son corps vigoureux pour les simulacres de bataille dont il sort lucide et victorieux, devant ses comparses hors de combat, incapables d'exiger la dernière tournée qu'il prévoyait d'offrir en cas d'outrage, de défi ou de rencontre avec un ivrogne d'élite, digne d'un tête-à-tête pour finir la nuit… Mais toutes les autres nuits finissent dans la cuisine, avec les mouches mal réveillées ; à six heures sonnantes, ayant ressuscité l'euphorie de la veille, M. Ricard range la bouteille de rhum ; il entend clopiner la servante ; il feint de s'éloigner puis se retourne.

♦ – Fais voir ta robe.

Il la serre à la gorge.

– Tu as volé du café ?

Elle se débat comme une poule, coincée contre le buffet. « Je vais le mordre. A supposer que je le morde… »

La bonne s'en va, portant le baquet de linge. Près du lavoir, elle aperçoit Mourad, Ameziane et d'autres ouvriers. Mourad l'a saluée. La discussion reprend. Elle écoute. Les ouvriers semblent avoir une certitude.

Elle écoute.

Ils ne parlent plus ; il se débarbouillent, l'un après l'autre, sombres et déjà fatigués, puis reprennent la route du chantier.

IV

Suzy en robe du dimanche. « Pas besoin de soutien-gorge, Dieu merci, j'ai même mal aux seins » ; elle passe en coup de vent au marché, pose le panier dans la cuisine et reprend la grand-route, coupe par un terrain vague ; un pâturage s'étend assez loin de là ; elle court au plus épais de l'herbe, se laisse choir parmi les narcisses ; le soleil chauffe dur ; elle ferme les yeux l'espace de quelques secondes, se redresse avec un frisson, et s'en retourne éperdument vers le village, comme si un monstre l'avait surprise et mordue à la cheville sans qu'elle puisse ni s'en détacher ni en ressentir la morsure. Sur la route, elle aperçoit des paysans à dos de mulet. Puis Mourad paraît au tournant.

– Bonjour, mademoiselle.

Suzy croit que les paysans la regardent, en piquant le col de leurs montures ; elle s'approche de Mourad ; quand les paysans passent, elle est si près de lui qu'il a un mouvement de recul.

– Vous allez loin ?

– Je me promène.

Ils pressent le pas.

Mourad marche tête baissée.

– Laisse-moi.

« Et voilà, pense Mourad, le charme est passé, je redeviens le manœuvre de son père, elle va reprendre sa course à travers le terrain vague comme si je la poursuivais, comme si je lui faisais violence rien qu'en me promenant au même endroit qu'elle, comme si nous ne devions jamais nous trouver dans le même monde, autrement que par la bagarre et le viol. Et voilà. Déjà elle me tutoie, et elle me dit de la laisser, comme si je l'avais prise à la taille, surprise et violentée, de même que les paysans sont censés l'avoir surprise et l'avoir violentée rien que par le fait de l'avoir vue, elle qui n'est pas de leur monde ni du mien, mais d'une planète à part, sans manœuvres, sans paysans, à moins qu'ils ne surgissent ce soir même dans ses cauchemars… Si je lui pressais les seins ? » Puis sa pensée n'est plus que de la frapper, de la voir par terre, de la relever peut-être, et l'abattre à nouveau – « jusqu'à ce qu'elle se réveille, somnambule tombée de haut, avec toutes ses superstitions, quitte à mourir sans avoir reconnu qu'il y a un monde, ni le sien, ni le mien, ni même le nôtre, mais simplement le monde qui n'en est pas à sa première femme, à son premier homme, et qui ne garde pas longtemps nos faibles traces, nos pâles souvenirs, un point c'est tout », pense Mourad. Mais Suzy se retient de rire, à présent, toute rouge, les nerfs à fleur de peau comme ne peut l'être qu'une jeune fille ; ça le désarme. « Elle va partir. » Ils ne se disent rien. « Elle regarde du côté des narcisses, là où elle était couchée tout à l'heure, humide, solitaire, entrouverte », et Mourad rougit, et le visage rougissant de Suzy se ferme à nouveau ; elle s'en va en courant.

– J'ai failli l'avoir, dit Mourad.

– Comment, comment, hein, aouah ?

Ameziane offre à boire. Il ouvre la marche vers le Modern'Bar. C'est la nuit. La patronne a plus de cinquante ans. Ameziane regrette son argent. Mais c'est la nuit. Trop fatigués pour se coucher. Le bar est à peine éclairé. Il semble désert. Les voix tombent, s'élèvent, se taisent comme dans un poulailler au crépuscule, et la patronne a plus de cinquante ans, sans parler de la fatigue et de l'ennui qui pèsent sur le village, après le travail, même dans les bars, même dans les maisons des familles nombreuses. Ameziane commande la tournée, avec un grognement de joie déçue, se disant que de dos les femmes n'ont jamais l'air d'être ce qu'elles sont : vieilles ou vieillissantes, coquettes ou pudibondes, à moins qu'elles ne se voilent la face... Hein ? Comment ?

– J'ai failli l'avoir, dit Mourad.

– C'est tout ?

– Je le comprends, grimace Ameziane. Qu'est-ce qu'on peut dire à une jeune fille debout sur une route, et encore : la fille du chef d'équipe ! Et d'une autre race par-dessus le marché... Vaut mieux rester entre amis... Je vais vous raconter comment je m'amusais du temps qu'on travaillait en ville, avant de me retrouver dans un autre département, alors que je ne savais pas tenir une pelle...

La patronne sourit, un vrai sourire de jeune fille :

– Si vous travaillez chez M. Ernest, je peux vous ouvrir un compte.

Mustapha remercie et serre la main de la patronne. Le bar n'a plus rien d'un poulailler ; il brille comme un aérodrome. Rachid met ses lunettes noires et commence à faire le gros dos, tout en bougonnant pour la forme : « Je savais bien qu'on trouverait toujours à boire. Quant à se faire ouvrir un compte chez le gargotier, on peut courir... » La patronne verse le vin clair ; ce n'est pas tout à fait la nuit : seulement le soleil assombri, le ciel en train de s'éteindre ainsi qu'un tas de cendres ravivées dans les prunelles rayonnantes de chaque consommateur, et les étincelles captives de la bouteille qui rend gorge, la tête en bas, pleine de lumière écumante et glacée.

– C'était à Oran, dit Ameziane. J'étais gosse et je faisais n'importe quoi. J'avais un ami de mon âge, sorti du Sahara pour gagner sa journée. On travaillait dans le même bain, Larbi et moi ; des fois, on remplaçait le masseur. Nous, on portait de l'eau chaude, et on avait un autre ami du Sahara qui transportait l'eau potable de la colline et la vendait. On était donc tous les trois de la même branche : on vendait de l'eau ; on se retrouvait le soir dans la grande salle. Une fois, celui qui vendait l'eau potable est venu avec cette petite boîte…

– Fais voir…

– Et qu'est-ce qu'il avait mis dedans ? Du tabac à priser ?

– Pas rien que ça… Maintenant je ne fais plus qu'y mettre le nez… une prise de temps à autre. Mais ce jour-là, on a trouvé autre chose dans la boîte…

– Mais qu'est-ce que c'était ?

– De la confiture.

– Et alors ?

– Y avait des dattes écrasées…

– Dans cette petite boîte ?

– Oui. On en a mangé tous les trois.

– Aïouah ?

– Malgré l'odeur…

– Hein ? Comment ?

– Une odeur de tabac. On pouvait même voir les brindilles dans la confiture. Valait mieux pas mâcher… « C'est de la poussière », disait l'autre Saharien, le porteur d'eau potable, et Larbi mangeait, et moi aussi. C'était bien de la poussière. Mais l'odeur…

– Et alors ?

– On s'est mis à rire. Larbi disait : « Drôle de confiture, drôle de confiture », mais moi je pouvais plus tenir, comme si j'avais mangé avec le nez. L'autre Saharien était pâle. Il disait que l'odeur du tabac venait de la salle, et pas de la boîte. Et c'était presque vrai. La salle sentait toujours la sueur et le tabac. Mais déjà on s'était mis à rire, en glissant sur nos sabots jusqu'à la chambre où les clients ronflaient à la sauvette, sous prétexte de se sécher la peau. Ils nous ont chassés parce qu'on rigolait trop fort. Et je venais de comprendre…

– Mais quoi? dit Mustapha, qu'est-ce que tu avais compris?

– … Tout de suite, j'avais deviné que c'était de la poussière de haschich. Mais je mangeais avec Larbi, et je répétais : « Drôle de confiture, drôle de confiture, hein ? » Si l'un de nous avait prononcé le mot « haschich », certainement, on n'aurait pas mangé. Mais en disant confiture, on l'a fait. D'abord, on a eu chaud. On croyait que c'était la vapeur ; et l'autre Saharien nous a tendu les chemises : « On va faire un tour ; ça nous passera ». Mais dehors ça tournait mal. On grelottait. On rigolait quand même, et on chantait en français : « *Le bon Dieu sont du sucre* », et je me demande pourquoi on chantait ça. Mais le porteur d'eau était le plus grand. Il nous a fait entrer dans un bar juif. On a vidé je sais pas combien d'anisettes. A la fin on était morts. Le juif est allé chercher un taxi, et il a payé pour qu'on nous ramène jusqu'au bain. On a chanté dans le taxi.

– Et alors?

– … La seconde ivresse ne valait pas la première.

V

La chambre qu'occupent Mourad et Rachid est moins endommagée par la pluie que celle où Mustapha est installé avec Lakhdar ; aussi dorment-ils tous ensemble ; ils étendent l'un des matelas de crin et se couvrent avec l'autre, disposé en largeur ; ils ont les jambes nues, mais la poitrine et les reins sont protégés. Le sol en ciment est frais ; le village est à six cents mètres d'altitude.

La chambre abandonnée ne sert à rien, mais l'Italienne a refusé de louer une seule pièce pour quatre hommes.

– On trouvera un moyen d'utiliser l'autre bicoque, a dit Mourad. On va commencer par y mettre le linge sale et la lampe à alcool.

Jusqu'au matin, le dortoir a laissé passer la pluie.

Ils grelottent.

Au réveil, ils toussent. Le café leur fait grand bien. C'est Lakhdar qui a eu le courage d'en emprunter une demi-livre toute moulue au gérant du café maure; ils boivent deux casseroles pleines de jus brûlant, en fumant la première cigarette. Il est six heures. Nettoyé par la nuit, le village est sinistre, banal comme un acteur démaquillé; l'aube est fraîche et grise; on n'entend que des pas lourds, des quintes de toux espacées, des saluts brefs se faisant écho, marqués par la bienveillance forcée que prennent les voix d'hommes au sortir du sommeil; la plupart des passants, rares à cette heure, n'ont pas eu le réflexe de se débarbouiller; ramassés dans leurs burnous, ils font résonner leurs cannes à l'unisson, avec un art nuancé de rage et de torpeur; ils entrent l'un après l'autre dans le seul débit ouvert, où ils reprennent rapidement leurs forces, aux premières gorgées; le café chasse la fatigue et le froid; le ciel est aussi menaçant qu'hier.

– C'est pourtant le printemps, crache un vieux balayeur plié en deux.

Les paysans hochent la tête, et le débit se vide aussi vite qu'il s'était rempli; balayeurs, paysans, manœuvres se succèdent sur la route toute droite, et la toux se fait moins rauque, le bruit des cannes plus discret, comme si chacun avait retrouvé son assurance, pris une résolution pour toute sa journée.

VI

Un gardien de nuit, le fusil dressé vers le ciel, observe le groupe attardé, de sa guérite.

Le Barbu se félicite de ne l'avoir pas salué.

– C'est un serpent qui écoute aux portes. Il a fait mettre au cachot combien de jeunes gens…

– Qui se paye ces gens-là ?

– Notre commune. Ce sont en général d'anciens cavaliers de l'Administrateur, des fonctionnaires en retraite, des soldats démobilisés.

– Nous n'avons d'ailleurs rien à nous reprocher, dit Mourad.

– Pourtant, si le gardien savait que vous êtes des journaliers, si je n'étais pas avec vous, il sifflerait.

– Nous aussi, on sait siffler, on peut lui donner la réplique…

– Il dirait que vous devez respecter la loi ; à tout prendre, vous feriez bien de le saluer, ainsi que les autorités civiles et militaires, surtout M. Ricard, qui a les lignes d'autocar. Il n'a que des ennemis, et tout le monde le salue. Il refuse de prendre les voyageurs si leur tête ne lui revient pas. Ce n'est pas l'argent qui manque : il vient d'acheter son cinquième véhicule, et maintenant il ne lui reste plus qu'à se remarier…

Lakhdar hâte le pas et le Barbu renonce pour ce soir à éclairer la lanterne de « ces braves jeunes gens, un peu nerveux, à la fois naïfs et blasés, comme tous les citadins » : c'est ainsi que les villageois se font décrire par le Barbu les quatre manœuvres récemment embauchés par M. Ernest.

VII

Le mariage de M. Ricard a été célébré dans la plus stricte intimité. Le peuple a eu beau grimper aux arbres, et faire toutes sortes d'acrobaties, il n'a pu assister aux ripailles.

M. Ricard était mortifié de devoir ouvrir sa maison à tant d'invités : tous les Européens du village, avec leurs

familles ; seules manquaient les personnalités de première importance, dont les délégués vinrent d'ailleurs en
grand nombre, sans invitation ni mandat. Fort heureusement, le curé de la région, habitant un autre village, n'eut
pas vent de la chose, et le pasteur non plus ne fut pas
alerté ; à l'encontre de ce qu'on espérait, il n'y eut pas
de conflit entre le calvinisme de l'entrepreneur et le
catholicisme de sa fiancée, faute de prêtres pour croiser
le fer.

Le scandale prit une autre forme. M. Ricard supporta
tout d'abord la beuverie de pied ferme ; mais la conjura-
tion devait l'emporter ; il se saoula de lui-même, lorsqu'il comprit que c'était là l'unique défi qu'il pouvait
relever avec une chance de victoire ; quelques-uns de ses
entraîneurs avaient déjà roulé à ses pieds ; ce triomphe le
grisa par surcroît. Sa joie dégénérait en agressivité ; il ne
faisait que rire, mais la présidente du comité de la Croix-
Rouge reçut plusieurs noyaux de dattes dans son cor-
sage, et son bébé terrorisé se mit à mordre le tire-bou-
chon. Alors M. Ricard fut porté dans son lit, encore
conscient mais incapable de surmonter l'impuissante
fureur qui l'avait envahi dès le début du banquet. Il
voyait bien que ses pires ennemis étaient là, qu'ils se
payaient sa tête et souillaient à plaisir son repaire de
vieux célibataire en train de rater son second mariage.
Mais il se laissait habiller d'une vieille chemise trop
courte. Et Suzy, réalisant que la nuit de noces n'aurait
pas lieu, vidait un reste de champagne, sans qu'ont pût
deviner si c'était la joie ou le dépit qu'elle noyait ainsi
sous les yeux de ses parents. On la coucha dans le lit
conjugal, où elle se mit à se débattre sous le crucifix
affolé, tandis que la présidente de la Croix-Rouge se
vengeait en montant la garde auprès du couple terrassé,
et brandissait le bébé hurlant, de manière à étouffer les
cris de rage de l'entrepreneur, si bien qu'on n'entendit
pas la fin du cantique entonné par M. Ernest dans une
flambée fanatique suscitée par sa femme, soit pour sau-
ver la face, soit pour provoquer quelque protestante
riposte de M. Ricard qui achèverait de le ridiculiser.

Mais la présidente de la Croix-Rouge restait au centre du scandale, et Suzy ne se débattait plus ; elle s'était finalement tournée vers son fiancé, qu'elle secouait et rudoyait à plaisir, sans rencontrer de résistance, car l'entrepreneur était apparemment dans le coma ; en réalité, il avait l'esprit ailleurs ; il n'avait pas entendu le cantique, mais ses yeux se fermaient sur un groupe d'invités qui fouillaient dans l'armoire.

Au commencement de l'orgie, la bonne était dans la cuisine inondée de soleil ; elle en sortit au crépuscule, pour s'opposer au pillage. Aussitôt empoignée, elle fut traînée dans la chambre nuptiale. La femme du receveur des Postes prit la bouteille de rhum à moitié vide et l'appliqua aux lèvres de la servante. « Quelle blague ! jubilait l'huissier. On lui fera rater son paradis avant sa mort. » La bonne s'était raidie. La femme du receveur lui cogna les gencives avec le goulot, et le tout coula en une fois. Huit hommes tenaient solidement la bonne, sans parler des enfants. Enfin la femme du receveur jeta la bouteille vide. La bonne tomba, puis se redressa, les yeux exorbités. Ce fut sa première et sa dernière imprécation : « Vous êtes des mécréants. »

M. Ricard sauta du lit.

– Va-t'en d'ici, tout de suite. Sors.

Elle vacillait au milieu de la chambre, prise de nausée, répétant dans un souffle, sans voir son patron, sans distinguer sa voix : « Vous êtes des mécréants. » Le receveur glissa dans un fauteuil ; si sa femme n'avait présidé à la farce, il se serait traîné aux genoux de la servante : pas pour la consoler, pour la faire taire. Il vit Suzy bondir à son tour du lit pour s'emparer de la cravache suspendue au mur.

M. Ricard prévint le geste de sa fiancée. Il prit la cravache. Le premier coup atteignit la bonne dans les yeux. Elle n'eut qu'un gémissement d'angoisse, comme si elle redoutait, en criant, de vomir sur le parquet sacro-saint. Le second l'atteignit encore dans les yeux. Elle restait debout, les mains tendues, sans desserrer les dents. Les coups pleuvaient. M. Ricard frappait avec une expres-

24

sion de niaiserie indignée ; il ne comprenait plus que la bonne offrît toujours son visage, et il commençait à ressentir l'absence de sa casquette ; il savait maintenant, dans son ivresse éteinte, qu'il ne pourrait s'arrêter de frapper ni achever la proie chancelante sans se retourner contre les convives serrés en cercle autour de lui. Alors Mourad entra d'un pas feutré. Il ne bouscula pas les invités. Un coup de genou plia le corps de l'entrepreneur, juste au moment où Suzy le tirait en arrière, et Mourad à son tour s'acharna, ne put retenir ses coups. Lorsqu'il reprit conscience, il était solidement attaché près des deux corps qui semblaient fâchés pour l'éternité ; la bonne se mit à geindre, et le brigadier trancha la corde au poignet de Mourad. Les invités étaient toujours là, serrés en un même cercle, comme s'il n'y avait pas eu de crime, comme si chacun avait été prévenu que Suzy ne garderait pas sa belle robe, que le mariage se terminerait en veillée funèbre ; et le gendarme qui enferma Mourad avait envie de l'embrasser : c'était le même gendarme que Suzy avait appelé pour arrêter Lakhdar au chantier, le même gendarme qui aimait Suzy et qu'elle aimait, le même qui enferma Mourad alors qu'il eût voulu le porter en triomphe, le même gendarme qui porta le cercueil de M. Ricard, car il était lui aussi protestant.

VIII

Lakhdar refuse de reprendre sa place au chantier. Il y a là matière à étonnement.

— Je n'irai pas, dit Lakhdar. M. Ernest perd sa malice. Je n'irai pas.

— Peut-être passera-t-il l'éponge. Sa fille se marie aujourd'hui.

— Oui, dit Rachid. Si tu viens demain, il sera sous l'effet du festin. Il n'osera plus te faire arrêter.

– Je vais voir un peu la fête, dit Mourad. Si je tombe sur M. Ernest, je lui parlerai pour Lakhdar.

Lakhdar persiste à secouer la tête d'un air résolu, tout en attaquant un beignet froid. Mourad est parti.

– Voilà le crépuscule, et nous n'avons pas mis le pied dehors.

Mustapha finit d'éplucher les pommes de terre.

– Si le Barbu n'apporte pas la marmite et l'huile, qu'est-ce qu'on mangera?

– Au lieu de s'intéresser à ce mariage, sous prétexte de me faire revenir au chantier, dit Lakhdar, faudrait que Mourad voie si M. Ernest peut nous avancer un peu d'argent. Je voudrais me tirer d'ici.

Rachid s'est endormi au coin du matelas.

– On allume une bougie? dit Mustapha. Voici notre homme…

Arrive le Barbu, flanqué de deux inconnus : Si Salah et Si Abdelkader, employés à la Commune mixte. Le Barbu est essoufflé. Il a oublié la marmite et diverses choses promises.

– Vous ne savez pas?…

Rachid sursaute sans rouvrir les yeux. Mustapha regarde Lakhdar allumer la bougie, tandis que le Barbu relate le crime, et la nuit remuée par la flamme semble avoir englouti la sinistre nouvelle. Et le Barbu conclut, approuvé par les soupirs des deux intrus :

– Cette fois, il n'en sortira pas… Vous-mêmes, vous devriez vous enfermer. A moins qu'on vous envoie chercher pour l'interrogatoire.

Rachid s'est levé. Il enjambe le matelas pour dévisager le Barbu. Lakhdar et Mustapha se lèvent aussi. Ils se regardent tous les six.

– Impossible. Quelle heure est-il? Mourad nous a quittés au coucher du soleil. Quelle heure peut-il être?

– Tout s'est passé en un clin d'œil. Les gendarmes sont encore là-bas.

– Allah!

– Hélas!… dit Si Abdelkader.

– Tout le village vous maudit, à cette heure…

– Que d'histoires ! D'abord la bagarre, l'arrestation, l'évasion de Lakhdar. Et Mourad maintenant… Le village était calme, trop calme avant votre arrivée ; et naturellement tout retombe sur les étrangers. Les gens sont excédés. Il y en a qui barricadent leur femme. Les Européens sont allés chez l'administrateur, conduits par leurs conseillers municipaux. Ils exigent votre expulsion, le respect de la souveraineté française. Quant à nos coreligionnaires, vous êtes perdus dans leur esprit. Tout en se félicitant à voix basse de vos mésaventures, ils vous condamnent avec la même énergie ; ils racontent que vous avez vendu un objet volé pour avoir du vin en échange ; et les ivrognes eux-mêmes ne peuvent dissimuler leur dégoût. En vérité, tout le monde vous maudit.

– Allah ! Allah ! renchérit Si Salah, mais le Barbu se reprend :

– Il ne convient pas de se morfondre. Passons une dernière soirée fraternelle… Moi aussi, je suis gonflé de pressentiments ; mes amis ici présents peuvent témoigner : tant qu'ils étaient inconnus l'un de l'autre, mes rivaux ne me causaient aucun souci. A présent, ils se sont découverts et ligués ensemble. S'ils s'étaient seulement ligués ! Leurs épouses, auxquelles ils ont généreusement pardonné, redoublent d'amour pour eux ! Ils me cernent, me suivent à tour de rôle, la nuit. Que l'un d'eux recouvre son honneur, et je suis perdu !

– Pauvre ami ! dit Mustapha, déjà distrait de sa propre tragédie…

– Mes amantes, en temps ordinaire, m'auraient sauvé. Aujourd'hui, elles arment leurs mufles contre moi. Et les cornards ignorent la pitié…

– Courage…

– C'est la vie, larmoient les employés, tandis que le Barbu fait des gestes désespérés.

– Ce n'est pas tout. On m'a vu vous rendre visite…

Ils se regardent tous les six, et la bougie s'affaisse lugubrement.

– Nous n'avons plus qu'à partir, dit Mustapha, et Lakhdar ajoute, furibond :

– Il y a longtemps que je voulais le faire, longtemps qu'on aurait dû se tirer d'ici. Mais c'est de ma faute. Fallait que je tombe sur ce chantier d'ordures.

Le Barbu fait d'ignobles grimaces.

– Sûr et certain qu'*ils* m'ont suivi ce soir encore. La femme du bar a dévoilé que je vous connaissais, et même que nous buvions ensemble chez elle, le soir de votre arrivée. Sûr et certain.

Si Abdelkader se cure les dents.

Si Salah et Si Abdelkader se regardent.

Si Mustapha parlait (mais il ne parle plus), peut-être tiendrait-il à Si Salah, à Si Abdelkader, aux deux intrus, des propos virulents et amers : « Allons, laissez faire, notre malheur n'est pas le vôtre, nous n'avons plus qu'à prendre le large, après avoir remporté de votre village encore un souvenir de bagarres superflues… Tant pis si vos maîtres nous expulsent : il n'y a jamais assez d'esclavage pour tout le monde, et ils finiront par s'expulser eux-mêmes. Tant pis si de mortelles échauffourées… »

Le Barbu tire une mandoline de son burnous, puis une bouteille. Si Salah sort un objet de sa poche. Ah ? Lakhdar vient de bondir.

– Donne ce couteau. Il est à moi. Inutile de déboucher la bouteille. La bougie va s'éteindre.

– Ah ! râle Si Salah.

Et Si Abdelkader :

– Ne vous énervez pas !

– Partez, dit le Barbu consterné.

Les intrus filent comme des rats.

Lakhdar claque la porte à leurs talons.

– Il a eu le courage de racheter le couteau vendu par Mourad…

– Et il l'exhibe sous notre nez, un jour comme aujourd'hui ! Voilà le genre de visiteurs que tu nous amènes…

Le Barbu s'attriste.

– Que voulez-vous, toujours les traîtres me poursuivent, c'est mon destin.

Mustapha, refoulant ses larmes :

– Rien de sacré, alors ? Le souvenir d'un ami que

nous ne reverrons pas de sitôt… Le couteau vendu pour
fêter le retour d'un autre ami…

Lakhdar :

– Et connaissant toute l'histoire, ce qui s'appelle un
homme rachète le couteau, sans penser à nous le rendre,
et il vient nous narguer avec.

Rachid gagné par la fureur :

– Et cela pour déboucher une bouteille, comme si
nous allions arroser l'arrestation de Mourad !   (36)

– J'ai apporté d'autres bouteilles, dit le Barbu, la main
au capuchon. Excusez-moi. Je ne pensais pas ajouter à
votre peine.

Les bouteilles sont couchées.

La mandoline aussi, près d'elles.

Le Barbu renonce à chanter.

Il comprend que c'est une soirée d'adieux.

– Si je n'avais des enfants, je vous suivrais… La mort
violente m'attend. Mieux vaut que mes rivaux me tuent.
Si je pars avec vous, ils s'attaqueront à ma femme…

Mais aucun des manœuvres n'a le cœur à rire.

Rachid raccompagne le Barbu chez lui.

Lakhdar attend qu'ils partent pour fermer la porte.

– Passe-moi le couteau, dit Rachid. On ne sait
jamais…

– On ne sait jamais, dit le Barbu.

IX

Vers la fin de la nuit, les trois manœuvres quittent la
chambrée, à bonne distance l'un de l'autre ; ils se regrou-
pent le long de la route, tournant le dos à la carrière ; ils
piétinent sur le sol jonché de branches nues ; le vent du
nord les pousse à travers la broussaille, et ils s'enfoncent
dans la brume ; l'absence d'itinéraire abolit la notion du
temps ; sans fatigue, au bout de la matinée, ils ont atteint
un douar d'un dizaine de huttes. Le village est maintenant

agglomération de tentes

invisible. Les trois manœuvres marchent vers le douar d'un commun accord. Les paysans les voient venir. Ils les invitent chez leur vétéran dès qu'ils constatent que les nouveaux venus sont des citadins; on les laisse seuls devant la galette, les dattes, le lait caillé, afin qu'ils n'aient pas honte de leur appétit. Le vétéran vient ensuite prendre le café avec eux; il les questionne sur les salaires, en ville et au village, sur la récolte de blé, de vigne et d'olives. Mais le vétéran n'a pas l'air satisfait de voir les trois jeunes gens songer à s'attarder dans la forêt; il parle de battues policières, d'élections et de représailles. Rachid le rassure. Enfin le vétéran conseille de porter des fagots aux vieilles femmes du douar, qui se chargeront de la vente au village et dans les environs, tant que le garde forestier ne fera pas irruption dans le secteur. Pour le reste…

— Il y a, pas loin d'ici, une maison abandonnée.

— Je ne sais comment nous pourrons subsister, gronde Mustapha. Les habitants du douar finiront-ils par nous chasser, comme ceux du village ?

De la maison abandonnée, il ne reste que des pans de murs, des soliveaux dépouillés. Toute la soirée, les étrangers transportent du chaume et de la paille.

— N'allumez pas de feu, a recommandé le vétéran.

Lakhdar grogne, la tête enfouie dans la paille.

Les étoiles grouillent.

Le froid est vif.

Mustapha chantonne, à la fois pour lutter contre le froid et faire venir le sommeil; les étoiles grouillent.

Au lever du soleil, ils dévalent les mauvais sentiers de la forêt.

Ils ne se parlent pas.

C'est le moment de se séparer.

Ils ne se regardent pas.

Si Mourad était là, ils pourraient prendre les points cardinaux; ils pourraient s'en tenir chacun à une direction précise.

Mais Mourad n'est pas là. Ils songent à Mourad.

— Le Barbu m'a donné de l'argent, tranche Lakhdar. Partageons-le.

– Je vais à Constantine, dit Rachid.

– Allons, dit Lakhdar. Je t'accompagne jusqu'à Bône. Et toi, Mustapha ?

– Je prends un autre chemin.

Les deux ombres se dissipent sur la route.

X

« Longtemps que je suis revenu du chantier, long-temps que je suis sans travail, trois ans que je n'ai rien devant moi » ; il ne cesse de reluquer les femmes qui passent, à cette heure-ci, parées et parfumées, sur la place de la Brèche ; il les compare à Marcelle, la fameuse tenancière qui dut avoir elle aussi son temps de fraîcheur, de grâce, de dédain… *Marcelle : les hommes les plus hideux du département l'ont couverte ; sa for-tune est faite. Elle est grosse et n'a jamais pu accoucher, grasse jusqu'au bout des oreilles ; Marcelle est poilue ; elle sent le carbure ; ses bras chargés de bracelets dessi-nent des ombres chinoises sur les murs ; elle a les talons hors de ses pantoufles, comme si ses pieds vaseux repoussaient le velours. On souhaite constamment qu'elle se casse la figure au sommet des escaliers, elle qui n'aime pas le bruit et ne fait pas de crédit. Mais ses visiteurs d'un certain âge qu'elle dirige chacun sur une créature, avec courtoisie et autorité, disent le lendemain à leurs connaissances que cette Marcelle est une Madone ; ils s'imaginent qu'ils ont dormi aux côtés de ravissantes amantes ; ils cessent parfois de s'en vanter, simulant même le mutisme jaloux de ceux qui renoncent à narrer leurs bonnes fortunes, ayant épuisé les plus rares voluptés ; ils retournent fidèlement chez la tenan-cière maternelle et perfectionnent leurs mensonges qui resteront d'ailleurs indicibles, car on ne confie pas ce genre de passion,* se dit Rachid, en reprenant la direction du fondouk, par le boulevard de l'Abîme. Il titube légè-

31

rement, marchant au milieu de l'avenue… En trombe…
Rachid se jette sur le parapet, soulève une pierre à
tâtons… Le choc du projectile. L'automobiliste descend.

— Où tu te crois, hé, vagabond ?

Rachid baisse la tête.

— Alors, la route est faite pour les chats et les mendiants ? Et si je t'avais écrasé ? Je peux encore le faire, si
ça te dit ! Eh bien ! Ta colère est passée ?

Rachid met la main au bas de son veston, palpant la
doublure ; l'homme est costaud, en pantalon de golf, le
crâne chauve.

— Un crevé comme toi…

L'automobiliste, d'un petit coup de l'index, relève le
menton de Rachid, rapproche encore sa tête luisante et
ronde ; Rachid recule ; le coup est parti ; Rachid court au
bout de l'avenue ; l'automobiliste, visage miré dans une
nappe de sang, s'éponge sans comprendre, et le policier,
terrible et lointain, souffle tristement dans son sifflet
d'argent, venant au pas de course le long des arbres
pleins d'un murmure complice qui berce, de sa mou-
vante hauteur, la fuite encore sans but de Rachid ; il ne
court plus ; il martèle la porte, un long silence ; une main
de femme ouvre la lucarne, tire la targette, et l'ombre
s'enfuit ; Rachid enjambe le portier endormi au fond du
couloir ; dans la cour, au clair de lune, il trouve la femme
accroupie sur ses jambes nues devant un brasero de terre
cuite, un soufflet à la main, en train de faire bouillir du
café ; c'est un Rachid intraitable, né de la place de la
Brèche et de la bagarre sur l'avenue, qui parle à présent,
le pied tout près de la cafetière, le genou à hauteur de la
frimousse ensommeillée ; Rachid n'a jamais passé
qu'une nuit ici, pas avec cette femme ; « heureusement
que le portier dort ».

— Tu n'aurais pas ton voile, par hasard ?

La femme sursaute.

— Tu te fous de moi. Qui veux-tu voir ?

Rachid est fébrile ; il prend la femme par sa manche.

— Je te dis de me passer ton voile. Je suis poursuivi.

— J'ai jamais vu un homme demander ça à une

32

femme. Si tu es poursuivi, c'est sûrement par le démon. Veux-tu me laisser…

— Tiens, dit Rachid.

Il l'a giflée ; il s'éloigne, secoue le portier abruti, puis revient vers la femme. Elle crie ; « un gamin, rien de plus, un fou » ; Rachid semble rivé au sol, sur ses jambes courtes, les yeux mi-clos ; et elle se calme en le regardant, haletante, avec un dernier cri en direction du portier qui l'entend tout de suite, elle, comme s'il ne pouvait plus reconnaître que des voix de femme à cause de son métier :

— … comme si une femme publique était obligée d'avoir un voile !… Va donc lui chercher un drap, si ça peut servir à son enterrement, et il a de la chance d'être fou, sans quoi…

Rachid s'emmitoufle dans l'étoffe sale ; il prend le soufflet à la femme, et s'accroupit devant le brasero ; elle rit aux éclats ; « après ça, j'espère qu'il m'achètera quelque chose, et il pourrait même me remplacer si je tombais malade, s'il tient tant que ça à jouer les ménagères, le fils de chien » ; elle tend l'oreille, parlant au portier, tandis que Rachid souffle sur le brasero, la tête entièrement camouflée sous le drap ; « encore un fou qui frappe, la fermeture c'est la fermeture, on a le droit au repos nous aussi, qu'est-ce qu'il demande, ce policier » ?

— Tenez, monsieur, le voilà, prenez-le dans son drap, comme un fils de chien, et attention, il a la rage.

Le policier a sommeil ; il conduit Rachid par le bras, d'un pas nonchalant.

— Tu parleras après ; maintenant c'est la relève.

Et il confie Rachid à un autre policier, debout devant le commissariat, aussi fatigué que son confrère, semble-t-il, bien qu'il sorte du lit, enroué, la face bouffie.

Avant de s'asseoir, Rachid distingue un prisonnier élégant, endormi au fond de la cellule. Il chante, en sourdine, pour ne pas réveiller l'autre, qui n'a pas l'air de l'avoir vu ni entendu. Rachid est assis sur le ciment ; « j'en ai au moins pour la journée » ; une araignée se glisse jusqu'à lui ; « on dirait qu'elle me fait les yeux

33

doux »; araignée grosse, grise, terriblement âgée, poussiéreuse et branlante; il réveille l'autre, qui se met à râler, fort de ses moustaches grisonnantes et de sa gabardine proprement pliée sous sa tête; le compagnon de Rachid parle couché, comme dans un rêve.

– Ah! ça va mal, encore un qui a peur des insectes! Pourquoi qu'elle m'a pas piqué, à moi, ton araignée? Je suis là depuis trois jours. Y a pas seulement des araignées, y a des cafards, y a des rats; même, je parie que dans ce trou-là il doit y avoir un serpent.

– Bon, dit Rachid, je pourrai pas dormir. Pourquoi tu es dans cette cage, toi?

– C'est peut-être pour m'amuser? Moi j'ai vécu. C'est moi P'tit Joe, si tu connais les hommes.

A midi, le policier demande P'tit Joe, et lui passe un gros paquet plein de pommes de terre frites, de raisin, de poivrons bourrés entre des tranches de galette chaude, une bouteille de lait, trois paquets de cigarettes de marques différentes.

– Un vrai cadeau de femme! Mange avec moi, petit.

– Pas plus petit que toi, dit Rachid.

Ils avalent prestement les pommes de terre, puis s'incendient de poivrons, et enfin se torturent à mordiller les grains de raisin, sans s'avouer qu'ils ont soif.

– On garde le lait comme réserve.

– Moi, je suis complet, dit Rachid.

– Encore, ça n'est rien, toutes mes femmes ne sont pas averties. Autrement, on ne saurait plus où mettre la mangeaille.

Ils fument, en se curant les dents. Ils font ensuite la sieste, mais Rachid sursaute à mainte reprise, songeant à l'araignée qui le fixe, prisonnière elle aussi; « on dirait qu'elle se sent seule, qu'elle cherche de la compagnie, des caresses peut-être »; Rachid défait sa ceinture; il tient la boucle, pour ne pas réveiller P'tit Joe; Rachid donne un grand coup sur l'araignée; elle lui saute au cou, gracieuse, reconnaissante, sans rancune.

– Misère, elle est pas morte!

P'tit Joe rouvre les yeux.

– Quelle histoire pour un insecte ! On reste chez sa mère, quand on a la peau douce.

Rachid arrache ses habits en vitesse, et l'araignée le devance avec une sorte de joie frénétique ; elle danse et se fait toute petite sur la poitrine en nage, comme si elle attendait patiemment une caresse, comme si elle avait aidé Rachid à se dévêtir, avec la pudique diligence d'une femme en mal d'amour.

– Enlève-la, P'tit Joe, je t'en prie.

– Laissons-la tranquille, gamin. Pourquoi ennuyer les animaux ? Le bon Dieu n'a pas dit ça. Laisse-la faire. Elle finira par comprendre toute seule. Ne la regarde pas comme ça, tu l'effraies, au lieu de lui faire pitié. Laisse-la s'amuser un petit moment. Dieu le dit. S'agit de tolérer les animaux.

– Elle est sur ma poitrine, tu vois pas ?

– Bouge pas, je vais te chanter un air. Tu vois… Elle est heureuse. Elle danse. Moi, je la déteste pas cette araignée ; je manquais de distraction, imbécile que je suis, et je faisais pas cas de cet insecte, placé auprès de moi en cellule, par le Dieu plein de miséricorde, qui ne fait rien au hasard.

Entre le commissaire de police.

– Allez ouste, au bureau !

– Je peux pas, monsieur le commissaire, gémit Rachid. Lancez-moi la cravache, ou tuez-la vous-même, ou bien je deviens fou ici, et vous êtes responsable.

– Bouge pas, maquereau ! dit le commissaire, je vais essayer, mais j'ai oublié mes lunettes. Tant pis si je t'abîme le portrait. Tac.

– Misère ! crie Rachid, vous l'avez ratée. Sachez au moins faire votre métier, ou donnez-moi la cravache.

– Je fais ce que je peux, dit le commissaire. Tac, et tac.

– Raté !

– Quoi ? dit le commissaire.

– Raté !

– Sûr qu'elle va se fâcher, maintenant, dit P'tit Joe, surtout si c'est une femelle ; elles n'aiment pas les maladroits. Alors, monsieur le commissaire, si elle se fâchait ? Si elle vous sautait dans la gueule, vous qui

35

n'avez plus de dents, ou dans l'œil, du moment que vous êtes sans lunettes ? Elle serait capable de vous piquer, cette sale araignée qui a toujours vécu avec les indigènes et les voyous, et que diraient alors vos petits enfants, toujours si propres, eux qui jettent le pain du bon Dieu si une mouche, une simple mouche vient manger avec eux ; sûr que vos petits enfants ne vous pardonneraient plus de passer tout le monde à tabac pour vous retrouver victime d'un insecte, d'une vile araignée née dans votre propre cellule ; vous devriez nous laisser partir avec elle, et ne pas vous fatiguer avec toutes ces responsabilités…

Le commissaire n'écoute pas ; il est assis par terre, et il essuie la sueur de son front, en regardant fuir l'araignée, près de Rachid qui gratte son torse maigre et nu.

— Tu peux prendre tes affaires, dit enfin le commissaire, sans regarder Rachid. Paraît que tu es déserteur ?

XI

La nuit, râle Mourad, la nuit qui revient, la cellule qui déborde, la lune qui débarque, qui glisse à la lucarne, râle Mourad. Il râle. Le gardien maintient la porte entrouverte. Il n'a pas vu le sang par terre.

— Tu pleures ?

Le gardien se précipite au galop à travers les couloirs, la cour, le corps de garde.

— Y en a un qui s'est suicidé !

L'infirmier soulève Mourad qui n'avait pas vu lui-même la mare épaissie. Il la voit. Il ne râle plus. Il se laisse porter, vidé de sa dernière angoisse.

— Je te dis qu'il s'est battu.

— Non, il s'est enfoncé le couteau dans le ventre.

— Justement. On a retrouvé le couteau chez l'autre.

— Quel autre ?

— Le Constantinois. Le jeune. Le petit. Celui qui vient d'arriver.

Les bagnards chantent dans la cour. *Mère le mur est haut*. Ils chantent dans la cour. *Mère le mur est haut*. Ils chantent. De temps à autre, ils s'arrêtent de chanter, chuchotent, ne peuvent dormir, chuchotent dans les cours, les chambrées :

— Je te dis qu'ils se sont battus.

— Je te dis qu'il s'est suicidé.

— Il est mort ?

— Non.

— C'était rien.

— Quelques coups de couteau dans le ventre.

— D'ici vingt jours ça sera fini.

— Ils se battront encore…

— Tu les as vus se battre ? Peut-être qu'ils ne se connaissent pas.

— Ils se connaissent.

— Mourad et l'autre ?

— Oui.

— Mais qui les a vus se battre ?

— Personne.

— Le couteau a été retrouvé dans la chambrée.

— Quel couteau ?

— Voilà l'histoire : Mourad, le blessé, dit que c'est son couteau, bien qu'on l'ait retrouvé sous le pantalon de l'autre, à la fouille. C'est la seule arme qu'on a trouvée dans la chambrée…

— Justement. Alors on a montré le couteau à Mourad, et il a dit que c'était le sien. Ce n'est pas tout. L'autre aussi, on l'a interrogé. Il a dit que le couteau était à lui ! Voilà l'histoire.

XII

Mère le mur est haut !

Me voilà dans une ville en ruines ce printemps.

Me voilà dans les murs de Lambèse, mais les

37

Romains sont remplacés par les Corses ; tous Corses, tous gardiens de prison, et nous prenons la succession des esclaves, dans le même bagne, près de la fosse aux lions, et les fils des Romains patrouillent l'arme à la bretelle ; le mauvais sort nous attendait en marge des ruines, le pénitencier qui faisait l'orgueil de Napoléon III, et les Corses patrouillent l'arme à la bretelle, en parfait équilibre sur le mur, et le soleil ne luit pour nous qu'à la visière des gardes, sur les canons de leurs fusils, jusqu'à la fin des vingt ans de peine... A quarante ans je serai libre, ayant vécu doublement ma peine et mon âge, et peut-être à quarante pourrai-je avoir librement mes vingt ans, *Mère le mur est haut* !

Il faut être enchaîné pour dévisager son rival. Je sais maintenant qui est Rachid. L'ami qui me rejoint au bagne, pour me blesser avec mon propre couteau, Rachid qui fut mon ami, celui de mon frère, et devint aussitôt notre adversaire sans cesser d'occuper ma chambre, lui qui nous suivit, Lakhdar et moi, au chantier...

II

nous ne comprenons pas ;

M. Ernest attend devant un tas de pierres amoncelées
en vrac, au flanc de la carrière qui domine le village, à
l'est.

– Y a qu'à faire ce que je dis. Vous travaillez dix
heures. On vient le samedi.

Mustapha se montre tout de suite déçu.

Lakhdar l'oblige à se taire, et Rachid prêche le calme.

– Du moment qu'on travaille, c'est déjà beaucoup.

– Et puis, on va pas lésiner pour vingt francs, comme
des patrons.

– On réclamera si on est sûrs de rester, pas avant…

– Oui, conclut Mourad, patience…

Les autres ouvriers disent que M. Ernest s'efforce
d'être aimable, mais qu'il faut se méfier.

Ameziane dénoue la ficelle qui lui tient lieu de ceinture, et montre une écorchure envenimée au bas de son
dos :

– Voilà le caractère de M. Ernest…

Les camarades sont partagés entre l'inquiétude et la
gaieté.

– Coup de godasse ou de pelle ?

– Perd rien pour attendre… je suis là pour sortir mon
père de prison.

– Son père a tué un colon qui lui avait confisqué son
troupeau, précise un autre manœuvre.

M. Ernest émerge en titubant de l'éboulis au bas
duquel il s'était assis pour fumer une cigarette. Il regarde
les ouvriers en silence pendant quelques instants ; son
visage rubicond, mal rasé, demeure de glace dans la

41

bouffée dense qu'il vient de rejeter longuement, sans cesser d'aspirer entre l'index et le pouce son mégot aux trois quarts consumé. Les manœuvres ne lèvent pas les yeux, se sentant observés, et leurs paroles se font pesantes ; on croirait que, les yeux baissés, ils appuient sur chaque parole, donnant à entendre au contremaître qu'ils parlent de lui. On dirait aussi qu'ils veulent se taire, pas trop brusquement, afin de pouvoir observer à leur tour, observer M. Ernest, et guetter son signal, peut-être le prévenir… Les ouvriers et le contremaître semblent avoir conclu un pacte obscur, fait de détails multiples et précis, par lesquels ils communiquent constamment, tout en gardant les distances, ainsi que deux camps qui se connaissent depuis longtemps, se permettant parfois une trêve injustifiée, quitte à se prendre en faute à la première occasion.

— Qu'est-ce que vous attendez ? crie M. Ernest.

Sa voix est irréelle dans la fumée ; on ne distingue plus le mégot du pouce tordu, toujours rapproché de la face mal rasée. Les ouvriers ouvrent la marche vers une tranchée fraîchement creusée, visible à trois cents mètres de la carrière.

41 — Je suis allé voir deux grands avocats de Constantine, poursuit Ameziane, et j'ai vendu notre dernier terrain pour les payer. Mes économies et celles de ma mère y sont passées. Mais, au moins, c'étaient des discours ! Trois heures entières, surtout quand maître Gauby a commencé, les juges ont baissé la tête. Ils se sont parlé tout bas. J'ai cru qu'ils s'avouaient l'innocence de papa. A chaque démonstration, je mettais un billet de cent francs sur le pupitre des défenseurs. Les gendarmes voulaient m'évacuer. L'interprète traduisait fidèlement les nobles paroles arrachées à mon père. L'assistance ne cachait pas son émotion. Après la plaidoirie, les juges ont quitté la salle, d'un pas lourd. Je les trouvais angéliques, avec leurs robes et leurs bonnets fripons. Maître Gauby souriait à mon père de telle manière qu'il était sauvé. Puis les juges sont revenus. Condamné à mort.

M. Ernest s'approche, à pas de loup.
– Alors, qu'est-ce qu'on raconte ?

II

Ameziane sait pas mal de choses ; il sait l'histoire du soldat Ernest, promu sous-officier, magasinier en Tunisie, cuisinier en Italie : « C'est dans l'armée qu'il a gagné l'argent de la villa » ; et les autres ouvriers savent aussi pas mal de choses : « … Jamais un jour de prison, et il a failli avoir ses galons, mais il a dit qu'il abandonnait ses droits, et il n'a pas insisté pour qu'on le réforme. A cause des rhumatismes. » M. Ernest est contremaître du même chantier, pour le même patron, depuis dix ans ; la guerre ne l'a pas beaucoup changé. Tout juste si on s'est aperçu qu'il en revenait le jour où on l'a vu rassembler son ancienne équipe à la carrière, sans parler des salaires, sans évoquer les manquants, comme s'il ne s'était rien passé depuis dix ans.
– C'est un marché couvert qu'on est en train de construire.
– La commune couvre les trois quarts des frais. Le reste est payé par l'administration. Le patron de M. Ernest ne fait que fournir le matériel. Le contremaître donne les ordres ; nous, la main-d'œuvre, on n'y est pour rien. Y en a qui sont morts sans être sûrs d'avoir vraiment travaillé à quelque chose ; à supposer que le projet soit réel, qui sait si le marché couvert ne se transformera pas en commissariat de police ? Les travaux sont fréquemment interrompus, sans que le conseil municipal puisse expliquer pourquoi. M. Ernest n'en sait peut-être pas plus long… Dans le fond, il est convaincu de courir à la ruine. Il économise tout, y compris le sable de la carrière ; souvent il fait allusion aux mauvais jours, disant que les Américains se sont enrichis grâce à la crise… N'empêche qu'il a une de ces filles…

M. Ernest s'approche à pas de loup. La bienveillance éclaire son visage à la barbe épaisse.

– Alors, qu'est-ce qu'on raconte ?

Ameziane prend son élan, le crochet au-dessus de sa tête ; il a l'air de n'avoir pas compris, tout en tenant le contremaître en respect par le seul fait de soulever le crochet ; tous les manœuvres se sont mis au travail immédiatement, sans tâtonner ni se disputer les outils ; Rachid soupèse et roule à petits pas retenus une brouette de sable qu'il a trouvée toute remplie ; Lakhdar est penché sur une pierre de taille qu'il considère avec la gravité, l'empressement et la hauteur d'un archéologue, et Mustapha, bondissant dans la tranchée, se met en devoir de ramasser quelques cailloux dégringolés du remblai que Mourad brasse à grands coups de pelle ; les autres vaquent à des besognes plus précises, déjà indiquées les jours précédents. M. Ernest feint d'ignorer toute la mise en scène. Il persiste à dévisager Ameziane, une lueur d'interrogation dans son œil narquois, brouillé par le sommeil et la fumée du mégot maintenant collé au pouce, brûlant mieux encore dans l'imperceptible parcelle de papier, jaune de salive, dont le feu triomphe doucement, sans que le contremaître bouge son doigt roussi, comme s'il attendait de ressentir la brûlure pour avoir une raison d'exploser.

– Rien, fait Ameziane, dans un souffle qui accompagne la chute du crochet.

L'outil s'est incrusté à près de cinquante centimètres de la tranchée ; la terre est arrachée au niveau voulu, d'un seul bloc large et mince. Ameziane sourit ; le maître coup de crochet qu'il vient de donner s'impose à la manière d'une cérémonie digne du respect de tous (la plupart des ouvriers s'arrêtent pour le regarder), sauf de M. Ernest :

– Mais pourquoi vous taisez-vous quand j'arrive ? Alors je suis un imbécile ?

– Loin de là, susurre Lakhdar.

M. Ernest frappe Lakhdar à la tête, avec le mètre qu'il a en main.

44

Le sang.

Lakhdar se remet à considérer la pierre, rougie goutte à goutte.

Voici Suzy ; elle vient par la carrière ; elle s'arrête devant M. Ernest.

– Qu'est-ce qu'il a, papa ?

Lakhdar égoutte le sang sur la pierre, le dos tourné au reste de l'équipe ; cherchant les yeux des ouvriers, qui se sont remis au travail, le contremaître arpente le chantier ; il fait grincer les semelles de ses souliers ; il s'arrête devant le mètre tombé à terre, près du mégot entièrement consumé. Un dernier filet de fumée flotte sous le nez de Mourad, en train de cribler du gravier, la bouche ouverte dans une expression de chanteur clandestin, le visage effleuré par la robe de la jeune fille qui se dirige timidement vers son père.

– C'est un accident ?

Sans mot dire, M. Ernest arrache le panier des mains de sa fille ; il descend dans la tranchée, s'installe et sort son déjeuner : viande et choux-fleurs mêlés dans une marmite, bouteille de vin, oranges. Il mange et il épie.

La jeune fille porte, malgré le froid, une robe légère, haute au genou, gonflée de bise ; elle a les cils longs et humides ; elle écarquille ses yeux ronds, verts, jaunes, gris – des yeux d'oiseau. Elle marche en se rengorgeant, toujours comme les oiseaux, et l'on aperçoit ses petites griffes roses à travers les chaussures tressées. Lakhdar fait des efforts désespérés pour effacer le sang. Il appuie un doigt au-dessus de sa tempe, et cherche un objet dans ses poches, une glace peut-être ; les amis font tout pour lui manifester, dans le silence, leur solidarité ; la haine le fige, debout devant la pierre, mais il s'est peu à peu tourné de côté, et il reste ainsi, ne parlant à personne, fixant les chaussures de la jeune fille, dont les prunelles s'enflamment et se chargent de rancœur, probablement à cause du mutisme général, de ces regards qui n'osent ou ne veulent pas se poser sur elle, et du bruit énervant, ridicule, humiliant que font les semelles neuves de son père qui va vers le baquet d'eau nettoyer la marmite.

– Il n'est pas content, celui-là ! crie-t-elle soudain, rougissant et se redressant comme pour s'assurer de sa voix, comme si elle allait s'adoucir après avoir crié, ainsi qu'un enfant simulateur au bord des larmes et du fou rire.

Et elle ajoute d'un ton saccadé :

– *Il n'a pas son compte.*

L'ombre d'un sourire passe sur ses lèvres molles, et elle marche de nouveau vers son père, hautaine et fière d'avoir compris d'elle-même que le manœuvre a été battu, qu'il ne s'agit pas d'un accident.

Le chef d'équipe a terminé son repas.

Loin de s'apaiser, il est dans une grande fureur.

Il repousse sa fille d'un geste, détournant les yeux devant le corps gracieux, dressé sur le chantier, et qui semble, en un pareil moment, nourrir des desseins lubriques et sanglants dans son équipe.

Les lèvres tachées par la sauce des choux-fleurs, M. Ernest marche vers Lakhdar ; cette fois, l'interpellation de sa fille l'ayant élevé aux sommets de l'héroïsme, il jette le mètre dans la tranchée ; Lakhdar fait un tour sur lui-même, prend le contremaître à la gorge, et, d'un coup de tête, lui ouvre l'arcade sourcillière ; match nul ! disent les sourires involontaires des témoins.

M. Ernest s'écroule sur le panier.

La bouteille vide roule dans la tranchée, comme par fidélité au contremaître.

Le sang ruisselle sur la cravate jaune, et la brouette de Rachid a piqué du nez, les bras en l'air ; le soleil éclaire à présent le chantier ainsi qu'un décor de théâtre surgi de la plus navrante banalité.

Un mouchoir sur la face, M. Ernest tient sa tête entre ses genoux, entouré par l'équipe impuissante, tandis que Lakhdar s'immobilise derrière un bouquet d'arbres, face à la tranchée, et les regards suivent la course bizarre de la jeune fille, parachute emporté par le vent sur la route plus droite, large et courte que jamais.

Les gendarmes.

Lakhdar les a vus.

Il reste immobile.

Il se laisse passer les menottes. « C'est pas la première fois », se dit Lakhdar, comme s'il cherchait d'anciennes traces sur son poignet décharné.

Pendant ce temps, le brigadier conduit M. Ernest chez lui tout doucement, et la jeune fille vient à leur rencontre sur la route ; le gendarme qui a enchaîné Lakhdar s'éloigne brusquement ; il plante là son prisonnier et disperse l'équipe à coups de cravache qui n'atteignent personne, puis il revient vers Lakhdar immobile à l'endroit où il l'avait laissé.

Sur la route, M. Ernest se laisse conduire, tout doucement ; dès qu'il aperçoit sa fille en larmes, il pivote sur les talons ; il attache rapidement le mouchoir sur son front, et fait mine de vouloir retourner au chantier, retenu par le brigadier qui fait des signes impatients à Suzy ; elle arrive près de son père ; à présent la jeune fille et le brigadier sont enlacés ; ils soutiennent ensemble M. Ernest de leurs bras noués et l'encouragent, l'empêchent de faire demi-tour ; Lakhdar les suit des yeux ; le gendarme emmène Lakhdar.

III

L'équipe en fuite s'est arrêtée devant la tranchée, Mustapha, Mourad et Rachid au premier rang ; ils ne soufflent mot, ne font aucun signe en direction de Lakhdar, qui ne peut bientôt plus les voir, car le gendarme le pousse par derrière et lui défend de se retourner. « Ce n'est pas la première fois », songe Lakhdar, en baissant les menottes vers son genou pour se gratter. « Ça fait un peu plus d'un an »… Lakhdar se voit dans la prison, avant même d'y arriver, il est en cellule, avec une impression de déjà vécu ; le dernier faisceau de lumière, disparu au soleil couchant, fait sentir son absence sur la route devenue grise, étroite ; Lakhdar y retrouve l'atmosphère, perdue dans sa mémoire, de la première arrestation. « Le printemps était avancé, il y a un peu plus d'un an, mais c'était la même lumière ; le jour même, le 8 mai, je suis parti à pied. Quel besoin de partir ? J'étais d'abord revenu au collège, après la manifestation ; les trois cours étaient vides. Je ne voulais pas le croire, j'avais les oreilles semblables à des tamis, engorgées de détonations ; je ne voulais pas le croire. Je ne croyais pas qu'il s'était passé tant et tant de choses.

A la fenêtre du premier dortoir, je vis S. Il avait l'air d'un orateur ; il haranguait les Européens.

Il n'y avait plus d'Arabes dans le dortoir ; S. parlait fort et gesticulait, debout sur le lit de Mustapha ; le mien était défait ; beaucoup de lits avaient été déplacés. Je ne comprenais toujours pas. Je louchais du côté de la fenêtre, sans monter au dortoir ; je ne voulais pas non plus rôder dans les cours, ni me décider à sauter par la fenêtre de l'étude. Fallait absolument forcer la case de Mustapha, prendre les tracts, et je restais sans rien dire, ne cherchant pas à me cacher derrière le pilier, louchant vers le dortoir où S. parlait, dressé sur le lit de Mustapha, et je ne pouvais même pas entendre ce qui se disait ; j'étais là, une jambe dans l'autre, pareil à une cigogne en rase campagne, froid et obstiné comme un moteur en panne, comme si je me savais au seuil de la prison, condamné à l'inaction, mis par moi-même en liberté provisoire. Mais je ne fus arrêté que le lendemain. Il y a un an.

Il n'y avait pas assez de menottes ; le gargotier était attaché avec moi ; nous étions enfermés au centre de la gendarmerie, dans la remise aux foins : le gargotier, le garçon boulanger et moi. Chacun avait une main et un pied libres. Un mouton, un vrai mouton, bondissait dans la remise. Il avait renoncé à bêler. Le brigadier l'avait poussé là sans le brutaliser, et il lui apportait sa nourri-

48

ture à part, distribuant au passage dans le paquet d'hommes des coups de pied sans vigueur. Mais cette fois je suis seul…

IV

Fallait pas partir. Si j'étais resté au collège, *ils* ne m'auraient pas arrêté. Je serais encore étudiant, pas manœuvre, et je ne serais pas enfermé une seconde fois, pour un coup de tête. Fallait rester au collège, comme disait le chef de district.

Fallait rester au collège, au poste.
Fallait écouter le chef de district.
Mais les Européens s'étaient groupés.
Ils avaient déplacé les lits.
Ils se montraient les armes de leurs papas.
Y avait plus ni principal ni pions.
L'odeur des cuisines n'arrivait plus.
Le cuisinier et l'économe s'étaient enfuis.
Ils avaient peur de nous, de nous, de nous !
Les manifestants s'étaient volatilisés.
Je suis passé à l'étude. J'ai pris les tracts.
J'ai caché la *Vie d'Abdelkader*.
J'ai ressenti la force des idées.
J'ai trouvé l'Algérie irascible. Sa respiration…
La respiration de l'Algérie suffisait.
Suffisait à chasser les mouches.
Puis l'Algérie elle-même est devenue…
Devenue traîtreusement une mouche.
Mais les fourmis, les fourmis rouges.
Les fourmis rouges venaient à la rescousse.
Je suis parti avec les tracts.
Je les ai enterrés dans la rivière.
J'ai tracé sur le sable un plan…
Un plan de manifestation future.
Qu'on me donne cette rivière, et je me battrai.

49

Je me battrai avec du sable et de l'eau.
De l'eau fraîche, du sable chaud. Je me battrai.
J'étais décidé. Je voyais donc loin. Très loin.
Je voyais un paysan arc-bouté comme une catapulte.
Je l'appelai, mais il ne vint pas. Il me fit signe.
Il me fit signe qu'il était en guerre.
En guerre avec son estomac. Tout le monde sait…
Tout le monde sait qu'un paysan n'a pas d'esprit.
Un paysan n'est qu'un estomac. Une catapulte.
Moi j'étais étudiant. J'étais une puce.
Une puce sentimentale… Les fleurs des peupliers…
Les fleurs des peupliers éclataient en bourre soyeuse.
Moi j'étais en guerre. Je divertissais le paysan.
Je voulais qu'il oublie sa faim. Je faisais le fou. Je faisais le fou devant mon père le paysan. Je bombardais la lune dans la rivière.

V

– Ouf, dit le garçon boulanger, j'ai quitté ma mère ce matin… Elle m'avait insulté. Je suis allé au café. Un Français me suivait. Un civil. Vos papiers, qu'il a dit. Y a pas à dire. C'était un civil.

Le mouton posa son museau sur le crâne rasé du garçon boulanger qui chanta paupières plissées rempli de l'odeur ancienne des gens du peuple.

« J'ai côtoyé des terres en friche. Je me suis exercé à tendre une embuscade au car. Chaque fois que je croisais la route *française*, mon regard plongeait dans les herbes hautes ; je cherchais les patriotes ; je croisais seulement des gamins ou des vagabonds. Je me demandais si je trouverais grand-père au village, et s'il avait d'autres armes que son fusil à deux coups. J'ai encore dormi à mi-chemin, bouche contre terre, et j'ai pas secoué les fourmis. Je les comparais toujours aux manifestants. Elles creusaient vivement avec leurs pattes, et se dressaient parfois de tout leur long ; j'enviai leur promptitude dans la vie. Je n'ai plus fait halte jusqu'au cimetière européen. Les nuages serraient la nuit claire en de lents soubresauts ; je suivais l'ascension en ordre des sapins – *c'est pas pour rien qu'y a pas d'oiseaux dans leur Nécropole* – je respirais des morts *étrangers* et je faisais un discours où je rappelais à chaque trépassé un tas de saloperies qu'il croyait oubliées. Un avenir de général révolutionnaire ou une croix sur ma vie ! Ce ne serait pas juste d'aller demander une arme à grand-père, *je le verrai après la victoire*, et je lui en voulus de m'avoir acheté des pyjamas à quelques mois de la révolte. Du cimetière je pouvais reconstituer le village et prendre le commandement. La rue principale était vide ; la faim me conduisait lestement d'un trottoir à l'autre ; je saluais des gens, et je les sentais sur mes talons, mais j'avais honte d'annoncer le grand jour à des villageois sans cœur ni honneur... »

– Ouf, dit le garçon boulanger, j'ai quitté ma mère ce matin, elle m'avait insulté, et je ne savais pas...

« J'ai pas fait long feu au village, pense Lakhdar. Y avait plus ni père ni grand-père. Le soleil me tenait aux chevilles, fallait absolument faire quelque chose. Celui que j'ai tout de suite repéré, c'est l'avocat, pas le père de Mustapha, l'autre, le riche. Il avait une gandoura par-dessus son costume. Ses lunettes noires tournoyaient dans sa main. Le peuple était partout, à tel point qu'il devenait invisible, mêlé aux arbres, à la poussière, et son seul mugissement flottait jusqu'à moi ; pour la première fois, comme à Sétif, je me rendais compte que le peuple peut faire peur, mais l'avocat jouait courageusement au pacificateur. La peur pour son argent et ses terres était plus forte que la peur du peuple, et l'avocat suppliait les gens de partir, ou d'attendre... Et la foule se mit à mugir :

Attendre quoi ? Le village est à nous,
Vous les riches vous couchez dans les lits des Français
Et vous vous servez dans leurs docks.
Nous on a un boisseau d'orge et nos bêtes mangent tout.

Nos frères de Sétif se sont levés.

L'avocat battait en retraite, suivi du muphti dont la barbe faisait des bonds et des bonds : « Mes enfants, soyons sages, de nos jours on ne se bat pas contre des tanks, ayez confiance en vos chefs, nous vous promettons… »

Que les chefs montrent le chemin, assez dormi, attaquons.

J'ai dit à ma femme : je vais chercher du blé.

Les mains rouges, assez dormi : le peuple n'écoutait que ses orateurs laconiques. Un vieux montagnard debout sur sa mule tirait sur la gendarmerie : « J'avais juré vider mon fusil, si y a un fils de sa mère, qu'il me donne des cartouches. »

« Je n'étais plus qu'un jarret de la foule opiniâtre, rumine Lakhdar, il n'y eut plus un mot, l'avocat et le muphti fermaient la marche. *Plus de discours, plus de leaders*, de vieux fusils hoquetaient, *au loin les ânes et les mulets conduisaient loyalement notre jeune armée*, y avait des femmes à nos trousses, et des chiens et des enfants. *Le village venait tout entier à notre rencontre*, les gens avaient bien changé, *ils ne fermaient plus les portes derrière eux*, c'était juste le jour du Certificat d'études, ceux qui avaient échoué acclamaient les fellahs, je remarquai l'adjoint de l'administrateur déguisé en Arabe rasant les murs, *grand-père était parmi les manifestants*, inutile de lui parler.

« *Les automitrailleuses*, les automitrailleuses, *les automitrailleuses*, y en a qui tombent et d'autres qui courent parmi les arbres, *y a pas de montagne, pas de stratégie*, on aurait pu couper les fils téléphoniques, *mais ils ont la radio* et des armes américaines toutes neuves. *Les gendarmes ont sorti leur side-car*, je ne vois plus personne autour de moi.

« – Ah bâtard, toi aussi !

« Et me voilà en prison. »

Ils étaient maintenant dix-neuf dans la salle.

Le coiffeur Si Khelifa hurlait toujours.

La lourde porte s'était ouverte quatre fois.

Tayeb n'était pas revenu. On fusillait tout près.

Tout près de la prison. Tout près de la prison.

Dans une verte prairie. Tout près de la gendarmerie.

Mustapha s'ébrouait dans une mare d'eau noire.

Un cultivateur aux yeux bleus sanglotait.

Lakhdar était monté sur le seau vide.

Lakhdar présentait la narine aux barreaux.

Comme un veau.

Lakhdar était heureux. Heureux de sa narine. Heureux.

Heureux de s'appuyer à des barreaux.

Ceux qui avaient les os brisés à coups de crosse, comme le cultivateur, ne pouvaient rassembler leurs membres et faire de la place.

C'était la quatrième fois.

La quatrième fois que le gardien ouvrait la porte.

Boudjène Lakhdar !

Présent.

– Par ici, dit le gardien.

Ils avaient pénétré dans la gendarmerie.

Tiens, la remise au foin... L'abreuvoir...

– Attends ici, dit le gardien.

Musique.

Informations. La femme du brigadier tournait les boutons.

Le général de Gaulle a réuni le gouvernement.

– Qu'est-ce que tu fais là ?

Grosse poigne de gendarme au cou de Lakhdar.

– Tu écoutes la T.S.F. ?

– J'attends le gardien.

Autre gendarme. Enfin, le gardien.

– On le laisse là ?

– Non, c'est son tour.

Le coiffeur Si Khelifa ne hurlait plus. Il râlait. Où pouvait-il bien être ?

Le gardien entra dans la salle que Lakhdar n'avait pas remarquée. Grande pièce basse, aux vitres blanchies. Encore une fois, le gardien planta là Lakhdar et referma la porte.

Lakhdar plia sur les genoux. Le coiffeur Si Khelifa ne le reconnut pas... Son long torse ruisselant apparut, courbé, traversé de zones bleues qui enflaient les tatouages. Il claquait des dents, puis soupirait, comme s'il sortait d'une étuve. Il avait sa veste et sa chemise sous les bras. Lakhdar le fixait de toutes ses forces.

Le gardien ressortit de la chambre, poussa le vieux coiffeur sur la dalle, près de l'abreuvoir, et le laissa souffler. Il revint alors à Lakhdar, et le poussa par la porte. C'était une buanderie.

Le gardien voulut sortir. Ses yeux gris semblaient blessés par l'atmosphère opaque de la pièce.

— Vous ne voulez pas m'aider ? demanda le sous-lieutenant, en allumant une autre cigarette.

Le gardien revint sur ses pas, avec déférence.

Il y avait une chaise et une table chargée de papiers au milieu de la buanderie.

L'officier fit couler le robinet.

Il se rapprocha de la table.

L'officier ne releva pas la tête quand la porte livra passage aux trois inspecteurs.

Le gardien se retira sans mot dire.

— Ton nom, dit l'officier, le stylo à la main.

Lakhdar s'approcha vivement, sous les coups des inspecteurs. Il donna son identité, sa filiation, et d'autres détails d'état civil.

Les inspecteurs frappaient.

L'officier relisait sa feuille.

— Alors, Monsieur est étudiant ?

— Étudiant, hoqueta Lakhdar.

L'inspecteur raccrochait sa cravache à sa ceinture. Il prit une corde humide sur le rebord du bassin. Les coups de pied des deux autres inspecteurs cessèrent.

54

Lakhdar garda sa tête enfouie dans ses bras, à ras du sol.

Dans l'attente de la torture, il s'était préparé… Il ne nierait pas sa présence à la manifestation. Il ne dirait pas un mot du vieux revolver qu'il avait enterré devant la rivière. Comme planche de salut, il avait prévu, si la torture devenait insupportable, de prononcer des noms de collégiens pro-français dont l'enquête révélerait d'ailleurs l'innocence.

Tout cela, Lakhdar n'en retrouvait que l'informe généralité. Il ne sentait plus sa tête. Le reste de son corps était apparemment indemne ; seconde par seconde, une douleur lointaine et fulgurante se localisait dans les reins, aux genoux, à la cheville, au sternum, à la mâchoire.

Lakhdar se laissa lier les mains et les pieds. Les inspecteurs fixèrent ensuite, dans les deux liens, une longue perche qui acheva d'immobiliser le prisonnier, qui fut pris à bras-le-corps, et jeté dans le bassin.

Lakhdar s'écorcha l'épaule gauche, et, dans son inertie, trouva le moyen de rester à moitié immergé, le corps en angle droit. La perche lui coinçait le menton.

En se débattant pour dégager sa tête, Lakhdar atteignait souvent les inspecteurs.

Lakhdar avait les yeux fermés.

Il sentait une chose glacée appuyée sur ses lèvres. Au goût, il comprit qu'on lui engageait une grosse pierre jusqu'au gosier, pour l'empêcher de fermer sa bouche. Puis un autre objet fut appuyé aux lèvres de Lakhdar, qui parvint encore à le définir : c'était l'extrémité métallique d'un tuyau d'arrosage.

L'eau coulait.

Lakhdar ne pouvait pas.

Il ne pouvait pas ne pas boire.

Il lui sembla d'abord que tous ses nerfs se tordaient, et qu'une coulée glacée lui bouleversait les entrailles.

L'eau coulait.

L'officier augmentait progressivement le débit.

Lakhdar se débattait de plus belle.

– Sauvage ! Il cherche à se faire assommer.

– Allons, parle. Tu es jeune. Tu seras libéré.

– Quels sont vos chefs ?

– Allons, tapette, tu veux crever ?

Lakhdar se décida. Il fit signe d'arrêter l'eau.

– Nos chefs… Nous n'avons pas de chefs. Oui, oui, je parle ! Enlevez d'abord le tuyau. Nos chefs ?…

– Il se moque de nous, le fils de putain.

Les coups pleuvaient.

La cravache de l'officier ne suffisait plus.

Les policiers prirent d'autres cordes humides.

Ils visaient la plante des pieds, peinant comme des bûcherons.

Lakhdar entendait le halètement des policiers.

Il comprit pourquoi les inspecteurs visaient les pieds.

Il déplia le genou, et plongea.

VII

La première personne que Lakhdar rencontra fut l'un des sous-officiers qui l'avaient gardé dans les locaux de la Sûreté, un solide gars du nord de la France, aux moustaches rousses.

Il avisa la gourde pendant à la ceinture du militaire et se souvint que l'homme buvait souvent, à longues rasades, aux heures de garde.

Ils entrèrent dans un petit bar. Le sous-officier eut beau protester. Lakhdar s'entêta à payer.

– Vous avez été un homme. Jamais vous n'avez frappé un prisonnier.

– Ah ! ne me parle pas de ça !…

Par la porte entrouverte, on pouvait reconnaître les promeneurs. Le soleil n'était pas couché, que la ville s'allumait déjà pour la nuit.

– Quel jour sommes-nous ?

– Vendredi, mon vieux. Pour moi un p'tit verre doit pas attendre les jours fériés.

Lakhdar évoqua le Ramadhan de captivité.

56

– Sais-tu que c'est la deuxième fois de ma vie que je bois ?

– Je sais bien que vous la sautiez tous. Et vous faisiez de drôles de prières. On aurait dit le film au ralenti d'une séance d'athlétisme !

– Qu'est-ce que vous avez tous, en France, à considérer l'Algérie comme un zoo ?

– Je ne dis aucun mal de vos prières ! Vous pouvez vous envoler dans vos burnous d'anges, si ça vous chante de faire la gymnastique d'Allah ! Moi je suis du Nord. Pour moi une église ou une mosquée, c'est du pareil au même. Je me casse pas la tête pour ça. Je suis d'un pays de prolétaires.

Lakhdar crut à un mot d'argot.

– De pro... De quoi ?

– De prolétaires, d'ouvriers, quoi ! Moi, l'armée, je la porte pas dans mon cœur. Allez voir un peu ce qu'ils ont fait, les Chleuhs, chez moi...

– Les quoi ?

– Ben, les Chleuhs, les Boches, quoi !

Mal soulagé, Lakhdar hurla dans l'oreille du militaire.

– Chleuhs ! Encore un mot comme bicot ! Bien sûr, nous combattons ensemble les Boches en première ligne, et les Français nous confondent avec l'ennemi.

Il regrettait déjà d'avoir prononcé le mot Boche. « Il m'a collé sa maladie des races. »

– Y a pas de quoi faire cette tête de Turc !

Lakhdar éclata de rire.

Le sergent-chef témoigna d'un regret sincère, en versant à Lakhdar un verre bien tassé.

– Je ne bois plus.

Il sortit, après avoir embrassé le sous-officier ébahi.

VIII

Entouré de mégots consumés, Lakhdar contemple par la portière les champs de tabac, la plaine...

Travailler dans la nature comme grand-père, ne serait-ce pas la meilleure manière de vivre, puisqu'il n'est plus question d'étudier?

Dans ce wagon de troisième classe, une famille de compagnards s'apprête à descendre. Un jeune marin français aide le mari à rassembler une demi-douzaine de couffins, où les poules et les légumes voisinent avec les layettes du bébé. Lakhdar triture sa moustache : signe d'émotion ou de perplexité?

« ... Le 8 mai a montré que la gentillesse de ce marin peut faire place à la cruauté ; ça commence toujours par la condescendance... Que fait-il dans un train algérien, ce marin, avec son accent marseillais. Évidemment le train est fourni par la France... Ah! si nous avions nos propres trains... D'abord les paysans seraient à l'aise. Ils n'auraient pas besoin de se trémousser à chaque station, de crainte d'être arrivés. Ils sauraient lire. Et en arabe encore! Moi aussi j'aurais à me rééduquer dans notre langue. Je serais le camarade de classe de grand-père... »

Le marin tire un paquet de cigarettes. il en offre au paysan, puis à Lakhdar.

« Pourquoi tant de gentillesse? Ils veulent faire oublier leurs crimes... »

Lakhdar chasse vite cette idée.

« Brave marin! Peut-être que son père aussi est un misérable... Peut-être connaissait-il la faim sur le Vieux Port... Il n'a pas eu le temps d'être contaminé par ceux d'ici. D'ailleurs il changera comme eux. On lui dira : ce sont des voleurs, des ingrats, ils ne respectent que la matraque. Il n'offrira plus de cigarette à un fellah... » Entre le marin et Lakhdar se tient une jeune femme aux lunettes noires, bâillant sur une revue illustrée. Fameuse, à sentir son corps qui s'évapore. Parfum aigre des ongles peints... Lakhdar s'est collé dans son coin. Sa revanche, c'est de lui souffler ses bouffées de fumée dans le nez, à cette impératrice de troisième classe.

Les paysans descendent. Le marin sue à grosses gouttes en leur passant les couffins.

La femme change de banquette.

– Encore deux stations, et on est à Bône. Quel soleil, mes aïeux ! soupire le marin, espérant sans doute tirer l'impératrice de sa revue.

Lakhdar lorgne avec une moue son pantalon de coutil.

« Pas brillant, mon costume, pour un premier voyage chez des parents riches. Que faire dans une ville comme Bône avec cinq cents francs ? Je pourrais écrire à grand-père. Ce serait honteux. J'ai bien fait de partir sans rien dire… Ils ont sûrement appris ma libération. J'écrirai de Bône au grand-père. A part lui, ils seront heureux de savoir que je suis exclu du collège. Ils croient que je leur rapporterai davantage en travaillant. Ils se trompent. Pauvre mère ! »

Il cherche un vieux papier dans sa poche.

Beauséjour.

IX

L'apparition s'étire, en vacillant, et le commission-naire pèse sur son siège, comme pour retenir le véhicule ; dupe de l'intensité qui fait vibrer sa poitrine à la façon d'un moteur, le commissionnaire craint-il de s'envoler pour atterrir auprès d'elle ?

Et si la cliente rentrée chez elle, débarrassée de son voile, était devenue cette apparition… Ni lui ni elle ne savent qui ils sont ; cette distante rencontre a la vanité d'un défi.

Mustapha ne se retournera plus, jusqu'au terminus, mais verra encore la villa, encore la terrasse et la femme aux cheveux fauves dominant la pelouse : ce tableau vivant fondra sur lui jusque dans le tramway, à la station finale où il reste seul… Le conducteur maltais et le rece-veur kabyle se sont dirigés vers deux bars différents… Mustapha descend enfin du tramway refroidi ; il fera le chemin du retour à pied, sans voir la terrasse, hypocritement persuadé que l'apparition ne se renouvellera plus ; le commissionnaire Mustapha file droit sur le centre de la ville, redressant peu à peu sa haute taille, candide et goguenard ; ses yeux reflèteront l'audace et l'insouciance des grands immeubles qu'il ne doute pas d'habiter un jour ; il passera sa seconde nuit sous l'horloge de la gare, se jurant de ne plus suivre des cagoulardes de Beauséjour, quartier tranquille et décevant… « *Toutes ces villas, tous ces palais ratés qui portent des noms de femmes…* »

Surmontant un patio de maison hantée (on s'y suicida en famille avant la guerre), la villa Nedjma est entourée de résidences qui barrent la route du tramway, au bas d'un talus en pente douce, couvert d'orties ; c'est un rez-de-chaussée de quatre pièces donnant sur un couloir, qui débouche d'un même côté vers un jardinet inculte et une terrasse, où l'on grimpe par un escalier vermoulu, pas plus solide qu'une échelle ; les murs écaillés ont des tons d'épave, dans un épais jaillissement de verdure ; au sommet du talus se dressent des marches de roc, émergeant de la broussaille que les bivouacs des vagabonds et des nomades ont tondue, calcinée, réduite à l'état de remblai, sans venir à bout des jujubiers et des cèdres penchés en arrière, coureurs éblouis à bout d'espace et de lumière en un sprint vertical, le tronc dégagé, les branches tendues vers le sol, en l'épanouissement hérissé des figues de Barbarie, de l'aubépine, de l'airelle ; lointaines pourtant, les oranges tombent d'elles-mêmes au fond de ce Frigidaire naturel ; un vieux chat y vient boiter les cent pas, pensif et calamiteux, fixant diaboliquement une toile d'araignée suspendue à sa moustache ; cet orgueil de félin donnet-il l'illusion d'être encagé en plein maquis par les démons de la canicule ? Tout le bombardement de midi, concentrant le feu, n'altère l'ombre touffue ni de ses irrésistibles succions, ni de son errance acharnée d'incendie en quête d'air ; sur la route, les enfants sans souliers n'arrêtent pas de botter leur ballon percé… Paradoxe d'enfants, solennelle sauvagerie ! Un cycliste dérape et se relève, ravi de la distraction des joueurs en herbe ; du moment qu'ils jouent ils ne songeront pas à se moquer du cycliste écorché ; mais le ballon pouffe en dévalant le talus, et c'est l'objet qui consume tout le comique de la chute… La route rejoint par une ruelle le sommet du talus ; une nouvelle ruée de feuillage disparaît sur un fond de terre rouge, où l'eau coule de source ; il pleut rarement sur la plaine de l'est algérien, mais à torrents ; la Seybouse miraculeusement engrossée s'y délivre, en averses intempestives de fleuve à l'agonie, vomi par les rivages ingrats qu'il a nourris ; extatique, d'un seul et vaste remous, la mer assombrie mord insensiblement dans le fleuve, agonisant jaloux de ses sources, liquéfié dans son lit, capable à jamais de cet ondoiement désespéré qui signifie la passion d'un pays avare d'eau, en qui la rencontre de la Seybouse et de la Méditerranée tient du mirage ; l'averse surgit en trombe, dégénère, éternuement avorté ; les constellations se noient d'une nuit à l'autre dans l'embrun, subtilisées ainsi que des escadrilles au camouflage vaporeux ; porte-avions, tirant des flots bouleversés quelque essence de planète, en dépit des crépitements belliqueux du ressac, l'orage rassemble ses forces, avec l'imprévisible fracas d'un char tombé de gouffre en gouffre ; fantôme cramoisi effilochant au vent d'ouest son hamac, traîne un soleil grimé, calumet sans ardeur s'éteignant dans la bave d'une mer lamentablement vautrée, mère de mauvaise vie et de sang froid qui répand dans la ville un air de maléfice et de torpeur, fait de toute la haine de la nature pour le moindre geste et la moindre pensée… « *Pays de mendiants et de viveurs, patrie des envahisseurs de tout acabit*, pense Mustapha, *pays de cagoulardes et de femmes fatales…* »

Étoffe et chair fraîchement lavées, Nedjma est nue dans sa robe ; elle secoue son écrasante chevelure fauve, ouvre et referme la fenêtre ; on dirait qu'elle cherche, inlassablement, à chasser l'atmosphère, ou tout au moins à la faire circuler par ses mouvements ; sur l'espace frais et transparent de la vitre, les mouches blotties se laissent assommer, ou feignent la mort à chaque déplacement d'air ; Nedjma s'en prend ensuite à un moustique, avec un mouchoir dont elle s'évente en même temps ; épuisée, elle s'assoit à même le carrelage ; son regard plonge dans l'ombre ; elle entend remuer la broussaille ; « *ce n'est pas le vent* »... Les seins se dressent. Elle s'étend. Invivable consomption du zénith ; elle se tourne, se retourne, les jambes repliées le long du mur, et donne la folle impression de dormir sur ses seins... « *Remonter à la terrasse ? Trop de curieux... Trop de connaissances dans les tramways... Quel maladroit ! Les fruits ont failli tomber... Il avait les mains blanches, les ongles sales... Agréable, sans cette taille de chimpanzé... Pas d'ici, évidemment. Chassé par sa famille ? Cette façon d'économiser sa barbe... Si Kamel savait que j'ai donné cent francs à un commissionnaire !... Pourquoi l'ai-je fait au juste ? Pour l'éloigner... Je l'imaginais dépensant la somme dans un mauvais lieu... Je ne devrais pas sortir... Une idée folle suffirait... Un voyage... Tout recommencer... Sans se confier à un homme, mais pas seule comme je le suis... Ils m'ont isolée pour mieux me vaincre, isolée en me mariant... Puisqu'ils m'aiment, je les garde dans ma prison... A la longue, c'est la prisonnière qui décide...* » Nedjma reste étendue, alors que sa mère, Lella Fatma, aidée par des visiteuses que la jeune femme ne daigne pas recevoir, prépare le repas ; Nedjma répond par des grognements aux questions de Kamel ; elle traite ordinairement son homme avec une gentillesse chargée d'ironies qu'il prend pour des reproches.

Kamel s'est marié parce que sa mère l'a voulu.

Nedjma s'est mariée parce que sa mère l'a exigé.

Kamel, lui, l'heureux époux, a eu un père incontestablement noble, mort sans s'être montré dans la ville ; orphelin, Kamel vend sa part de terres, s'installe à Bône, laisse pousser sa moustache ; sa mère lui déniche une boutique de tabac et journaux ; Kamel lit les journaux, mais reste fidèle aux traditions du défunt, qui n'a jamais fumé, n'est jamais entré dans un bar ni dans un cinéma… Les deux mères se rencontrent au bain, puis aux mausolées de divers saints ; elles se confient qu'elles sont toutes deux de descendance aristocratique, l'une ayant le profil de l'aigle, l'autre celui du condor ; elles habitent toutes deux Beauséjour, ne parlent que de Constantine et d'Alger au temps des braves, se montrent parcimonieusement leurs bijoux, remontent leur arbre généalogique jusqu'au Prophète, sautent par-dessus les siècles, ôtent enfin leurs fausses dents pour s'embrasser, sans plus de retenue ; la fille de l'une ne peut aller qu'au fils de l'autre ; Lella Fatma précise qu'elle ne veut pas de dot, mais tient à sa fille ; Lella N'fissa proclame que son fils est de taille à faire le bonheur de trois femmes. Les deux belles-mères coexistent jusqu'au septième jour du mariage ; à cette occasion, Lella Fatma fait venir le plus grand pianiste d'Algérie ; Lella N'fissa, qui n'a pas été consultée, refuse de paraître à la fête, et tombe, toute bleue, dans le couloir.

– C'est le cœur, dit Kamel.
– C'est l'estomac, dit Nedjma.
Ainsi commence la guerre froide.
Kamel transporte sa mère chez des alliés constantinois.
Victorieuse, Lella Fatma fait peindre la villa en vert.
Invivable consomption du zénith. Ce matin, Nedjma s'est levée tout endolorie ; elle n'a pas fait honneur aux aubergines mijotées de Lella Fatma ; Kamel est rentré sans faire de bruit, le cœur lourd de journaux invendus et de tabac vendu à crédit ! Contenant sa faim, l'homme décroche le luth ; il tente de s'associer au spleen conjugal. Nedjma s'enfuit au salon, les sourcils froncés. Le musicien sent fondre son talent dans la solitude ; il raccroche le luth ; le calme de Kamel ne fait que l'affubler du masque de cruauté que Nedjma compose à qui ne tombe pas dans son jeu ; elle pleure sans prendre garde aux protestations de Lella Fatma : « … *un homme si bon, tout en miel, à croire que ce n'est pas le fils de sa mère !*

homme grossier

Que veux-tu donc ? Un goujat qui vendrait tes bijoux, un ivrogne ? »

Invivable consomption du zénith ! prémices de fraîcheur…

X

Prémices de fraîcheur, cécité parcourue d'ocre et de bleu outremer clapotant, qui endort le voyageur debout face au défilé métallique et grouillant de l'avant-port ; la voie fait coude vers la mer, longe la Seybouse à son embouchure, coupe la route fusant en jet de pavé scintillant grain par grain, dans le terne avenir de la ville décomposée en îles architecturales, en oubliettes de cristal, en minarets d'acier repliés au cœur des navires, en wagonnets chargés de phosphates et d'engrais, en vitrines royales reflétant les costumes irréalisables de quelque siècle futur, en squares sévères dont semblent absents les hommes, les faiseurs de route et de train, entrevus de très loin dans la tranquille rapidité du convoi, derrière les moteurs maîtres de la route augmentant leur vitesse d'un poids humain sinistrement abdiqué, à la merci d'une rencontre machinale avec la mort, flèches ronflantes se succédant au flanc du convoi, suggérant l'une après l'autre un horaire de plus en plus serré, rapprochant pour le voyageur du rail l'heure de la ville exigeante et nue qui laisse tout mouvement se briser en elle comme à ses pieds s'amadoue la mer, complique ses nœuds de voies jusqu'au débarcadère, où aboutit parallèlement toute la convergence des rails issus du sud et de l'ouest, et déjà l'express Constantine-Bône a le sursaut du centaure, le sanglot de la sirène, la grâce poussive de la machine à bout d'énergie, rampant et se tordant au genou de la cité toujours fuyante en sa lasciveté, tardant à se pâmer, prise aux cheveux et confondue dans l'ascension solaire, pour accueillir de

64

haut ces effusions de locomotive ; les wagons lâchent des passagers : autant de bestioles indécises, vite rendues à leur qui-vive somnolent ; nul ne lève la tête devant le Dieu des païens parvenu à son quotidien pouvoir : midi, réflexion d'Africa en peine de son ombre, inapprochable nudité de continent mangeur d'empires, plaine gorgée de vin et de tabac ; midi endort autant qu'un temple, submerge le voyageur ; midi ! ajoute l'horloge, en sa rondeur sacerdotale, et l'heure semble ralentie avec la machine sous la ventilation des palmes, et le train vide perd ses charmes, tyran abandonné ; le 15 septembre 1945, la gare de Bône est assiégée comme chaque jour ; les grandes portes vitrées attirent nombre de badauds, de chômeurs, de chauffeurs de taxi, de cochers dégringolés de leurs calèches dont les grelots impatients produisent une impression de désœuvrement ; trépignements de chevaux et d'hommes inoccupés ; aussitôt descendu, le voyageur est entouré de porteurs qu'il n'entend ni ne repousse ; le voyageur est surexcité ; sur sa tignasse fumante et dure, le soleil soulève une colonne de poussières ; à elle seule, pareille toison, qui n'a pas été peignée de longtemps, a de quoi irriter ; sous les boucles, les sourcils en accents circonflexes ont quelque chose de cabotin ; des lignes profondes, parallèles ainsi que des rails intérieurs, absorbés dans un séisme, se dessinent sur le front haut et large, dont la blancheur boit les rides, comme un palimpseste boit les signes anciens ; le reste du visage apparaît mal, car le voyageur baisse la tête, emporté par la foule, puis se laisse distancer, bien qu'il n'ait pour tout bagage qu'un cahier d'écolier roulé autour d'un couteau à cran d'arrêt ; des observateurs ont déjà vu que le jeune homme, en sautant du wagon, a fait tomber sur le quai ce couteau d'une taille intolérable pour la Loi, a rapidement ramassé l'arme prohibée, puis, dans sa confusion, l'a entourée de son cahier au lieu de la remettre en poche.

Le soir même, on évoque à Bône le voyageur « vêtu comme un fou » : c'est l'expression d'un jeune homme nommé Mourad, s'adressant à ses amis Rachid et Mustapha.

– Figurez-vous un vrai « Visage Pâle », mais le sang et les nerfs à fleur de peau ! Il avait probablement la fièvre. Ses joues étaient creuses, et pas un poil ! Il fixait le sol, comme pour échapper à un vertige. Était-il ivre ? Avait-il humé l'herbe ? Je ne le crois pas ; il n'avait pas l'air à la page. On aurait dit un enfant terrible, égaré dans un déménagement !…

Mourad, que ses amis n'interrompent ni n'encouragent, prend alors un ton faussement sarcastique :

– … Enfin, imaginez ! Il portait une veste de smoking noir ; sa chemise était dissimulée par un foulard de soie blanche. Il traînait un pantalon de coutil gris, en tuyau de poêle, un vrai sac ! Le voyageur était assez grand, mais le pantalon, qu'il devait avoir acheté chez un fripier, avait de toute évidence appartenu à un géant américain, avantageusement d'ailleurs pour le fou… Il pouvait ainsi cacher qu'il marchait sans chaussettes, et il louvoyait dans ses souliers, qu'il était obligé, pour ainsi dire, de remettre à chaque pas…

– Bon, dit Rachid, qui se distinguera longtemps par son silence…

– Si vous voulez mon avis, je dis que c'est un étudiant chassé de quelque établissement, comme notre ami Mustapha…

Mustapha bondit :

– Te voilà en train de jacasser, pire qu'une femme ! Que m'importe à moi, cet étranger ?

Durant le récit de Mourad, Mustapha n'a fait que donner des signes d'impatience ; la façon dont il élève maintenant le ton intrigue les camarades ; ils devinent que Mustapha répugne à entendre sur le compte d'un autre des railleries que sa propre arrivée a dû provoquer, lorsqu'il est descendu de l'express Constantine-Bône, deux mois auparavant… Mustapha tourne le dos à Mourad, et s'assied sur un ponton… « *Elle était revêtue d'une ample cagoule de soie bleu pâle, comme en portent depuis peu les Marocaines émancipées ; cagoules gro-*

66

tesques ; elles escamotent la poitrine, la taille, les hanches, tombent tout d'une pièce aux chevilles ; pour un peu, elles couvriraient les jambelets d'or massif (la cliente en portait un très fin et très lourd)... Ces cagoules dernier cri ne sont qu'un prétexte pour dégager le visage, en couvrant le corps d'un rempart uniforme, afin de ne pas donner prise aux sarcasmes des puritains... Elle m'a parlé en français. Désir de couper les ponts en me traitant non seulement comme un commissionnaire, mais comme un mécréant, à qui l'on signifie qu'on n'a rien de commun avec lui, évitant de lui parler dans la langue maternelle. Pas voulu que je l'accompagne en tramway... Le couffin n'était pas si lourd... J'aurais pu la suivre jusqu'à la villa, si elle ne m'avait vu au moment de descendre ; du tramway, je l'ai vue gravir un talus, disparaître ; puis mon regard s'est porté au sommet du talus. Elle avait ôté sa cagoule ; je l'aurais reconnue entre toutes les femmes, rien qu'à ses cheveux... » Mustapha interrompt sa rêverie, sans quitter le ponton, le regard attiré par l'eau. La nuit tombe ; Mourad n'a pas fini de parler ; il dit qu'il était le seul des trois à se trouver tantôt à la gare... Voyant Rachid s'approcher à son tour du ponton, Mourad gaffe encore, avec une sorte d'insistance :

– Je ne peux expliquer décidément ce que le voyageur avait de ridicule et d'attristant ; c'était peut-être, comme Mustapha, un collégien en rupture de ban...

Le voyageur est en effet un étudiant. Il a, dans la petite poche de sa veste, un billet de cinq cents francs plié en huit, et un papier indiquant l'adresse d'une parente.

Mais ce n'est qu'une tante paternelle qu'il n'a jamais vue... Il s'est renseigné ; la tante habite à Beauséjour. Le voyageur se demande comment il va en finir avec les cinq cents francs ; il quitte la gare le plus vivement qu'il peut, et s'écroule devant une table. Il se trouve installé dans la brasserie ultra-chic de Bône, dont la terrasse donne à la fois sur la gare, le port, et le cours Bertagna, promenade des élégants ; le gérant est absent ; en cette

fin d'été torride, les Bônois font la sieste ; le voyageur
commande une bouteille de bière ; son cahier est tombé
dans le mouvement qu'il a fait pour s'affaler. Il ne le
ramasse qu'après avoir vidé la bouteille. Il a l'idée d'appeler un petit marchand de journaux, puis se ravise…
Après avoir payé, il bredouille devant le garçon en
blouse blanche, aux cheveux blancs, et s'éloigne précipitamment, pour ne plus voir les dix francs de pourboire
qu'il a laissés ; plus d'un passant s'exaspère, croit buter
sur la fixité de ces prunelles de veau évadé, et donne du
coude au vagabond sans réaction, qui ne se rend vraisemblablement pas compte qu'il tourne en rond ; il a de
nouveau l'horloge de la gare à sa gauche, mais on le
devine sollicité par la montée de la place d'Armes, à la
façon dont sa démarche dévie et s'alourdit, tandis que le
fumet des brochettes retient sa respiration ; il s'arrête
devant la montée ; son orientation se confirme en cette
halte pensive, et il se remet en marche, avec un masque
de patient fuyant sur un tranchant de lame quelque passé
d'enchantement et de cruauté, savane de chloroforme
poussant sur un jeune corps insensiblement attaqué, de
même que la rosée corrompt le métal ; prunelles dures se
mouillant à la grêle lumineuse en une brume d'insomnie,
cornée envahie par le sang, iris ternis et survoltés ;
regard sombre, splendeur qui s'égare au delà de la montée, en dépit des rencontres, regard ancien, pur et secret
entre tous ; le voyageur avait ce même regard, il y a trois
mois, en marchant au supplice ; il va, de sa démarche
oblique, avec l'ubiquité des animaux, pour qui le chemin
n'est plus de l'avant, tant ils ont accompli de périples, à
contrecœur, et sans rien discerner ; peut-être le voyageur
doit-il à ses origines paysannes cet œil rapproché de
l'oreille comme celui d'un taureau ; à moins qu'il ne
doive la bizarrerie de son visage à un accident, à une
querelle ; ainsi les boxeurs quand ils se font ouvrir les
arcades et gonfler les yeux ; les traces du combat sont
abolies, mais quelque chose a disparu avec les ecchy-
moses, et le boxeur délivré de ses bouffissures apparaît
alors avec un visage anachronique, affligé de la platitude

d'un champ de bataille une fois les décombres enseve-lis ; le voyageur met son point d'honneur à ne point demander son chemin ; la nuit le surprend à la mosquée de Sidi Boumerouene. Une dizaine d'hommes prient à la terrasse ; ils le regardent s'accouder, tout en psalmo-diant ; ils ont l'air d'implorer Dieu : « *Épargne-nous la vue d'un fou pareil* » ; trois fois séculaire, coupée de navire gravissant l'horizon, le minaret tient en respect l'armada de béton, arcbouté entre terre et ciel, tel qu'il conquit les nomades et les corsaires à la ville échouée devant l'audace des chantiers modernes qu'elle retarde et investit ; le voyageur accoudé dans le crépuscule tire une cigarette, et se détourne ; il sait qu'un moment vien-dra où l'iman interrompra son sermon pour ordonner qu'on chasse le fumeur ; l'iman est tourné vers l'est, rituellement, et ne voit rien de sa chaire ; le voyageur tire son briquet ; les lèvres des croyants s'agitent de plus en plus, et le voyageur savoure cette prière où perle un flot d'imprécations que seule endigue la distraction de l'iman ; la cigarette n'est toujours pas allumée ; le regard du voyageur ébranle bien des turbans, s'attarde sur les paupières mi-closes des fidèles : « *Le recueillement et la sagesse, c'est bon pour les braves, ayant déjà livré com-bat. Relevez-vous ! Retournez à vos postes, faites la prière sur le tas. Arrêtez les machines du monde, si vous redoutez une explosion ; cessez de manger et de dormir pour un temps, prenez vos enfants par la main, et faites une bonne grève-prière, jusqu'à ce que vos vœux les plus modestes soient exaucés. Si vous avez peur des policiers, faites comme les ours : une sieste saisonnière, avec des racines et du tabac à priser pour tenir le coup ; je vous comprends, mes frères, comprenez-moi à votre tour ; agissez comme si Dieu était parmi nous, comme si c'était un chômeur ou un marchand de journaux ; mani-festez donc votre opposition sérieusement et sans remords ; et quand les seigneurs de ce monde verront leurs administrés dépérir en masse, avec Dieu dans leurs rangs, peut-être obtiendrez-vous justice ; oui, oui, je vous comprends, j'approuve votre présence à la mos-*

69

quée ; on ne peut pas rêver avec les mégères et les
gosses, on ne peut pas être sublime au domicile conjugal, on a besoin de se prosterner avec des inconnus, de
se subtiliser dans la solitude collective du temple ; mais
vous commencez par la fin ; à peine savez-vous marcher
qu'on vous retrouve agenouillés ; ni enfance ni adolescence : tout de suite, c'est le mariage, c'est la caserne,
c'est le sermon à la mosquée, c'est le garage de la mort
lente* » ; il croise à la sortie, tendant à bout de bras des
boîtes de conserve vides, les mendiants qui vont demander leur pitance aux domestiques du muphti ; vers dix
heures, les gens de la place d'Armes remarquent le vagabond assis sur les marches d'un magasin fermé ; finalement, il aperçoit l'enseigne d'un bain maure. Il sacrifie
cinquante francs, et s'endort au bord de la natte, près
d'un vieux paysan qui lui glisse, au petit matin, un morceau de galette.

– S'agit d'filer à sept heures pour laisser la place aux
baigneurs : le patron est catégorique.

Le voyageur sommeille ; le tramway s'engage sur un
palier cuisant, à travers Beauséjour et toute cette platitude de banlieue cernée par la mer ; le commissionnaire
discute avec un marin au bar du marché ; Mourad et
Rachid arrivent au rendez-vous à midi ; Mustapha est
parti avec le marin canadien qui a cinquante cartouches
de cigarettes à vendre ; l'affaire arrive à point ; le trio a
des dettes dans la moitié des cafés et gargotes du port ;
« si ça continue, je me remettrai à soulever les couffins
des femmes, au marché », grondait Mustapha, hier ; c'est
alors que les trois camarades ont découvert le Canadien
titubant sur un quai ; ils ont délégué Mustapha, le plus
costaud des trois ; il a dit, en s'éloignant au bras du
marin, de l'attendre au rendez-vous habituel.

– Le « Café de l'Avenir » est tenu par un maquignon
enrichi ; la clientèle est composée principalement de
jeunes gens amateurs de disques égyptiens, de thé à la
menthe et de haschich ; la salle est étroite, sombre ;
Rachid y passe une bonne partie de ses nuits ; les habitués s'y retrouvent entre eux, mais ne restent que le

70

temps de régler une affaire ; ils préfèrent s'attabler au dehors ; certains appuient leur chaise au mur pourri de l'impasse ; ils sont mêlés à la foule sans gêner la circulation.

La demi-journée se passe ; Mustapha ne revient pas. Mourad et Rachid ne peuvent partir ensemble ; ils n'ont pas de quoi payer les consommations ; ils bavardent.

Mourad évoque le voyageur.

— Il est encore à Bône. Pas plus tard que ce matin, ma tante dit que Kamel est tombé nez à nez avec un garçon sale, négligé, exalté, un vrai gibier d'asile. Il était assis sur le rebord de la fenêtre, l'unique fenêtre de la chambre nuptiale dont, on ne sait trop pourquoi, les volets sont toujours ouverts ! Et que faisait encore l'halluciné ? Eh bien, il écrivait sur son cahier, et ne relevait que rarement la tête ; Kamel voulait dire au vagabond combien il est inconvenant de se poster à la fenêtre d'une famille respectable ; Nedjma ne le permit guère ; elle dit ne rien craindre de « ce pauvre garçon », et il n'aurait fait que chercher un point d'appui pour écrire ! (La physionomie de Mourad reflète une jalousie craintive.)

Rachid sourit.

— N'empêche que c'est un effronté…

— Mustapha ne revient pas, coupe Rachid, qui redoute l'éloquence de Mourad quand celui-ci parle de sa cousine…

Vers la fin de 1945, Mourad va sur ses dix-huit ans ; orphelin à six ans, il a été recueilli par sa tante paternelle, Lella Fatma, qui n'a qu'une fille, Nedjma, après avoir successivement perdu quatre garçons. Le père de Mourad, Sidi Ahmed, est mort dans un accident d'autocar, en compagnie d'une prostituée retirée d'une maison close de Tunis ; dans ce raid audacieux, le défunt a sacrifié les vestiges de l'héritage ancestral qui se montait, diton, avant l'invasion française, à trois mille pièces d'or, sans parler des terres. Cette fortune, quand Sidi Ahmed passe de vie à trépas, est engloutie dans une série de mésaventures, les unes fatales, les autres stupides ; les terres, par exemple, ont été perdues dans la lutte contre les Français : l'arrière-grand-père de Mourad avait combattu sous la bannière d'Abdelkader, s'exposant aux représailles de Bugeaud, qui fit distribuer les plus beaux domaines aux colons accourus d'Europe ; par contre, l'argent liquide a été dissipé par Sidi Ahmed, qui pratiquait le charleston et la polygamie ; la mère de Mourad, paysanne pauvre, nommée Zohra, rencontrée par Sidi Ahmed au cours d'une équipée dans les Aurès, est ravie à quatorze ans, moyennant une somme qui éblouit ses parents ; le droit musulman interdisant le mariage à toute jeune fille n'ayant pas atteint quinze ans, Sidi Ahmed prend livraison de sa femme sans autre cérémonie qu'une Fatiha[1] lue par un prêtre occasionnel ; un an après naît Mourad ; fêtant la naissance, Sidi Ahmed prend le mors aux dents, s'enivre, faillit battre l'accouchée qui, à son gré, pleure trop, et il disparaît ; on apprend qu'il vit à Tunis chez une fameuse femme, pour laquelle il s'est battu à l'épée avec un notaire marseillais ; on attend encore un an, au bout duquel Lakhdar vient au monde. La sœur aînée du fugitif, Lella Fatma, est obligée de renvoyer la mère et le nourrisson dans les Aurès, mais garde Mourad, qui ne reverra plus Zohra ; Lella Fatma reçoit bien des lettres du père de la répudiée, notamment des demandes d'argent et des sommations judiciaires ; mais le noceur a les bras longs ; le jour de l'accident, Mourad joue devant la villa, en compagnie de Nedjma. Trois hommes portant une couverture s'arrêtent devant les gamins. Les hommes ont une étrange expression. Ils ne se décident pas à passer. Nedjma montre la couverture.

– Du sang !

Les restes de Sidi Ahmed sont veillés par des prêtres qui se relaient, et emportent des pâtisseries dans leur burnous. Mourad a la fièvre.

Toute petite, Nedjma est très brune, presque noire ; c'est de la chair en barre, nerfs tendus, solidement charpentée, de taille étroite, des jambes longues qui lui don-

---

1. Fatiha : première sourate du Coran.

72

nent, quand elle court, l'apparence des calèches hautes sur roues qui virent de droite et de gauche sans dévier de leurs chemins ; vastitude de ce visage de petite fille ! La peau, d'un pigment très serré, ne garde pas longtemps sa pâleur native ; l'éternel jeu de Nedjma est de réduire sa robe au minimum, en des poses acrobatiques d'autruche enhardie par la solitude ; sur un tel pelage, la robe est un surcroît de nudité ; la féminité de Nedjma est ailleurs ; le premier mois d'école, elle pleure chaque matin ; elle bat tous les enfants qui l'approchent ; elle ne veut pas s'instruire avant d'apprendre à nager ; à douze ans, elle dissimule ses seins douloureux comme des clous, gonflés de l'amère précocité des citrons verts ; elle n'est toujours pas domptée ; les yeux perdent cependant de leur feu insensé ; brusque, câline et rare Nedjma ! Elle nage seule, rêve et lit dans les coins obscurs, amazone de débarras, vierge en retraite, Cendrillon au soulier brodé de fil de fer ; le regard s'enrichit de secrètes nuances ; jeux d'enfant, dessin et mouvement des sourcils, répertoire de pleureuse, d'almée, ou de gamine ? Épargnée par les fièvres, Nedjma se développe rapidement comme toute Méditerranéenne ; le climat marin répand sur sa peau un hâle, combiné à un teint sombre, brillant de reflets d'acier, éblouissant comme un vêtement mordoré d'animal ; la gorge a des blancheurs de fonderie, où le soleil martèle jusqu'au cœur, et le sang, sous les joues duveteuses, parle vite et fort, trahissant les énigmes du regard.

XI

Carnet de Mustapha

Le nombre des ivrognes est grand, à en juger par les assiettes d'escargots qui jonchent les comptoirs ; qui boit dîne ; les Bônois ont le vin mauvais ; ils ont le coup de tête empoisonné, mais leur foot-ball est en décadence ; ils sont pleins de contradictions ! Ils trichent aux cartes, et pleurent au cinéma. C'est l'influence raffinée de la Tunisie qui est cause de tout cela… J'ai vu Mourad au café. J'écoutais un disque d'Osmahan, la Libanaise morte dans une auto… Mourad hochait la tête, prêt à pleurer. Mourad m'aime comme un frère ; il m'offre sa chambre à Beauséjour… Jamais je n'oserai habiter si près de Nedjma. Ce serait un tour à lui jouer : lui montrer que son commissionnaire d'un matin est le copain de son digne cousin Mourad. Il en est amoureux, le goinfre ! Ne pourrais-je dormir, au lieu de phraser sur un banc ? Bientôt minuit ! Plus de trains… Et pas un mégot. Toutes les portes sont fermées ; aucune affaire en vue. Pour être portefaix, il faut une autorisation de la mairie.

Mon père ne se remettra pas de son kyste au poumon. Il agonise à l'hôpital de Constantine. Ma mère a perdu la raison. Elle est réfugiée avec mes deux petites sœurs, dans la ferme d'un oncle ; je suis le seul espoir de la smala ; mon seul protecteur à Bône est un marchand de beignets ami de mon père. C'est un petit homme vêtu de braies, sanglé dans une invraisemblable blouse, blanche et crasseuse, acquise Dieu sait comment. Je ne l'ai jamais vu ôter son bonnet de laine et le soupçonne d'être teigneux, ou chauve pour le moins ; cagneux, poussif, d'humeur très égale, il passe la journée devant son vaste plateau d'huile bouillante, où il lance infatigablement les beignets, qu'il retire au bout d'un long fil de fer, sans un mot ni un regard vers la rue, qui traverse dans toute sa longueur le quartier cosmopolite de la Colonne Randon, la Canebière de Bône ; la nuit venue, le marchand quitte son plateau, et devient l'homme sociable par excellence ; il accueille quantité de bavards, jeunes et vieux, bourrés de cacahuètes et de journaux ; ils se pressent dans la boutique transformée en école du soir ; comme tous les analphabètes, le marchand est prêt à bien des sacrifices pour une leçon de grammaire, de sciences naturelles, ou de simple démagogie ; depuis que j'habite chez lui, il a installé un tableau noir, et lancé des invitations à toutes ses connaissances, afin que la présence du jeune savant que je suis, à ses yeux, soit mise à profit. Le marchand sait que j'ai quitté le collège à cause de la politique : rien de mieux pour épater les visiteurs. Je suis tacitement chargé d'alimenter la conversation, en laissant tomber certaines phrases qui m'imposent, soit dit en passant, des lectures préalables financées par le marchand : *« Il faut bien dire que le vocabulaire français comprend 251 mots d'origine arabe... Nous aussi, nous influençons leur civilisation... 2000 pinassiers européens se partagent les bénéfices, et nous buvons de l'eau* (ni le marchand ni les auditeurs ne savent que je bois du vin). *Nous marchons à dos d'âne, et nos minerais de l'Ouenza donnent le meilleur acier léger pour avion à réaction ! Ne parlons pas du liège d'ici...* » Ma qualité d'étudiant déchu me fait un devoir de répondre à des questions de cette importance : *« Combien Ibn Seoud a-t-il de fils ? Les Turcs ont-ils la bombe atomique ?* » Les revers de l'armée française, le 8 mai, l'entrée des pays arabes à l'ONU ; tel est le folklore du marchand de beignets.

Le marchand a un frère, qui vient d'être démobilisé. B. me hait et n'en fait pas mystère. Il est somptueusement vêtu ; ce n'est pas la moindre cause de rage pour le marchand, qui se contente de sa blouse ; B. dort lui aussi dans la boutique, et me fait des déclarations compliquées sur ce qu'il me reste à faire : vider les lieux... Les deux frères dorment ; il y a des rats à notre chevet. Je renonce à miauler pour les mettre en fuite ; couché sur mon lit de papier, je résous une question dont je rends finalement la solution impossible...

J'étais dans un bouge, à observer une jeune courtisane, quand le marchand est entré. Me voyant, il a fait un mouvement de retrait, trop tard. Je suis allé à lui, le priant de s'asseoir à ma table. Il sait bien que je ne poursuis guère les femmes, faute d'argent ; cependant, il me sourit, comme pour se faire pardonner à l'avance quelque ignoble action qu'il se prépare à commettre.

– Buvons du vin.

– Je ne suis pas habitué, mais j'accepte. Oui, buvons.

Je croyais abasourdir le marchand, rien qu'en prononçant le mot *vin*, et il ne s'est pas dérobé. Il compte sur
ma prochaine ébriété pour disparaître avec la femme,
derrière cet escalier qui me fait face, en un réduit spécia-
lement réservé aux pudibonds de sa sorte, mais il compte
sans l'irritation qui me gagne depuis que son visage
hypocrite m'est apparu.

– A ta santé ! ose-t-il dire…

Il a gagné la première manche : je suis ivre ; sans être
dupe, par bravade même, j'ai absorbé beaucoup plus que
lui, qui s'est souvenu de je ne sais quelle maladie,
comme prétexte. Son seul mal c'est de vouloir souiller
la créature, frêle fille de seize ans… Il n'a donc jamais
eu de petite sœur, le crapaud ! L'ivresse, loin de m'affai-
blir, accroît mon ressentiment. Voici qu'il fait signe à la
malheureuse de s'asseoir près de nous. Il semble qu'elle
aussi soit visitée par le démon. Ils sont donc deux contre
un, à se convoiter horriblement. Bien. Ils quittent déjà
chacun sa place, mine de rien… Je happe le cuistre, et le
retiens. Je l'entraîne de force en d'autres bouges, où
nous buvons jusqu'à onze heures de la nuit. Il est vaincu.
Il sait que ce n'est pas l'ivresse qui me fait agir ainsi, et
il a deviné depuis longtemps que je le hais. Est-ce ma
haine qui l'oblige à m'héberger, le fait-il en souvenir de
mon père ?… Nous rentrons. Le marchand me suit,
craintif comme un enfant ; ne l'ai-je pas surpris dans la
plus vile débauche, lui si vertueux aux dires de ses
amis ? Sacré marchand ! Il trébuche à la sortie d'un
cinéma ; ses yeux flamboient à la vision de quelque nouvel immondice hors duquel je le maintiendrai.
Désormais, en me laissant leur servir le thé, lui et ses
visiteurs, ils seront tenaillés par la crainte, s'inclineront
avec courtoisie, n'oseront parler de vertu, attendront
poliment que je sorte, pour s'exclamer, en suant de rage,
sur le drôle de serviteur qui sévit contre leur existence…

La mer est agitée ; rien sous la dent. Longeant la grève
de Saint-Cloud, je suis arrivé en face d'un RESTAURANT-
BRASSERIE-BAR-DANCING-ÉTABLISSEMENT DE BAINS-SAND-
WICHES – donne libre cours à ta colère, chacal ! Je suis

76

assis sur le gravier, nez à nez avec les goinfres; au bar se restaure une vierge impatiente, à côté d'un commandant d'infanterie qui la caresse; je fixe la vierge, et je vois Nedjma, comme si c'était vraiment elle : cheveux de fer ardent fragile chaud où le soleil converge en désordre, ainsi qu'une poignée de guêpes! Seins immenses, dressés vers Dieu, immenses et petits. Bouche de glace, fondant sous les baisers du commandant! Que viennent faire ces deux cochons dans ma chimère? C'est toujours Nedjma que je distingue, sans méconnaître la vierge : Nedjma rieuse à la ruée de la vague, gardienne d'un verger, présent disparu, et je m'endors évaporé…

Je pense à mes sœurs, entre la folle et le tuberculeux. Il expire peut-être à cette minute précise. Au fond de la boutique gît un rasoir; pour un peu, la tête roule à mes pieds, la tête du marchand… N'y a-t-il que le crime pour assassiner l'injustice? Mère, je me déshumanise et me transforme en lazaret, en abattoir! Que faire de ton sang, folle, et de qui te venger? C'est l'idée du sang qui me pousse au vin…

Le suicidé qui se relève ne connaîtra plus l'illusion de mourir.

Toilettes d'été…

Au cinéma, les femmes des gendarmes font des gestes furibonds aux enfants qui sifflent les amoureux…

Depuis le 8 mai 1945, quatorze membres de ma famille sont morts, sans compter les fusillés…

Toilettes d'été : Nedjma…

Rien ne permet d'avancer que Mourad et Nedjma soient amants, et rien ne prouve le contraire; Kamel a épousé Nedjma en 1942; Kamel est un marchand de tabac dont le caractère ferme et le terne passé dissimulent la ruine prochaine. Il a trente ans, n'est pas laid, croit sans pratiquer, est modérément nationaliste et ne s'emporte que contre sa condition de commerçant moyen; il est élégant; il taquine le luth, et, en cette matière, admire l'avant-garde égyptienne, dont le leader a réussi le prodige d'imiter, avec son violon, les appels chevrotants des muezzins… Kamel vit avec sa femme et sa belle-mère dans la villa de Beauséjour ; or, en juillet 1945, lorsque j'ai connu Mourad, il n'habitait plus chez sa tante depuis des années ; Mourad rend toujours visite à Lella Fatma ; elle le soutient discrètement, bien qu'il ait abandonné ses études peu après Nedjma, en 1941, malgré les avis de Lella Fatma. Ici s'offrent bien des hypothèses... On comprend que Mourad ait quitté la villa, depuis que sa cousine est mariée : simple question de bienséance ; mais un voisin de Mourad, fondant son témoignage sur la rumeur publique, a fait devant un écrivain (lui aussi public et peu affirmatif) le récit d'un épisode fort obscur... Selon ce voisin, Mourad aurait quitté le lycée sur les injonctions de sa cousine ; elle lui aurait promis sa main s'il avait le courage de la conduire secrètement à Alger, où elle songeait à réaliser, loin de la rumeur publique, ses rêves de jeune fille « évoluée » ; un enlèvement aurait été médité, d'après les pires traditions romanesques : Mourad aurait été surpris fouillant dans le pécule de Lella Fatma, qui aurait alerté la police, puis retiré sa plainte... Kamel est-il au courant de ces précédents ? Le voisin ne répond pas à cette question ; il souligne que Mourad n'a plus sa place à Beauséjour ; sa tante serait sur le point de lui retirer son affection, après lui avoir loué une chambre meublée, non loin de la villa ; cette chambre serait devenue le refuge de chômeurs comme Rachid (l'écrivain public ignore que je suis l'un de ces chômeurs) qui achèveraient de débaucher Mourad, etc. Le ton sur lequel sont faites ces confidences n'est que trop convaincant ; il se pourrait que le voisin soit jaloux... Cela n'aurait rien de surprenant : l'écrivain lui-même raconte que, le jour où il vit Nedjma d'assez près, pour la première fois, il ne put se défendre d'un choc au cœur. Il existe des femmes capables d'électriser la rumeur publique ; ce sont des buses, il est vrai, et même des chouettes, dans leur fausse solitude de minuit ; Nedjma n'est que le pépin du verger, l'avant-goût du déboire, un parfum de citron...

Un parfum de citron et de premier jasmin afflue avec le délire de la convalescente mer, encore blanche, hivernale; mais toute la ville s'accroche à la vivacité des feuillages, comme emportée par la brise, aux approches du printemps.

XII

Le voyageur n'est plus qu'un abruti, en guenilles; il attend l'été pour jeter son veston à la mer; dans une dernière coquetterie, il s'est fabriqué des sandales, avec des lanières et un pneu trouvé sur la route.

Mourad n'a plus revu le vagabond, n'entend plus parler de lui. Le voyageur disparaît de chaque quartier, revient sur ses pas, comme s'il ne pouvait ni partir ni rester; passe-t-il sur les quais, à l'appel de la sirène? Personne ne le remarque. Il ne fixe que la mer. Il veille à la naissance des abîmes, à l'avenir du port; « *si la mer était libre, l'Algérie serait riche* », pense le voyageur; l'année du 8 mai est bien passée...

C'est encore mai.

Par un crépuscule lourd, Mourad se dirige vers la villa.

Le voyageur arrive du côté opposé, par la corniche; le regard d'une disparue presse le voyageur. Elle n'ose avoir le visage de Nedjma; il avale dans un soupir la hantise aquatique; la marche l'a rendu fiévreux. Il fuit d'un pas rapide; il oblique vers la villa, une trappe nouvelle dans le cœur, où il faudra redescendre, avec Nedjma pour l'instant sans visage, avec ses froides fiancées de visionnaire.

Mourad contourne le mur du stade.

Il voit les volets fermés de la villa.

Il voit un homme accroupi sur le rebord de la fenêtre.

Un mendiant?

Un mendiant se serait assis contre le mur, n'aurait pas grimpé.

Mourad approche encore.

Il reconnaît le voyageur et fait un vague salut ; l'autre fait de même, après avoir posé son cahier ; Mourad se souvient des paroles de sa tante ; il se souvient que Kamel a déjà repéré le vagabond devant la fenêtre.

Le regard de Mourad se charge.

Il n'avance plus.

Le vagabond ne descend pas de la fenêtre.

Il a ouvert son couteau et ajusté le cran.

Mourad et le voyageur sont nez à nez.

– Que fais-tu ici ?

– Et toi ?

– Je vais chez des parents, crie Mourad.

– Moi aussi.

Mourad a l'idée de le prendre en traître ; il tend le bras vers la sonnette, sans accorder plus d'attention au vagabond ; celui-ci, comme on tarde à répondre, se plante derrière Mourad, et sonne une seconde fois, avec une expression de profond ennui.

Nedjma paraît sur le seuil. Son regard égaré reflète une joie gamine, curieuse, sans inquiétude.

Mourad hésite à entrer.

Le voyageur le pousse de côté.

– Je suis votre cousin ; ma mère Zohra avait épousé en premières noces votre oncle paternel Sidi Ahmed, le père de Mourad.

Mourad fait un mouvement vers le voyageur.

Celui-ci le repousse.

– Je veux parler de Sidi Ahmed. Il est mort avec une prostituée.

Nedjma recule.

Le voyageur regrette d'avoir parlé ; Mourad l'embrasse malgré leur répulsion commune, et l'entraîne dans le couloir ; Kamel est à table ; il décortique un poisson ; il voit le vagabond avancer dans le couloir ; les trois jeunes gens passent sans le remarquer ; il replie sa serviette pour essuyer ses moustaches.

Lella Fatma :

– Je savais bien que les mauvais coups de Sidi Ahmed n'auraient pas de fin, dit-elle à Mourad ; Nedjma, rassemble tes cheveux !

La tante tend un coussin au voyageur.

Elle l'oblige à s'asseoir près d'elle, sur le matelas.

– … Lakhdar ! Quel nom de paysan ! Non, Sidi Ahmed n'était pas un homme… Comment va ta mère ? Réponds donc ! Veux-tu manger ?

– Restez en paix, ma tante… J'ai oublié mon cahier…

– Quel cahier ? Il est fou !…

Lella Fatma dénoue fébrilement le foulard qui lui entoure la tête, un foulard de mauvais garçon ; elle fait tomber nombre de sachets de velours, ramasse furieusement ses amulettes, tout en chassant Mourad et Nedjma.

– Allez-vous-en ! J'ai bien le droit de rester seule avec mon neveu !

La tante a une longue conférence avec Lakhdar, qui passe, en se retirant, devant la chambre nuptiale ; Nedjma le présente à Kamel ; Lakhdar salue et s'en va, suivi par Mourad.

– Pourquoi n'as-tu pas épousé Nedjma ?

III

qui? ⊥ Mourad (55)

Trop de choses que je ne sais pas, trop de choses que
Rachid ne m'a pas dites; il était arrivé dans notre ville
en compagnie d'un vieillard nommé Si Mokhtar, qu'il
traitait le plus familièrement du monde; Si Mokhtar
aurait volontiers parlé à n'importe qui, si Rachid (on
savait seulement qu'il s'appelait Rachid), avec ses
manières brutales, ses éclats de voix, ne lui avait imposé
toute la journée sa despotique présence. Les deux
hommes, Rachid portant des lunettes noires, Si Mokhtar
s'affublant d'un fez égyptien trop haut pour sa taille et
trop vif pour son âge, étaient un perpétuel sujet de curiosité; ils plaisaient par leur distante bonhomie, leur gaieté,
enfin par le mystère que le plus jeune avait l'air de culti-
ver, avec ses lunettes noires, son accoutrement mi-civil
mi-militaire, et l'ascendant qu'il semblait prendre sur
son ami deux fois plus âgé, sinon davantage… Cela dura
tout un an, avant qu'on apprît qu'ils venaient de
Constantine; ils commençaient à être connus des
Bônois. On les rencontrait rarement l'un sans l'autre;
aucun de ceux qui les avaient approchés n'avait rien pu
apprendre de précis au sujet de ces deux compères, dont
l'un était deux fois plus âgé, sinon davantage, et qui
pourtant ne se quittaient pas. Puis on s'aperçut de leur
disparition, sans y prêter grande attention, car ils
s'étaient souvent absentés durant l'année, mais étaient
chaque fois réapparus, comme si quelque chose à Bône
les attirait et les rejetait tour à tour. Lorsque Rachid et Si
Mokhtar arrivèrent ensemble à Bône, j'étais lycéen; je
ne pouvais sortir assez souvent pour être au courant de

85

leurs allées et venues. Impossible, cependant, de ne pas les rencontrer ou avoir vent de leur passage ; ils étaient de toutes les noces ; on les trouvait partout où va la foule : au stade, sur les quais et les avenues, à la plage et dans les cafés ; à vrai dire, ils n'auraient peut-être intrigué personne sans leur flagrante disproportion d'âge. Si Mokhtar – cheveux blancs, fez écarlate et tunique de soie – ne devait guère avoir moins de soixante ans, bien qu'il fût extraordinairement vert, bon marcheur et beau parleur, à l'encontre du mutisme outrecuidant de Rachid quand il ne riait pas ou ne hurlait pas ; Rachid, ses vingt ou trente ans, cette veste d'occasion qui ne semblait jamais la sienne et qu'il portait le plus souvent sur le bras, sa chemise américaine à plastron, son pantalon de toile kaki pouvant provenir aussi bien des magasins de l'armée que de chez quelque tailleur en plein air comme on en rencontre dans toutes les villes d'Algérie, à quoi s'ajoutaient des détails bizarres qui n'échappaient à personne : les lunettes noires, les éclats de voix, les allures martiales de Rachid, et le fez égyptien trop haut, voire le short anglais ridiculement long que portait parfois Si Mokhtar, montrant ses mollets grisonnants sans s'inquiéter des meutes curieuses qui le suivaient à cent pas, nullement gêné, mais furtif, avec une sorte d'humilité ostentatoire.

II

Les personnes déplacées ne manquaient pas dans notre ville de Bône ; les deux guerres, l'essor du port avaient depuis longtemps mêlé à nous, aux citadins de naissance, des gens de toutes conditions, surtout des paysans sans terre, des montagnards, des nomades ; bref, le flot des chômeurs grossi au sortir des casernes ; parti et revenu par le même port, où chacun peut trouver du travail sur l'heure, traiter inopinément quelque mirobolante

affaire comme on n'en réalise que sur un quai ou le pont
d'un navire étranger, de même que ce chacun peut rester
toute sa vie sans travail, ou mourir de misère au grand
jour avant d'avoir pu saisir la moindre chance; la ville
devenait irrespirable, étourdissante ainsi qu'une salle de
jeu, pour le meilleur et pour le pire; les habitants de toujours ne se distinguaient plus des aventuriers, sinon par
le langage, l'accent et une certaine tolérance à l'égard
des étrangers qui enrichissent, peuplent, vivifient toute
cité maritime en proie aux marées humaines qu'elle
canalise bon gré mal gré; mais les deux amis, Si
Mokhtar et Rachid, s'étaient fait connaître dans trop de
milieux différents, passant les plus joyeuses soirées sans
un moment d'abandon, sans un mot qui pût indiquer
leurs origines ou leurs intentions... Ils ne constituaient
guère qu'un mince sujet d'intrigue; si leur tenue était
extravagante, on ne pouvait qu'en rire, et ils imposaient
par ailleurs le respect, rien qu'en se maintenant à distance; ils n'allaient pas seulement dans les cafés; on les
voyait à certains meetings, parfois dans la mosquée.
Quant à leur inaction, elle était loin d'être exception-
nelle, à une époque où les démobilisés demeuraient eux-
mêmes sans emploi; restait l'énorme disproportion
d'âge.

III

Je rencontrai pour la première fois les deux hommes,
peu après le débarquement, dans une buvette du port. Si
Mokhtar parlait à un sous-officier anglais. Rachid les
écoutait, une cigarette aux lèvres. Il était question de
guerre et de liberté. Les fritures de sardines achevèrent
de nous réunir. Je me trouvai près de Rachid.

-(chimérique)

IV

J'appris, un mois plus tard, que Rachid et Si
Mokhtar s'étaient trouvés au mariage de Nedjma.
C'était la fille unique de ma tante paternelle, Lella
Fatma, chez laquelle je n'habitais plus depuis que
j'avais quitté le lycée… Chose curieuse, Rachid ne
m'avait rien dit de la noce, bien qu'il fût déjà mon ami,
de loin en loin : comme il ne parlait pas de prime abord,
il me manifestait sa sympathie par sa manière impéra-
tive de me saluer, puis de me retenir, lorsque je me
trouvais sur son chemin. Bien entendu, Si Mokhtar était
le plus souvent à ses côtés, mais il leur arrivait maintenant de paraître l'un sans l'autre, solitaires, tranquilles,
se croisant parfois, avec des regards de côté ; puis on
les retrouvait ensemble, comme auparavant, avec leur
faux mystère, leurs fausses brouilles, leurs dialogues de
sourds, leurs méditations en commun et les meutes res-
pectueuses qui les suivaient à cent pas… Jamais ils ne
me parlèrent du mariage de Nedjma, auquel je n'avais
pas assisté.

V

Puis ils disparurent ; nul ne s'étonna, car les deux
amis s'éclipsaient de temps à autre ; mais cette fois, des
mois s'étaient écoulés. Entre-temps, j'avais fait quelques
visites à ma tante. Vers la même période, j'avais lié
connaissance avec un jeune étudiant exclu qui se nom-
mait Mustapha ; ce fut par lui que j'appris le retour de
Rachid. Cette fois, il était seul. Si Mokhtar n'était pas
revenu.

VI

De Mustapha, j'appris encore que Rachid était tombé dans la misère ; Mustapha, qui avait lui aussi sa légende, n'était pas dans la ville depuis assez longtemps pour s'intéresser à Rachid. Il l'avait remarqué une nuit, qui déambulait sur les quais, avait tenté de lui parler, puis s'était éloigné, le type aux lunettes noires ayant tout juste répondu à son salut. A cette description, j'avais reconnu Rachid, et me mis aussitôt à sa recherche ; ils finirent (Mustapha et Rachid) par s'installer dans la chambre que Lella Fatma venait de louer pour moi, tout près de chez elle, après l'esclandre qui me fit quitter le lycée...

VII

Au bout de quelques jours, j'avais à peu près reconstitué le récit que Rachid ne me fit jamais jusqu'au bout ; à peine fit-il allusion à la chose, mais de plus en plus fréquemment, se taisant ou se reprenant dès qu'il me sentait particulièrement attentif, comme s'il voulait à la fois se confier et s'assurer que je ne prenais pas à cœur ses épanchements.

VIII

C'était une femme que Rachid poursuivait à Bône. Il affectait d'ignorer son nom, ne pouvant cependant s'empêcher de la décrire, tout en la rendant méconnaissable, parlant avec une raideur, un trouble qui me rappelaient à mon propre tourment... A plusieurs reprises, d'après ses contradictions, et à d'autres indices, je le vis tenter une diversion, m'égarer sur une piste sans issue.

IX

On ne pouvait douter que Rachid ne fût en plein désarroi ; il fumait, ne dormait guère qu'une nuit sur deux, veillant ou vagabondant seul ou en ma compagnie, car je m'attachais à lui autant qu'à Mustapha, mais sans pouvoir encore les réunir dans une même amitié. Quant à Rachid, s'il me parlait (paroles fiévreuses, éclats de voix suivis de mornes silences), c'était toujours comme à regret. Je commençais à sentir nos relations se tendre tout en se renforçant ; il simulait maintenant le calme ; mais il maigrissait de jour en jour, devenait tout à fait taciturne ; puis une attaque de paludisme le retint plus d'une semaine dans ma chambre ; après de violents accès de fièvre qui le faisaient claquer des dents, assis sur le lit, un mouchoir noué autour de son crâne, il sombrait dans un étrange sommeil de surface, coupé de transes, de délires fulgurants, de sursauts qui me réveillaient tout le long de la nuit, impatient, enfiévré à mon tour, et m'efforçant de ne pas alerter Mustapha tapi contre le mur, imperturbablement assoupi, et qui s'en allait chaque matin de très bonne heure, comme redoutant la contagion, ou pressentant que Rachid allait me confier quelque chose au réveil...

— Comprends-tu ? Des hommes comme ton père et le mien... Des hommes dont le sang déborde et menace de nous emporter dans leur existence révolue, ainsi que des esquifs désemparés, tout juste capables de flotter sur les lieux de la noyade, sans pouvoir couler avec leurs occupants : ce sont des âmes d'ancêtres qui nous occupent, substituant leur drame éternisé à notre juvénile attente, à notre patience d'orphelins ligotés à leur ombre de plus en plus pâle, cette ombre impossible à

90

boire ou à déraciner, – l'ombre des pères, des juges, des
guides que nous suivons à la trace, en dépit de notre
chemin, sans jamais savoir où ils sont, et s'ils ne vont
pas brusquement déplacer la lumière, nous prendre par
les flancs, ressusciter sans sortir de la terre ni revêtir
leurs silhouettes oubliées, ressusciter rien qu'en souf-
flant sur les cendres chaudes, les vents de sable qui nous
imposeront la marche et la soif, jusqu'à l'hécatombe où
gît leur vieil échec chargé de gloire, celui qu'il faudra
prendre à notre compte, alors que nous étions faits pour
l'inconscience, la légèreté, la vie tout court… Ce sont
nos pères, certes ; des oueds mis à sec au profit de
moindres ruisseaux, jusqu'à la confluence, la mer où
nulle source ne reconnaît son murmure : l'horreur, la
mêlée, le vide – l'océan – et qui d'entre nous n'a vu se
brouiller son origine comme un cours d'eau ensablé, n'a
fermé l'oreille au galop souterrain des ancêtres, n'a
couru et folâtré sur le tombeau de son père… Le vieux
brigand ! Lui, Si Mokhtar, le faux père qui m'a conduit
dans cette ville, perdu et abandonné… Sais-tu combien
de fils, combien de veuves il a derrière lui, sans pour
autant se renier ?… Il était le rival de mon père. Qui sait
lequel d'entre eux donna le jour à Nedjma… Le vieux
bandit ! Il me l'avait dit bien avant, bien avant notre dernier séjour dans cette ville, où il me suivait sans en
avoir l'air, sachant que je cherchais sa fille présumée,
Nedjma, qu'il m'avait présentée lui-même ; mais il
m'avait parlé auparavant, par bribes, toujours par
bribes, comme lui seul peut parler : « … Je me demande
ce qui a bien pu naître des nuits d'antan, disait-il ; les
nuits d'ivresse et de fornication ; les nuits de viol, d'ef-
fractions, de corps à corps de ville en ville ; dans les
couloirs et sur les terrasses ; aux salons des entremet-
teuses… » Le chœur des femmes, les femmes séduites
et délaissées, il ne croyait pas en avoir oublié une seule,
ne passant sous silence que celles de notre propre
famille, car Si Mokhtar descendait comme moi de l'ancêtre Keblout ; il me le révéla plus tard, alors que nous
voguions ensemble sur la mer Rouge, après avoir faussé

compagnie aux pèlerins de La Mecque... C'était bien
avant notre dernier séjour à Bône, bien avant... Et le
vieux brigand m'en avouait chaque fois un peu plus,
mais je ne comprenais toujours pas cette bouffonne
confession, bien qu'il m'eût déjà suggéré l'essentiel ;
propos de mythomane pris à son jeu, réduit à cracher la
vérité par la matérialisation imprévue de ses mensonges : « ... Ce qui m'échappe, disait-il, c'est l'engeance, l'engeance vengeresse de toutes les amantes
induites en erreur, femmes mariées dont j'étais le
second époux juste le temps de bouleverser la chronolo-
gie du sang, pour abandonner un terrain de plus à la
douteuse concurrence des deux lignées – celle de la tradition, de l'honneur, de la certitude, et l'autre, lignée
d'arbre sec jamais sûr de se propager, mais partout
vivace en dépit de son obscure origine... » Et lui, le
bandit, le second époux, ni polygame ni Don Juan, mais
au contraire victime de polyandries sans nombre, ne
tenait pas à éliminer ses rivaux légitimes pas plus qu'il
ne voulait de leurs épouses prolifiques. Mais il eût
presque voulu séduire leurs enfants, tel un arbre traqué,
trop haut pour attirer la mousse qui l'arracherait à
l'étreinte glacée de la mortelle altitude ; il était tard pour
reconnaître ses enfants, pour voir grimper vers lui le
velours d'une enfance qui fût vraiment sienne, recréée
par lui seul, et c'était lui qui s'inclinait en définitive,
courbant le tronc, déterrant ses mortes racines, en quête
d'un lichen jusque-là étranger... Il était au bord de la
tombe, dépouillé de l'ancienne richesse sanguine, des-
pote ayant tout rejeté sans prévoir qu'il faisait le vide
dans sa cour et rapprochait seulement l'heure banale de
la chute ; il cherchait en vain des témoins dans le pré-
toire des pères et des fils trompés ou méconnus, sans
parler des amantes qui ne voulaient plus de son ombre.
Pas même un passant pour proclamer à l'heure de la
déchéance : « Je suis l'enfant de ce cadavre, je suis un
bourgeon de cette branche pourrie » ; mais Si Mokhtar
allait finir dans la pire dérision ; les épouses clandes-
tines l'avaient laissé dans le doute comme si, après

92

avoir accepté les semailles, elles eussent anéanti ou dissimulé la récolte ; il restait au brigand l'atroce convic-
tion que le produit de ses forfaitures serait toujours
secret, jusqu'au moment de s'épanouir autour de lui,
bosquet où le pillard ne trouve que l'insomnie, l'illusion
de s'éveiller refleuri tandis que se déroule, subite et pré-
méditée, la vengeance matriarcale que la femme devait
assouvir tôt ou tard, sacrifiant à la polyandrie primitive
dont l'homme n'a fait que recueillir la survivance – la
femme cueillant les fruits, l'homme ramassant les
noyaux, tous deux faisant la courte échelle, prenant
racine l'un malgré l'autre – et Si Mokhtar, le tuteur
importun, subissant à son tour la fuite matriarcale : les
femmes délaissées qui empoisonnaient sa mort goutte à
goutte, alourdissant ce corps dépravé du poids des
longues larmes visqueuses qu'il avait aveuglément
répandues, dont surgissait maintenant le fantôme d'un
fils comme Kamel, époux d'une autre fille problématique... je ne redirai pas son nom. Encore Si Mokhtar
avait-il un semblant de certitude quant à Kamel, qui
l'avait invité au mariage, innocemment, et m'y avait-il
emmené avec lui, probablement pour que ma présence
l'empêchât – car j'ignorais à peu près tout à l'époque –
d'y déchaîner quelque scandale... La mère de Kamel
avait été à Constantine l'une des rares maîtresses que Si
Mokhtar eût gardées plusieurs années, d'une part parce
qu'il était certain d'être son seul amant, et parce qu'il
haïssait la classe des nobles puritains dont l'époux faisait partie ; enfin, une piquante rivalité venait de naître
entre le mari trompé, qui avait lui aussi sa maîtresse, Si
Mokhtar qui voulait lui arracher cette maîtresse après
l'avoir supplanté déjà auprès de sa femme, et mon père
qui était alors le plus proche ami de Si Mokhtar : mon
père et Si Mokhtar avaient appris que le puritain, le père
légitime de Kamel, aimait par-delà l'océan, contraire-
ment aux saints principes, la femme d'un notaire marseillais qui s'était enfuie avec un hobereau bônois...

Ici Rachid s'arrêta brusquement, claquant des dents,
et je lui passai la couverture... Il eut un regard anxieux ;

la rougeur d'un nouvel accès affluait dans ses yeux :

— Dis-moi, Mourad, dis la vérité. Tu crois que c'est la fièvre qui me fait parler ?

Je répondis, en essayant de rire :

— Non, non, continue, qui était le Bônois ?

— C'était ton père, Sidi Ahmed, ton propre père qui avait enlevé la femme du notaire, et fut à son tour abandonné dans la ville d'eaux : oui, la Française avait échappé à ton père pour suivre le puritain dont l'épouse était alors la maîtresse de Si Mokhtar, qui la gardait comme un otage, car lui aussi s'était épris de la Française dans la même ville d'eaux où ton père, son ami le plus proche, exhibait sa conquête, avant que le puritain n'eût à son tour séduit la Française, en y mettant toute sa fortune, et si passionnément qu'il l'installa dans le plus grand hôtel de Constantine, au nord, tout près des ruines de Cirta, et Si Mokhtar proclamait devant Sidi Ahmed, l'amant bafoué, ton propre père, que ce couple était indigne du clair de lune sous les portiques, jurant d'humilier le puritain une fois de plus, et de venger Sidi Ahmed, mais le vieux brigand s'était fait trop d'amis pour leur être fidèle, car il était lié avec mon père autant qu'avec le tien... Si Mokhtar ne pouvait avouer, ne savait peut-être pas lui-même qu'il voulait simplement reprendre au puritain la Française, alors qu'il lui avait déjà pris sa femme, enceinte de Kamel à l'époque, mais Si Mokhtar n'en reconnaissait pas la paternité – qui fut évidemment imputée à l'époux légal, ce puritain qui avait supplanté Sidi Ahmed, ton père, oui, ton père, et que Si Mokhtar attendait au tournant...

— Quel tournant ? J'avais interrompu Rachid sur un ton de légère irritation ; il achevait cependant son récit, suant à grosses gouttes sous la couverture.

— Au tournant se tenait mon père, le quatrième soupirant... Si Mokhtar et lui s'étaient liés depuis longtemps, pas tant par la parenté que par les frasques, le goût du rapt et du défi, mon père étant alors sur le Rocher de Constantine une sorte de centaure toujours à l'affût, caracolant en éternelles parties de chasse, comme si le sort, en le faisant naître peu après 1830, l'avait condamné à ce futile carnage, lui dont l'intrépide existence eût été couverte de gloire s'il avait pu tourner son fusil contre l'envahisseur, au lieu d'éteindre sa haine à la poursuite des sangliers et des chacals… J'en parle sans avoir jamais connu mon père, car il mourut sous le feu de son propre fusil, tué au fond d'une grotte par un inconnu qui dut s'enfuir, ou se cacher pendant l'enquête, et nul n'a encore pu l'identifier. Peu importe… La Française ne resta pas une semaine à l'hôtel : de connivence avec mon père, Si Mokhtar l'avait enlevée en plein jour, en lui proposant une promenade en cabriolet ; le vieux brigand tenait les guides ; mon père suivait à cheval, le fusil en main ; mais il n'y eut pas de bataille. La Française ravie fut conduite dans les bois, jusqu'à une grotte où vivent aujourd'hui les réprouvés de Constantine ; c'est dans cette grotte que fut découvert le cadavre de mon père ; sa nuque était criblée de plombs ; le fusil vide traînait à ses pieds. Lorsque je naquis, lorsque s'élevèrent mes premiers cris parmi les imprécations de ma mère déjà veuve, l'enquête suivait son cours.

X

— Ne crois pas qu'à l'époque toutes ces forfaitures aient eu quoi que ce soit d'excessif ; la magnificence des Turcs, la concentration des richesses dans les coffres de quelques tribus, l'étendue du pays, l'inconsistance de la population citadine ne pouvaient résister aux bouleversements imposés par la conquête. Les chefs de l'Algérie tribale, ceux qui avaient la jouissance des trésors, la garde des traditions, furent pour la plupart tués ou dépossédés au cours de ces seize années de sanglants combats, mais leurs fils se trouvaient devant un désastre inespéré : ruinés par la défaite, expropriés et humiliés, mais gardant leurs chances, ménagés par les nouveaux maîtres, riches de l'argent que leurs pères n'avaient jamais rendu liquide, et que leur offraient en compensation les colons qui venaient acquérir leurs terres, ils ignoraient la valeur de cet argent, de même qu'ils ne savaient plus, devant les changements apportés par la conquête, évaluer les trésors sauvés du pillage ; ils se croyaient devenus plus riches qu'ils n'eussent jamais pu s'y attendre si tout était resté dans l'ordre ancien. Les pères tués dans les chevauchées d'Abd el-Kader (seule ombre qui pût couvrir pareille étendue, homme de plume et d'épée, seul chef capable d'unifier les tribus pour s'élever au stade de la nation, si les Français n'étaient venus briser net son effort d'abord dirigé contre les Turcs ; mais la conquête était un mal nécessaire, une greffe douloureuse apportant une promesse de progrès à l'arbre de la nation entamé par la hache ; comme les Turcs, les Romains et les Arabes, les Français ne pouvaient que s'enraciner, otages de la patrie en gestation dont ils se disputaient les faveurs) n'avaient pas dressé d'inventaire : et les fils des chefs vaincus se trouvaient riches d'argent et de bijoux, mais frustrés ; ils n'étaient pas sans ressentir l'offense, sans garder au fond de leurs retraites le goût du combat qui leur était refusé ; il fallut boire la coupe, dépenser l'argent et prendre place en dupes au banquet ; alors s'allumèrent les feux de l'orgie. Les héritiers des preux se vengeaient dans les bras des demi-mondaines ; ce furent des agapes, des fredaines de vaincus, des tables de jeu et des passages en première classe à destination de la métropole ; l'Orient asservi devenait le clou des cabarets ; les femmes des notaires traversaient la mer dans l'autre sens, et se donnaient au fond des jardins à vendre… Trois fois enlevée, la femme du notaire, séductrice de Sidi Ahmed, du puritain et de Si Mokhtar, devait disparaître une quatrième fois de la grotte où mon père fut retrouvé, raide et froid près du fusil, son propre fusil de chasse qui l'avait trahi comme avait dû le faire la Française enfuie avec Si Mokhtar… Trois fois enlevée, la proie facile de Si Mokhtar, père à peu près reconnu de Kamel et peut-être aussi de Nedjma, Nedjma la réplique de l'insatiable Française, trois fois enlevée, maintenant morte ou folle ou repentie, trois fois enlevée, la fugitive n'a d'autre châtiment que sa fille, car Nedjma n'est pas la fille de Lella Fatma...

– Cela, je le savais, dis-je. Il est vrai que Nedjma est née d'une Française, et plus précisément d'une juive, d'après ce que me révélait la mère de Kamel, Lella N'fissa, par dépit de belle-mère sans doute, avant le mariage...

XI

La crise de paludisme passée, Rachid ne revint jamais plus sur ses paroles ; il semblait lui-même considérer tout ce qu'il m'avait dit comme un délire ; et moi, je ne voulais pas non plus revenir là-dessus, car je croyais savoir tout ce qui m'était révélé... Mais la mère de Kamel ne m'avait pas tout dit ; elle ne m'avait pas dit que Si Mokhtar était aussi le rival de son défunt époux, rival à deux titres : pour lui avoir successivement ravi sa femme et sa maîtresse, et cela n'était pas le plus terrible pour Rachid, car qui avait pu tuer l'autre rival, le mort de la grotte, sinon le vieux bandit et séducteur, le vieux Si Mokhtar qui est à la fois le père de Kamel, celui de Nedjma, et aussi vraisemblablement l'assassin que le fils de la victime poursuit sans le savoir, car Rachid ne peut pas savoir ce que je sais, n'ayant pas connu la mère de Kamel qui me révéla d'autres choses encore... Oui, la mère de Kamel connaissait toute l'histoire de la petite fille adoptée par le défunt mari de Lella Fatma : c'était Nedjma, alors âgée de trois ans, abandonnée par sa mère, la Française, et confiée par Si Mokhtar à l'époux de Lella Fatma reconnue stérile. Si Mokhtar ne précisa pas que c'était sa fille, en la confiant au couple sans enfants qu'elle ne devait plus quitter, chez lequel je devais la rejoindre, après la répudiation de ma mère et la mort de

mon père, Sidi Ahmed, quelques mois après… La mère
de Kamel ne me dit pas comment elle avait appris cela.
Je n'y crus pas sur le moment. Je ne connaissais pas
alors Si Mokhtar, ni Rachid, ni Lakhdar…

XII

Elle vint à Constantine sans que Rachid sût comment.
Il ne devait jamais le savoir, ni par elle, ni par Si
Mokhtar.

La rencontre de Rachid et de l'inconnue avait eu lieu
dans une clinique où Si Mokhtar avait ses entrées…
Rachid tombait de sommeil. Il s'en retournait chez sa
mère, au matin, quand Si Mokhtar l'appela (le vieil
homme et Rachid avaient déjà passé bien des heures
ensemble) pour le sermonner, et l'entraîna furieusement
dans la clinique où se tenait, sombre et distraite, une
femme, une jeune femme dont Si Mokhtar baisa les
mains, avec des paroles qui tenaient du madrigal et de la
bénédiction paternelle ; puis Rachid se trouva seul avec
la femme dans le noir (les volets de la clinique étaient
clos) ; en l'absence du médecin, Si Mokhtar s'était porté
à la rencontre des infirmières qu'il connaissait toutes,
dont la plupart avaient quitté le voile, grâce à l'influence
que le vieux bandit avait dans leurs familles…

I

« Elle vint à Constantine je ne sais comment, je ne
devais jamais le savoir. Elle était debout, sombre et distraite, dans le salon d'une clinique où Si Mokhtar avait
ses entrées (ayant été l'ami d'enfance du médecin qui
était maintenant conseiller général), clinique où il m'en-

traîna furieusement un matin, parmi les infirmières qu'il connaissait toutes ; « pas une seule n'est européenne, m'avait-il dit un autre jour, et toutes seraient voilées si le docteur et moi-même ne les avions cueillies au sortir de l'école ou arrachées à leurs parents... » Il fut toute la matinée entouré par elles, jeunes filles de pas plus de vingt ans, timides et empressées, qu'il appelait ostensiblement « mes filles », tout en discourant dans le dos du praticien, sans faire attention à lui, comme si la clinique était l'une des demeures de Si Mokhtar, le médecin ne faisant partie que du personnel et venant bien après dans la hiérarchie, bien après les jeunes filles souriantes que Si Mokhtar connaissait toutes, dont il connaissait les pères et les aïeux, lui qui fit le tour du monde, gagna l'Europe par la Turquie, faillit être lapidé en Arabie saoudite, fit le malabar à Bombay, dilapida son héritage à Marseille et Vichy, revint à Constantine, toujours aussi solide et pas encore ruiné, lui qui investit bien d'autres fortunes chez les femmes, les mauvais garçons, les hommes politiques, faisant et défaisant les mariages, les intrigues, remuant la ville de fond en comble pour reprendre l'argent perdu, toujours prêt à la banqueroute et à la bagarre, remplaçant rapidement ses fausses dents et ses habits dépareillés, mais ne quittant plus sa ville natale, n'ayant plus qu'une mère centenaire aussi alerte que lui, sans femme, sans métier, forçant les portes, vomissant dans les ascenseurs, oublieux et impartial comme un patriarche, inventeur de sciences sans lendemain, plus érudit que les ulémas, apprenant l'anglais dans la bouche d'un soldat, mais ne prononçant jamais un mot de français sans l'estropier comme par principe, colossal, poussif, voûté, musclé, nerveux, chauve, éloquent, batailleur, discret, sentimental, dépravé, retors, naïf, célèbre, mystérieux, pauvre, aristocratique, doctoral, paternel, brutal, fantaisiste, chaussé d'espadrilles, de bottines, de pantoufles, de sandales, de souliers plats, vêtu de cachemire, de toile rayée, de soie, de tuniques trop courtes, de pantalons bouffants, de gilets de drap anglais, de chemises sans col, de pyjamas et de complets superposés, de burnous et de gabardines extorqués, de bonnets de laine, de turbans incomplets, couvert de rides, abondamment parfumé ; Si Mokhtar avait vu pour ainsi dire la ville d'alors au berceau, et les filles de la clinique avaient reçu de lui leur premier bonbon, leur premier bracelet, leur premier amant (le vieux diable m'avait moi-même jeté dans les bras de je ne sais combien de femmes, au cours de sa folle activité de proxénète et de mentor), mais la femme qu'il me montra ce matin-là semblait ne pas trop savoir à quel subtil et turbulent vieillard elle avait affaire. Je n'avais jamais vu pareille femme à Constantine, aussi élégante, aussi sauvage, en son incroyable maintien de gazelle ; on eût dit que la clinique était un piège, et que la prestigieuse femelle était sur le point de s'abattre sur ses fines jambes faites pour la piste, ou de s'échapper brusquement, au premier geste qu'on oserait vers elle ; Si Mokhtar nous avait laissés face à face entre deux portes, en proie au silence, à la terreur passionnelle, en cette clinique calfeutrée où les maladies semblaient simulées, tant les infirmières faisaient montre de leur délicatesse, de leur charmante dextérité (« voyez, nous ne sommes pas françaises, mais *leur* médecine, *leurs* manières n'ont pas de secret pour nous, filles de vieilles familles arabes, turques ou kabyles ») – toutes brunes, certaines presque noires – je ne sais combien de filles dévoilées, trottant et souriant par-dessus les instruments de médecine, les magazines, les cendriers massifs, tandis que je restais en arrêt devant la femme qui n'était pas en tenue d'infirmière, et qui ne semblait pas malade (loin de là !)… J'avais suivi Si Mokhtar, alors que je tombais de sommeil, après une nuit de vagabondages ; il m'avait appelé pour me vilipender (le vieux gredin s'érigeait devant moi en censeur)… Et quel destin, quelle ironique providence avait fait de moi l'inséparable de Si Mokhtar ? Je ne saurais dire à quel moment nous nous sommes vraiment connus. Il avait toujours fait partie de la ville idéale qui gît dans ma mémoire depuis l'âge imprécis de la circoncision, des évasions hors de chez nous, des premières *divinité*

semaines où Mme Clément m'avait donné une ardoise, c'était pour moi l'un des mânes de Constantine, et je ne le voyais pas vieillir, pas plus qu'il n'existe d'âge ni de visage définitif pour les Barberousse de l'histoire ou les Jupiter de la légende ; j'avais toujours vécu à Constantine, avec les ogres et les sultanes, avec les locomotives de la gare inaccessible, et le spectre de Si Mokhtar. Il passait parfois devant chez nous ; comme tous les enfants, je me précipitais alors sur ses pas, lui arrachant des sous, le suivant et lui jetant des pierres ; il nous faisait peur, mais nous l'aimions avec la farouche dissimulation de l'enfance, et ne pouvions nous passer de lui ; tous les proverbes, toutes les farces, toutes les tragédies étaient de Si Mokhtar ; nul n'ignorait ce qu'il disait de la guerre, de la religion, de la mort, des femmes, de l'alcool, de la politique, de tous et de chacun, ce que Si Mokhtar avait fait ou pas fait, les gens qu'il combattait, ceux qu'il comblait de ses bienfaits. Comment un homme de cette trempe pouvait-il s'attacher à quiconque ? Avec ses disciples, il aurait pu constituer une petite armée... Pourtant, il vint un moment où il s'intéressa particulièrement à moi, jour par jour, paya mes dettes, mais refusa la chambre que je lui proposais chez moi ; c'était au moment de mon entrée à la medersa. En partie pour soulager ma mère, et en partie pour me faire pardonner la dilapidation de l'héritage paternel, je demandai mon inscription comme interne dans le seul établissement de la ville où il fût possible d'achever les études en langue arabe... »

madrasa : collège religieux

II

Et Rachid revenait à la matinée grise, sans pouvoir écarter le spectre qui s'éleva dès la première seconde entre la gazelle en émoi et l'orphelin frappé de stupeur : « Le vieux bandit ! Il me la présenta entre deux

portes, « fille d'une famille qui est aussi la tienne »,
avait-il dit, me laissant seul avec elle, en proie au
silence, à la terreur, dans cette clinique où les maladies
semblaient simulées, comme si le vieux coquin avait
conçu cette clinique selon sa fantaisie, pour épater le
pauvre jeune homme que j'étais, épris d'illusions ; et la
chimère se mit à me sourire, dans sa somptuosité
inconnue, avec des formes et des dimensions de chimère, semblant personnifier la ville d'enfant : l'ancien
monde qui m'enchantait comme un fondouk ou une
belle pharmacie, utopique univers de sultanes sans sul-
tans, de femmes sans patrie, sans demeure, sans autre
demeure du moins que le monde aux tentures sombres
des princes et des brigands (la disparition de Si
Mokhtar n'était pas sans m'alarmer tout en me suggérant déjà l'idée du sacrilège devant l'étrangère qui me
souriait encore, ni citadine, ni malade, ni infirmière –
mais simplement sultane – et le sortilège s'accroissait
avec la craintive connivence que me manifestait ce
sourire, sans que j'eusse parlé ; nous demeurions
immobiles dans la profondeur du petit matin, pas
même remarqués malgré les allées et venues ; Si
Mokhtar nous évitait diaboliquement). Les infirmières
s'éclipsaient l'une après l'autre ; de sorte qu'il me suffisait de tics nerveux, de cigarettes et de soupirs bra-
vaches pour avoir l'air de m'adresser à elle, sans un
mot, uniquement par la grâce de l'atmosphère envoû-
tante qui nous tenait rapprochés comme dans un train
ou un autobus ; son visage, ses riches vêtements, sa
chevelure nouée de soie pourpre faisaient à présent un
halo ruisselant d'ombre, plein de regards perdus ; je
n'étais pas étonné d'être là, n'entendais plus le timbre
de l'horloge que je fixais pourtant de temps à autre,
pour me donner une contenance, et aussi par supersti-
tion : les deux aiguilles n'allaient pas tarder à se
joindre. Il allait être midi. »

102

III

Je sortis avec elle. Mais vers minuit, comme je l'avais prévu, elle me quitta au coin d'une rue, d'un pas rapide et sûr, sans une parole d'adieu – et depuis, pas un signe d'elle, ni de Si Mokhtar, qui prétendit ne pas la connaître sous son nouveau nom (elle venait d'être mariée, m'apprit laconiquement le vieux gredin) – et conclut d'un ton impérieux : « Tu as rêvé... Reste tranquille. Si tu la retrouvais, tu serais bafoué, berné, trahi. Reste tranquille. »

IV

Si Mokhtar partait pour La Mecque, à soixante-quinze ans, chargé de tant de péchés que, quarante-huit heures avant de s'embarquer à destination de la Terre sainte, il respira une fiole d'éther, « pour me purifier », dit-il à Rachid.

Rachid était déserteur à l'époque ; retour de Tripolitaine, il vivait dans les bois du Rimmis, non loin d'une grotte de sinistre mémoire... Si Mokhtar rendait visite aux parias du Rimmis, et il s'attardait de préférence avec Rachid ; ce n'étaient que festins à la lueur des torches, festins monstrueux (certain jour, ils assommèrent un poulain), au cours desquels se renforçait encore l'extravagante amitié entre le septuagénaire et le blanc-bec portant fièrement ses habits de soldat en rupture de ban, jusqu'au vendredi où Si Mokhtar cessa soudain de boire, se fixa une ration donnée de tabac à priser, fit ses ablutions et ses prières, acheta de l'eau de Cologne, lava énergiquement sa tunique, à grands coups de pied dans l'eau glacée de la cascade, parlant de la Terre sainte qu'il avait déjà visitée un demi-siècle auparavant, et qu'il voulait « revoir une dernière fois ». Rachid le regardait faire

103

d'un air pensif, sans cesser de boire et de fumer, sans laver sa chemise militaire ; puis il quitta subrepticement le bivouac, revint la semaine suivante, exhibant sous le nez du vieillard un fascicule de navigateur tamponné avec un bouchon ; la photographie de Rachid (en étrange tenue maritime) figurait dans le faux livret, mais avec un autre nom, une autre date de naissance, tout cela grâce aux bons offices d'un navigateur en chômage qui avait consenti à lui vendre le fascicule, et Si Mokhtar trouva au bout de quelques jours les deux mille francs que Rachid avait promis.

V

Rachid était encore mieux informé que Si Mokhtar : il s'était enquis de la date d'appareillage, du nombre et de la durée des escales, du navire, de l'équipage, de la nourriture, de tous les incidents qui pouvaient se produire, et même des rites religieux dont Si Mokhtar ne se souvenait plus très bien, un demi-siècle après son premier pèlerinage… D'après Rachid, la question d'argent ne se posait qu'aux impotents, aux timorés ou aux gens riches… D'après lui, la seule difficulté serait d'être inscrit sur le livret de bord, car le propriétaire du fascicule n'avait pas réussi à embarquer pour un si grand voyage, n'avait pas même trouvé place dans le moindre cargo, ne fût-ce que de Bône à Oran. C'était la crise, le chômage pour beaucoup de marins, même anciens, même européens, mais Rachid était décidé ; il prit à part Si Mokhtar :

– Alors, nous partons ensemble ? Prépare-toi. Moi, je suis prêt.

– Je savais que tu voudrais venir.

– A toi de jouer, maître. Si tu renonces, je m'en irai sans toi.

– Loin de là, dit le vieillard. Pour moi tout est réglé à

l'avance : ceux qui me chargeaient de péchés se sont
cotisés pour payer mon pécule, ravis de voir partir un
gredin à leur place, se disant qu'après tout l'odyssée ne
s'impose qu'à ceux dont le cas est assez grave pour
devoir être plaidé d'aussi près… Tout est réglé pour moi.
Je n'ai plus qu'à prendre mon billet.

VI

Le père de Si Mokhtar était enterré à La Mecque ;
aussi fut-il désigné d'office pour trôner parmi les digni-
taires ; ses soixante-quinze ans ne firent qu'arranger les
choses ; si bien que le vieux bouffon, aux approches du
mois sacré, devenait infailliblement le délégué suprême
non seulement des quelques pèlerins qui l'entouraient
déjà, mais de toute la ville et de tout le département de
Constantine qui avait toujours passé, en raison de sa
position devant la Tunisie et le Moyen-Orient, pour le
berceau, le foyer de la foi musulmane en Algérie, – une
Algérie que Si Mokhtar allait peut-être représenter tout
entière, aux côtés des pachas marocains, des ulémas
tunisiens, des fakirs de l'Inde et des mandarins chinois,
qui seuls pourraient à la rigueur toucher la Pierre Noire
avant lui. Trois mois avant le départ, Si Mokhtar était
invité partout, et, ne pouvant plus boire d'éther, avalait à
la dérobée une rasade d'eau de Cologne lorsqu'il venait
à manquer de ferveur ; lui-même à présent croyait avoir
retrouvé la foi ; il s'en ouvrait à Rachid, qui n'osait se
moquer, vivant en grande partie de l'argent et des divers
bienfaits que les citadins prodiguaient au cheikh en par-
tance, pour être nommés dans ses prières ; enfin Si
Mokhtar fut mené au port d'embarquement le plus
proche, dans une superbe conduite intérieure, et il fut,
avec ses pieux congénères, officiellement reçu par le
sous-préfet de Bône, au fond d'un vaste salon ; Si
Mokhtar faillit renverser en passant le service à liqueurs,

dans son empressement à lui tourner le dos, tandis que Madame, les pieds nus débordant de ses mules vertes, rehaussées de satin, fraîche et fanée au sortir du bain, faisait ondoyer son pantalon de soie, tirant sur un long fume-cigarette, évoquant l'Islam avec une pointe d'émotion, comme elle eût disserté d'une maison de couture ou d'une droguerie en disgrâce, afin de plaindre, distraire, attendrir quelque délégation de branlantes chouettes prêtes à choir de la dernière branche : le pèlerin-junior n'avait pas moins de soixante ans ; le plus vigoureux était Si Mokhtar, le seul à être venu sans canne ni béquille, serrant la fiole de parfum sous le chapelet ruisselant de sueur...

VII

Rachid était encore à Constantine ; il galopait de rue en rue, sans but, sans fatigue, à la recherche du vétéran ; puis il se procura de quoi prendre le train de Bône, guère plus ; il comptait triompher de toutes les manières, pourvu qu'il découvrît Si Mokhtar. Ils se trouvèrent nez à nez sous les projecteurs du quai, la nuit de l'appareillage, dans la cohue. Ils attendirent la fin du coup de sirène, vociférant en même temps dans le remue-ménage et les adieux braillards des Bônois, tandis que les derniers groupes s'engageaient sur la passerelle.

— Laisse, dit Rachid. Tant pis pour moi.

— Tu te crois devant l'autobus, avec ta maman ?

— J'attends le type du syndicat. Sans lui, rien à faire. En ce moment, il est occupé. Il ne fait que monter et descendre avec d'autres marins. Ils veulent se mettre en grève...

— Tu entends ?

C'était le second coup de sirène.

Visible à la coupée, l'officier ne s'arrêtait pas de siffler ; les amarres se détendaient aux deux extrémités de

106

la coque ; le sifflet venait de se taire ; l'officier parlait maintenant à haute voix, ne dirigeant plus la manœuvre, mais l'accompagnant d'un ton persuasif et grave, comme un paysan au labour, soutenant l'effort somnolent d'un bœuf à bout de sillon ; les quais, les navires, la ville observaient le même silence attentif que ne traversait plus ni le souhait retardataire d'un parent ni le grondement des chantiers tout proches qui semblaient eux aussi disparus, ou sur le point de disparaître à l'appel du grand large et de la nuit sans étoile, confondue dans la nappe d'eau lourde et lustrée.

– Va en paix, soufflait Rachid. Il y a dix heures que j'attends. Tant pis pour moi. Tu n'as plus que le temps de grimper. S'ils enlevaient l'échelle…

– Suis-moi, dit Si Mokhtar. Qu'est-ce que tu attends ?

VIII

Rachid avait troqué ses effets presque militaires contre un tricot rayé, un bleu de chauffe, une casquette toute raide en laine marron, des souliers plats de coureur à pied, tordus, racornis, aux pointes émoussées qui l'obligeaient à changer de pied, à la manière des cigognes, absurde position qui le poussa peut-être à déguerpir, bien plus que l'exhortation de Si Mokhtar, qu'il n'avait pas bien entendu et qu'il suivit en flageolant un peu, sans lui répondre – non pas comme s'ils ne s'étaient pas connus, mais comme s'ils avaient toujours été brouillés à mort – car ils s'étaient tout à coup et tous deux décidés à jouer le grand jeu ; ils arrivèrent sur la passerelle. Les deux projecteurs semblèrent se rapprocher vers leurs têtes baissées, raidies dans la trépidation des cordages, la vibration paisible des machines : l'impression d'être deux ombres coupables que l'équipage ne manquerait pas de démasquer, de surprendre, puis d'enchaîner ou d'éconduire à la dernière minute, dernier spectacle du départ, dont on parlerait à travers la ville, en déplorant la maladresse de Rachid, la légèreté de Si Mokhtar, tout en soulignant que pareil stratagème avait souvent réussi à d'autres. Rachid avait trébuché à la seconde marche ; il s'efforçait patiemment de s'arracher à la rampe de corde, afin de ne pas sentir l'espace, le vent, l'attirance du large, et de ne pas s'appuyer à la corde lâche, sous peine de perdre pied devant les policiers dont il entendait le pas derrière lui, à l'entrée de la passerelle – une échelle à vrai dire, une longue échelle tremblante et mouillée. Si Mokhtar était parvenu sur le pont.

Rachid se remit en marche.

Il fut à son tour arrêté, alors qu'il avait cessé de tenir la corde, et reprenait son souffle, n'ayant pas aperçu l'officier de coupée, bien que Si Mokhtar en eût signalé la présence par un salut retentissant.

Rachid tira son fascicule ; l'officier le lui remit en poche sans l'ouvrir, et il passa, pas même surpris par cette marque de confiance, comme si le sort l'avait vexé en lui souriant au comble de la frayeur, ou comme s'il appartenait vraiment à l'équipage, s'indignant d'une formalité futile et mal accomplie, si bien qu'il ne rejoignit pas immédiatement son compagnon, savourant cette introduction dans la gueule du loup, lui qui venait de déserter sur terre pour se voir fictivement enrôlé à bord d'un si grand navire, où l'officier de quart affectait de le reconnaître... Si Mokhtar se mordait les doigts ; plus de cent clandestins étaient repérés ; non seulement repérés, mais enfermés dans la cale lorsque Bizerte fut en vue.

Si Mokhtar descendit acheter pour lui et pour Rachid deux tenues à peu près complètes de pèlerins : les draps sans couture dont on se ceint la taille, les sandales également sans couture, et diverses babioles ; pendant ce temps, Rachid avait étendu un matelas sur une planche juste assez large, dans la salle de bains de l'infirmerie ; il avait trouvé la clé sur la porte, et s'était installé à la tombée de la nuit. Si Mokhtar le félicita ; il lui passait la nourriture, lui communiquait les nouvelles de la traversée, en l'exhortant à la prudence : « maintenant que tu y es, restes-y ». Plus question de passer pour navigateur ; tous les hommes d'équipage étaient connus, chacun à son poste.

IX

Chaque nuit, Rachid se mêlait aux passagers ; il ne pouvait résister au simple plaisir de flâner aux heures de fraîcheur.

A Port-Saïd, l'escale dura toute la journée ; c'était le moment de changer l'argent en livres égyptiennes, plus facilement convertibles en *rials* ; alors Si Mokhtar calcula qu'il avait à peine de quoi payer le guide obligatoire chargé d'accompagner chaque *hadj* de Djeddah à Médine, sur le tombeau du Prophète. Il s'en ouvrit à Rachid, qui n'avait pas un centime.

Port-Saïd n'était plus en vue. Il ne restait plus que dix jours pour toucher l'Arabie ; cette nuit-là Si Mokhtar eut des paroles inattendues :

– Nous passerons ensemble ou nous ne passerons pas. Peu importe…

Rachid ne soufflait mot.

Les machines ralentissaient ; les chaînes des ancres commencèrent à grincer. Il s'était enfermé dans la salle de bains, avait retiré la clé ; Si Mokhtar vint l'appeler à plusieurs reprises, sans obtenir de réponse. Lorsqu'il vit à travers le hublot s'éloigner le dernier *sambouk* surchargé d'hommes et de bagages, Rachid revêtit en hâte son bleu de chauffe, empaqueta la tenue sacramentelle dans un journal, ouvrit la porte, emporta la clé, franchit la coursive d'un pas mesuré ; sa tête rasée lui semblait mal couronner le déguisement en marin, mais ni la casquette de laine ni le fez mou que Si Mokhtar lui avait rapporté de Bizerte ne lui avaient paru d'aucun secours ; il serrait son paquet, ses hardes de futur *hadj*, pressant peu à peu le pas, rectifiant l'attache de sa ceinture, s'efforçant de ne plus entendre le frottement du pantalon raide et flottant, comme au temps encore proche de sa désertion dont il avait hérité cette nonchalance antimilitariste qu'il croyait nécessaire, en quittant l'armée, pour inspirer, sinon le respect, du moins la sympathie des passants auxquels, cédant le pas, il souriait machinalement, se retenant pour ne pas leur faire le salut militaire comme à des supérieurs librement choisis... Mais il n'était plus déserteur. Il n'était rien dans ce navire, où il avait simplement suivi le vieux brigand, par habitude simplement, peut-être aussi à cause de la chimère, l'inconnue de la clinique, la nuit de l'été passé, et pas plus, pas même pour voir du pays, puisqu'il venait de traverser le canal de Suez sans ouvrir le hublot, de même qu'il n'était nullement ému de rencontrer maintenant, au bout de la coursive, quelques-uns de ces hommes qu'il avait évités depuis le départ, des hommes d'équipage en bandes successives, allant et venant de toutes parts, dans un grand tintamarre. Il arrêta l'un d'eux qui passait près de lui, et tout de go :

— Ils sont tous descendus ?

— Bon débarras, dit le Tunisien (Rachid avait reconnu l'accent qu'il avait eu lui-même, à l'époque toute récente où il avait traversé le désert de Tripolitaine, franchi la frontière et gagné la route de Carthage, en culotte courte et en chemise de soldat...). Ils ont sali tout le bateau. Des empotés pareils, s'ils croient aller au paradis...

— Mais toi, tu ne descends pas ?

— Je ne sais pas encore.

— Djeddah ne te plaît pas ?

— A part quelques affaires... Ni café ni hôtel, et il faut une autorisation pour acheter une T.S.F., à condition de ne pas écouter des chants mais des psaumes ; c'est pas comme en Égypte, *ils* ont des chefs sauvages, et ce sont tous des misérables qui comptent sur la foi des étrangers. Mais je vais peut-être descendre... Des choses...

— Quelles choses ?

— De l'or, dit le Tunisien (négroïde, maculé de graisse,

avec des larmes de sueur sur le nez), oui, de l'or, mais je n'ai pas assez sur moi… Les autres marins ne voudront pas descendre. Ils ont presque tous fait le trajet trop de fois ; ils n'aiment pas ce genre d'escale, et si aucun ne veut descendre, impossible de prendre le canot pour nous deux, le Second ne voudra pas.

– Lequel ?

– Celui-là.

Rachid alla droit vers l'officier, qui le prit pour un homme d'équipage (il y en avait près de trois cents) ; peu après, un groupe de soutiers, de garçons de cuisine, de matelots – parmi lesquels Rachid et le Tunisien – prenaient place dans le canot, avec le commandant et le docteur. Une brise légère rafraîchissait l'après-midi de septembre, mais le soleil pesait toujours sur la rade apparemment déserte, et la ville au loin se réduisait à des pans de murs bas dans la terre ocre, ardente, toute en relief, cruelle nudité qui ne supportait pas le regard ; le soleil rouge était plus proche que la terre ; l'embarcation, après avoir franchi les brisants, les récifs de corail environnés d'épaves, toucha au poste de douane, et Rachid, en tournant la tête, découvrit des rangées de voiles chavirant au vent du soir, comme si un autre port, surgi d'un autre temps, s'était évanoui dans le soleil à bout d'espace, et Djeddah n'était plus qu'un désert trahi. Rachid ne pouvait plus qu'évaluer le poids des turbans qui avaient dû grossir et s'enfler avec les droits de douane ; il vit les fonctionnaires en guêtres anglaises, vêtus d'uniformes douteux manifestement pris dans les rebuts de trop d'armées étrangères ; il pensa que les pères de ces gens-là, de ces polichinelles suant la vanité, avaient banni le Prophète, et bannissaient maintenant le progrès, la foi et tout le reste, uniquement pour obstruer le désert de leur superbe ignorance, étant probablement le dernier troupeau à se repaître de poussière, ne sachant plus que renouveler leur défroque et somnoler en murmurant les mêmes versets qui auraient dû les réveiller, « mais justement, pensait Rachid, ils font ce que faisaient leurs pères : ils ont banni à jamais le seul d'entre eux qui s'était levé un matin pour leur confier son rêve d'obscure légende, et ils n'ont pas voulu marcher ; il a fallu d'autres peuples, d'autres hommes pour affronter l'espace, et croire que le désert n'était rien de moins que le paradis ancien, et que seule une révolution pouvait le reconquérir… D'autres devaient le croire et suivre le Prophète, mais les rêves ne peuvent s'acclimater… C'était ici, en Arabie, qu'il fallait croire le Prophète, passer du cauchemar à la réalité… alors qu'ils l'ont banni, réduit à transplanter son rêve, à le disséminer au hasard des vents favorables ; et ceux pour qui le Coran fut créé n'en sont même pas au paganisme, ni à l'âge de pierre ; qui peut dire où ils en sont restés, à quelle monstrueuse attente devant leur terre assoiffée ? » Les douaniers s'étaient approchés du canot, pendant que les marins mettaient pied à terre ; puis il y eut du grabuge ; l'appareil photographique du commandant venait d'être saisi, et Rachid commençait à trouver sympathiques les fonctionnaires d'Ibn Seoud, tout en jouant des coudes, mais cet incident faillit l'empêcher de réaliser son plan, car les injures pleuvaient à présent ; des matelots suggéraient de remonter immédiatement à bord, plutôt que de laisser saisir l'appareil ; puis le docteur déclara qu'il valait mieux se plaindre au consulat de France, et Rachid fut enfin libre dans la foule, non sans avoir laissé son fascicule à la douane, ainsi qu'il était de règle. Si Mokhtar fut rejoint par Rachid, alors qu'il errait seul dans les souks. Il entra dans une violente colère.

– Laisse, dit Rachid. Tu vois bien que je me suis débrouillé. Va louer ton guide, et ne t'occupe pas de moi.

– Que vas-tu faire ?

– On verra.

– Inutile. Sans argent, tu ne feras pas un pas dans ce pays. Ils vivent tous du pèlerinage, et leur fameux sultan n'est qu'un marchand de pétrole… Il faut un guide ; ensuite, il faut payer toute une série de droits (j'ai laissé trente livres à la douane), faire l'aumône un peu partout, et ne parlons pas du mouton de l'Aïd…

– J'irai par mes propres moyens.

Nadart — obstiné — remarquablement

S.M — Je te dis que je connais le pays ; ça n'a pas beaucoup avancé depuis quarante ans. Tu peux aller à La Mecque par la route goudronnée, mais il restera les quatre cents kilomètres ou plus pour arriver à la ville du Prophète ; si tu ne parviens pas à Médine, autant dire que ton pèlerinage est nul.

R — J'irai à pied ; je trouverai quelqu'un…

S.M — C'est une piste dans le désert. Des gens de tous les pays seront arrivés avant toi. Tu mourras de soif, j'ai déjà fait le voyage… A l'époque, j'avais une fortune. Je suis revenu sans rien. Reste avec moi.

R — Mais pourquoi ? Tu es assez vieux pour être égoïste. Je finirai par trouver un moyen.

Ils furent rejoints par le Tunisien qui promenait alentour de brefs regards fureteurs. *— qui cherche partout*

T — Vous ne connaissez pas l'homme à la dent ?

R — Non, dit Rachid.

T — Celui qui vend de l'or…

Si Mokhtar déclara ignorer que ce genre de commerce fût possible.

T — Ah ! mon père, vous êtes bien naïf. La moitié de ceux qui viennent ici n'ont que le commerce en tête ; c'est comme une foire annuelle patronnée par Dieu… Mais je n'ai pas assez sur moi…

R — Oui, dit Rachid, ceux qui viennent en avion, et d'autres moins puissants ; il n'y a d'ailleurs que les affairistes, les administratifs qui soient agréés lorsqu'ils demandent leur passeport ; c'est ainsi chez nous, sans doute aussi dans les pays frères.

— — Tope-là. Si tous les croyants étaient des marins, ils seraient comme moi dégoûtés du pèlerinage. Je suis musulman autant qu'un autre. J'ai fait cinq fois le trajet. C'est assez.

Si Mokhtar approuvait de la tête, tout réjoui d'entendre le Tunisien appuyer ses dires. Mais Rachid n'en démordait pas.

R — Alors les membres de l'équipage peuvent se joindre à la caravane officielle ?

T — Tout dépend du commandant. Cette fois, ce n'est

se taper dans les mains pour conclure un accord.

113

pas possible. Nous n'allons pas rester en rade durant tout le mois que dure le bazar. Demain, tous les hommes doivent être à bord. On va chercher du charbon et des vivres… A Port-Soudan.

Le Tunisien s'en allait.

Si Mokhtar prit Rachid par le bras.

– Je ne suis pas venu pour le Paradis. Ton père était mon ami…

Et le vieux diable, entraînant Rachid, fit un scandale à la douane. Il exigea de retourner à bord, prétendit avoir oublié une cassette. Le commandant s'y opposa. Et Si Mokhtar fit un discours ; planté devant le commandant qui s'apprêtait à remonter dans le canot, à l'approche du crépuscule, il ôta son turban, arracha les dents d'ivoire qui lui garnissaient la mâchoire inférieure, et s'écria, les deux mains sur son énorme crâne lisse :

– O mon Dieu ! trois fois ! pourquoi cette injustice ?

Si Mokhtar avait déclamé en français, langue qui lui était foncièrement étrangère ; les douaniers n'écoutaient pas ; quant aux hommes d'équipage, ils éclatèrent de rire ; Si Mokhtar n'avait pas crié ; toute sa cocasse personne écartait l'idée de démence, mises à part la disparition du dentier, la chute du turban et l'apparence féroce du vieillard, qui déclara encore, rétablissant le silence :

> L'enterr'ment di firiti
> i la cause di calamiti[1].

Et encore, d'une voix stridente :

> Mon père Charlemagne
> Ma mère Jeanne d'Arc.

Le commandant s'épanouit. Fut-il étonné d'entendre un *hadj* se référer à l'histoire de France ? Préféra-t-il se tirer courtoisement d'une situation qui pouvait le couvrir de ridicule ? Il interrogea Si Mokhtar ; et Rachid, le navigateur non inscrit, au faux fascicule, servit d'interprète.

---

1. L'enterrement des vérités
   Est la cause des calamités.

Le bateau n'appareillerait que le lendemain dans la nuit, et la caravane officielle ne quitterait pas Djeddah avant quarante-huit heures de formalités : le rembarquement de Si Mokhtar parut donc normal ; il prendrait sa cassette et rejoindrait la caravane dans un *sambouk*, « à vos frais, naturellement », lui avait dit le commandant. Sur la passerelle, Rachid se détacha peu à peu du groupe de marins qui se pressaient autour du vieux brigand, et il fila droit vers la salle de bains, où Si Mokhtar n'allait pas tarder à le rejoindre.

– A présent, nous allons à Port-Soudan.

Rachid fut entraîné chez l'infirmier.

– Je vais mourir, dit Si Mokhtar.

Il fallut faire venir le médecin.

– Je vais mourir. Ma cassette a été volée.

– Volée ?

– A moins qu'on ne l'ait jetée à la mer. Il ne me reste plus qu'à mourir.

– Mais que contenait la cassette ?

– Mon argent et celui de ma mère, et les aumônes de mes amis. Maintenant je ne suis plus digne de La Mecque. Donnez-moi un lit, et laissez-moi mourir. Soyez charitable, donnez-moi un lit…

Le médecin put difficilement placer quelques mots.

Le vieux bouffon s'agitait et simulait le désespoir ; il tirait les manches de l'infirmier, le prenant à témoin, mettait les quatre mains sur son cœur, larmoyait, froissait ses habits. Enfin, froidement :

– Je ne veux plus aller à La Mecque. Vous ne pouvez pas m'obliger. J'ai payé l'aller et le retour.

Cette fois, nulle objection ne pouvait lui être faite. Il obtint un lit à l'infirmerie, tout près de la cachette de Rachid qui n'y comprenait goutte.

– Quelle cassette ? dit Rachid, lorsqu'ils se retrouvèrent seul à seul.

– Laisse-moi faire… Sans pèlerinage, m'auraient-*ils* donné un passeport ? Imposture pour imposture, mieux vaut voir d'autres pays…

Jusqu'à ce jour, Rachid ne s'était guère posé la

question : quelles raisons particulières Si Mokhtar avait-il de retourner à La Mecque ? Ou bien le vieux bouffon ne voulait-il que quitter une dernière fois sa ville natale, redoutant de mourir vaincu, abandonné, stérile, à l'endroit même où il avait vécu son orgueilleuse portion de siècle… Mais il finit par tout dire, ou presque tout…

—

X

Le navire était vide à présent ; l'équipage avait moins d'occupations, en l'absence des passagers ; à trois jours de Port-Soudan, les hommes commencèrent à pêcher par-dessus bord, à flâner ; la discipline se relâchait. L'infirmier s'absentait souvent pour rendre visite à ses amis, dans leurs cabines ; vers la fin de la nuit, Rachid fut réveillé par le vieux bandit ; ils montèrent sur le pont. La mer était mauvaise. Le vent, tout d'abord, empêcha les deux ombres de se rapprocher ; puis ils découvrirent deux chaises longues bien abritées. Si Mokhtar s'installa face au bastingage, puisa dans sa tabatière, et se mit à psalmodier ; Rachid, installé à sa gauche, l'écoutait en regardant la mer. Il était sur le point de s'endormir lorsque Si Mokhtar se pencha vers lui, le turban défait, dans les rafales brusques et rares : « … Oui, la même tribu. Il ne s'agit pas d'une parenté au sens où la comprennent les Français ; notre tribu, autant qu'on s'en souvienne, avait dû venir du Moyen-Orient, passer par l'Espagne et séjourner au Maroc, sous la conduite de Keblout. Quelqu'un m'a expliqué que c'était sans doute un nom turc : « corde cassée », Keblout. Prends le mot corde, et traduis : tu auras Hbel en arabe. Il n'y a que le K au lieu du H initial et l'altération de la syllabe finale qui différencient le mot turc du mot arabe, à supposer que ce soit bien un nom turc… Il n'est resté aucune trace de Keblout. Il fut le chef de notre tribu à une date reculée qui peut difficilement être fixée dans le déroulement des treize siècles qui suivent la mort du Prophète. Tout ce que je sais, je le tiens de mon père, qui le tient de son père, et ainsi de suite. Mais il existe une probabilité pour que Keblout ait vécu en Algérie, au moins dans la dernière partie de son existence, car il mourut plus que centenaire. Était-ce le Keblout fondateur du douar, ou seulement un de ses descendants nommés d'après lui ? Selon l'un des rares ulémas qui connaissent l'histoire de nos tribus dans le détail, Keblout serait venu d'Espagne avec les Fils de la Lune, et se serait d'abord établi au Maroc, puis serait passé en Algérie. Mais d'autres particularités de la gent kebloutienne peuvent indiquer une piste opposée : il est notoire que plusieurs générations de Keblouti ont exercé jusqu'à nos jours des fonctions particulières : ce furent des Tolbas, des étudiants errants ; ils étaient musiciens et poètes de père en fils, ne possédant que peu de biens, mais fondant un peu partout leurs mosquées et leurs mausolées, parfois leurs medersas quand les disciples étaient assez nombreux ; ceci donne à penser que le premier Keblout ne dut être ni un capitaine ni un dignitaire, mais un idéologue et un artiste. Dans ce cas, il eût été non un chef de tribu déjà puissant, mais un exilé, ayant des goûts et des idées à part, établi en Algérie par un pur hasard, élu ou adopté en quelque sorte par les natifs qui entrèrent peu à peu dans sa famille, et finirent par en faire le vétéran de la communauté. Ceci serait assez plausible si d'autres événements qui suivirent la conquête française ne ramenaient à l'hypothèse d'un Keblout autoritaire, chef d'une tribu nomade ou d'un clan armé vivant depuis le Moyen Age dans la province de Constantine, sur le mont Nadhor qui domine la région orientale de Guelma. La situation du Nadhor est déjà un indice. C'est une position retranchée qui permet de tenir un territoire gardé à vue depuis longtemps par les conquérants ; les Romains avaient une garnison non loin de là, près des carrières de Millesimo ; ils avaient deux autres places fortes, celle d'Hippone sur le littoral de Carthage, et celle de Cirta, chef-lieu de la province numide qui englobait alors l'ensemble de l'Afrique du

Nord. Après le siège de Constantine, les Français revinrent point par point à la tactique des Romains ; une fois leurs soldats installés dans les murs de l'ancienne Cirta et de l'ancienne Hippone, ils visèrent la région de Millesimo ; ils envoyèrent des patrouilles et des missions de reconnaissance, en attendant de pouvoir y prendre pied. Les habitants du Nadhor étaient restés insoumis. Ils n'attaquaient pas, mais s'enfonçaient dans la forêt, affectant d'ignorer les nouveaux conquérants ; les décades passaient sans que les Français aient pu étendre leur influence. C'est alors que la tribu fut décimée.

XI

Tout se passa en quelques jours, après qu'on eut découvert, lardés de coups de couteau, les corps d'un homme et de sa femme déposés dans la mosquée de Keblout. Les cadavres gisaient ensanglantés, dans un paquet de hardes. L'identité des victimes prête encore, de nos jours, à confusion. Pour les uns, l'homme était un officier du corps expéditionnaire ; pour d'autres, ce n'était qu'un cantonnier européen surpris dans une roulotte avec sa compagne... Le Nadhor fut mis à feu et à sang, des juges militaires furent désignés ; peu après, les six principaux mâles de la tribu eurent la tête tranchée, le même jour, l'un après l'autre... Le vieux Keblout (pas le premier, l'un de ses héritiers directs) était mort à l'époque. Après les six exécutions, la tribu demeurait sans chef ; mais Keblout avait une telle progéniture que d'autres jeunes mâles qui avaient grandi dans la terreur et le désarroi commencèrent à quitter secrètement le Nadhor pour s'établir incognito en d'autres points de la province ; la tribu décimée rassembla ses liens, renforça la pratique du mariage consanguin, prit d'autres noms pour échapper aux représailles, tout en laissant une poignée de vieillards, de veuves et d'orphelins dans le patrimoine profané, qui devait pour le moins garder la trace, le souvenir de la tribu défunte. On raconte que l'une des veuves sacrifiées sur le bûcher du Nadhor demeura seule dans les ruines pour y continuer l'enseignement de Keblout… Entre-temps, les promoteurs de l'expédition punitive n'avaient pas réussi à convaincre les enquêteurs ; le fait que l'un des cadavres était celui d'une femme pouvait mettre hors de cause l'attitude politique hostile des fils de Keblout ; peut-être s'agissait-il d'une affaire passionnelle mise à profit pour abattre la résistance et le prestige de la tribu ; les deux victimes initiales pouvaient avoir été transportées à la mosquée ; cela pouvait être la mise en scène du rival de l'homme, officier ou cantonnier ; le symbole du sang versé dans la mosquée paraissait trop éloquent, trop favorable à l'excitation des conquérants et aux manœuvres des tribus asservies, désireuses de discréditer auprès de l'occupant ces professeurs, ces étudiants à vie, pauvres et dangereux… Le « meurtre dans la cathédrale » pouvait être un coup de théâtre ; y avaient-ils songé, les enquêteurs de ce temps-là ? Ils étaient peut-être effrayés par la rapidité aveugle du massacre, et la flambée de haine qui allait en rejaillir sur eux ; sans doute quelque expert des Affaires Indigènes se pencha-t-il sur le dossier, monta sur son cheval, et partit en direction de l'est, interrogeant les survivants, séjournant au Nadhor pendant la brève instruction qui se termina par une sentence, dans la cour de la caserne de Guelma, et par la chute des six têtes, l'une après l'autre, tandis que s'effondrait notre tribu privée de ses chefs. Le télégramme arriva trop tard de la capitale, quelques jours trop tard ; les cadavres de la caserne étaient graciés. Les représailles se poursuivaient à feu couvert lorsque parvinrent les regrets et condoléances que nul ne pouvait plus transmettre ni accepter : les fils des six condamnés n'avaient pas quitté le berceau quand ils furent nommés caïds et cadis d'office, recevant de ce fait un nom patronymique correspondant à leurs futures professions ; ainsi triomphait le pire calcul jusque dans les réparations faites, car le nom de Keblout fut à jamais

119

proscrit, et demeura dans la tribu comme un secret lamentable, un signe de ralliement pour les mauvais jours.

Oui, la mosquée resta en ruines ; seul se dressait encore l'étendard vert du mausolée, taillé dans les loques des veuves et des vieillards.

Les hommes avaient fui, et les orphelins qui bénéficiaient des largesses allaient être à leur tour éloignés : la ruine de la tribu s'acheva sur des registres d'état civil, les quatre registres sur lesquels furent recensés et divisés les survivants ; l'autorité nouvelle achevait son œuvre de destruction en distinguant les fils de Keblout en quatre branches, « pour les commodités de l'administration » ; les hommes couchés sur le premier registre furent dotés de domaines dont ils ne tardèrent pas à être expropriés, vers l'autre bout de la province ; à cette branche appartenaient ton père et Sidi Ahmed... Les hommes couchés sur le second registre reçurent des emplois dans la magistrature, et se trouvèrent dispersés dans les différents centres ; à cette branche appartenait mon père. Les hommes de la troisième branche, bien qu'inscrits sur un registre distinct, connurent à peu près le même sort, mais s'éloignèrent encore en contractant de trop nombreux mariages avec d'autres familles moins éprouvées... Quant à ceux de la quatrième branche, ils gardaient la mosquée détruite, le mausolée, le peu de terre, l'étendard de l'ancêtre, et l'on parla de les constituer en confrérie pour en garder le contrôle, au cas où germerait un projet de vengeance... »

XII

Et ce jour-là, dans sa cellule de déserteur, Rachid croyait entendre sur le pont les révélations passionnées de Si Mokhtar, pleines du tumulte de la mer Rouge, en vue de Port-Soudan... « Tu dois songer à la destinée de

120

ce pays d'où nous venons, qui n'est pas une province française, et qui n'a ni bey ni sultan ; tu penses peut-être à l'Algérie toujours envahie, à son inextricable passé, car nous ne sommes pas une nation, pas encore, sache-le : nous ne sommes que des tribus décimées. Ce n'est pas revenir en arrière que d'honorer notre tribu, le seul lien qui nous reste pour nous réunir et nous retrouver, même si nous espérons mieux que cela… Je ne pouvais te parler là-bas, sur les lieux du désastre. Ici, entre l'Égypte et l'Arabie, les pères de Keblout sont passés, ballottés comme nous sur la mer, au lendemain d'une défaite. Ils perdaient un empire. Nous ne perdons qu'une tribu. Et je vais te dire : j'avais une fille, la fille d'une Française. J'ai commencé par me séparer de la femme à Marseille, puis j'ai perdu la fille (la photographie que montra Si Mokhtar faillit se perdre dans le vent ; c'était l'inconnue de la clinique)… Les gens à qui je l'avais confiée, au temps de mon amitié avec ton père, et qui étaient nos parents, l'ont toujours éloignée de moi ; et la mère adoptive vient de marier ma fille. Je n'y puis rien. Tous les torts sont de mon côté. Mais je sais bien que Nedjma s'est mariée contre son gré ; je le sais, à présent qu'elle a retrouvé ma trace, m'a écrit, et qu'elle me rend visite, c'est ainsi que tu l'as vue à Constantine, lorsque son époux l'y conduit de temps à autre avec lui… Je connaissais le prétendant depuis longtemps. Je l'ai vu naître. Son père était de ma génération, celle de ton père et de Sidi Ahmed. Je n'ai jamais pu aimer ce jeune homme. Pourtant j'avais des raisons, certaines raisons… A vrai dire j'étais presque le tuteur de celui qui devait s'octroyer Nedjma sans me le dire… Mais savait-il ? Et me voilà doublement humilié, deux fois trahi dans mon sang… A toi, Rachid, c'est à toi que je songe… Mais jamais tu ne l'épouseras. Je suis décidé à l'enlever moi-même, sans ton aide, mais je t'aime aussi comme un fils…. Nous irons vivre au Nadhor, elle et toi, mes deux enfants, moi le vieil arbre qui ne peut plus nourrir, mais vous couvrira de son ombre… Et le sang de Keblout retrouvera sa chaude, son intime épaisseur. Et toutes nos défaites, dans le secret tribal – comme dans une serre – porteront leurs fruits hors de saison. Mais jamais tu ne l'épouseras ! S'il faut s'éteindre malgré tout, au moins serons-nous barricadés pour la nuit, au fond des ruines reconquises… Mais sache-le : jamais tu ne l'épouseras. »

IV

I

La tribu demeurait sans chef ; deux femmes y moururent, nommées Zohra et Ouarda, la première répudiée, la seconde veuve avec ses deux filles, les sœurs de Mustapha, les deux vierges du Nadhor qui virent l'aigle assiégé les bombarder dans les airs ; elles grimpaient obstinément en direction de l'aire ouverte à tous les vents, et chaque fois, comme pour démentir sa mort devant la tribu décimée qui l'avait trouvé là, l'aigle centenaire abandonné depuis longtemps par sa compagne et ses fils, l'aigle en proie à la curiosité des vierges se traînait hors de chez lui, prenait son vol brusquement après de tragiques efforts d'ancêtre pourchassé, tournoyant à distance au-dessus des deux sœurs ainsi qu'un stratège blasé fuyant le théâtre d'une victoire à sa portée ; puis des rochers imprévus tombaient des serres de l'oiseau, projectiles sans réplique dont la chute consolait la tribu de sa défaite, comme un présage de force aérienne, ignorée des Anciens. Et la petite sœur disparut un soir d'été ; l'aînée ne dit rien à personne ; son corps fut retrouvé le jour suivant au pied du pic, un couteau glissé à sa ceinture ; et sans mot dire, la tribu enterra la vierge esseulée, la farouche fille de quinze ans qui perdit sa petite sœur, crut que l'aigle l'avait prise, et partit avec un couteau à l'assaut du veuf inaccessible, se tuant dans sa chute. Comptait-elle égorger le vieil oiseau ? Prévoyait-elle d'autres rencontres, ou songeait-elle à retourner l'arme contre elle si elle ne retrouvait pas la fillette ? Et celle-ci ne fut pas retrouvée ; l'aigle lui-même ne se montra plus ; et les dernières radoteuses de la tribu sans chef s'emparèrent de l'énigme : si l'aigle était parti avec sa proie, c'était peut-être le signe que la malédiction s'éloignait, grâce aux deux vierges sacrifiées pour le repos de Keblout.

II

Et le vieux Keblout légendaire apparut en rêve à Rachid ; dans sa cellule de déserteur, Rachid songeait à autre chose qu'à son procès ; le tribunal qu'il redoutait n'était ni celui de Dieu ni celui des Français ; et le vieux Keblout légendaire apparut une nuit dans la cellule, avec des moustaches et des yeux de tigre, une trique à la main ; la tribu se rassembla peu à peu dans la cellule ; on se serra au coude à coude, mais nul n'osait s'approcher de Keblout. Lui, l'ancêtre au visage de bête féroce, aux yeux sombres et malins, promenait son superbe regard sur sa tribu, la trique à portée de sa main ; il racontait ironiquement par ce seul regard l'histoire de chacun, et il semblait à ses descendants que lui seul avait réellement vécu leur existence dans toute son étendue – lui seul s'étant frayé passage jusqu'au Nadhor où, subissant déjà la défaite, il n'en mourut pas moins à la tête de sa tribu, sur la terre pour laquelle il avait probablement traversé les déserts d'Égypte et de Tripolitaine, comme le fit plus tard son descendant Rachid qui lisait à présent sa propre histoire dans l'œil jaune et noir de Keblout, dans une cellule de déserteur, en la double nuit du crépuscule et de la prison.

III

J'étais avec l'oncle Mokhtar et sa fille ; je leur jouais un air de mon invention ; Si Mokhtar, malade, illuminait la chambre où nous nous trouvions tous les trois depuis

126

des jours et des jours, au moyen d'une lampe à pétrole, qu'il rallumait et soufflait d'un instant à l'autre pour chercher sa tabatière perpétuellement égarée dans l'euphorie de l'herbe assassine… Nous formions, il est vrai, une assemblée indigne d'un éclairage soutenu : amants timides à l'ombre d'un aïeul – et la lampe sans verre de Si Mokhtar, en renouvelant les ténèbres, devenait avec mon luth un irrésistible centre d'attraction, abstraction faite bien sûr de la présence de Nedjma : sa tête enfouie dans les genoux de mon vieux camarade, elle avait laissé voir, au gré d'enfantines somnolences, la finesse d'une cheville sous un jambelet d'argent, et la naissance de son mollet devenait dans cette mi-nuit un savoureux danger de dérèglement musical. Il faut dire que nous étions tous les trois, enfin ! dans la période de repos que nous avions toujours souhaitée, depuis des années de perpétuel exil, de séparation, de dur labeur, ou d'inaction et de débauche ; enfin nous retrouvions les derniers hectares de la tribu, la dernière chaumière (nos parents vivaient toujours sous la tente et nous avaient isolés là non sans mépris, nous dont les pères s'étaient laissés tromper par les Français en quittant le Mont des Jumelles pour les cités des conquérants) ; cependant, on nous avait accueillis, et les liens du sang se renouaient peu à peu ; dans l'ardeur de l'été, nous pouvions vivre de fruits et de café, ce qui ne nous empêchait pas de manger du porc-épic en attendant la couvée des perdrix. Nedjma, dont la beauté et « l'air de famille » avaient frappé nos parentes, montait à présent la dernière jument de l'écurie, et ne semblait pas mécontente de son sort, bien qu'elle eût été enlevée à sa mère adoptive et à l'époux que celle-ci lui avait donné ; d'ailleurs la famille de Nedjma était à peu près la mienne ; le rapt n'avait guère fait scandale… Si Mokhtar, à présent, cherchait son tam-tam, tandis que Nedjma paraissait sur le point de s'endormir ; je redoublai de zèle : des notes bêtes et dures me venaient, pareilles aux larmes qui bouillonnaient à la vue de l'amante inaccessible et de son père dont la folie me paraissait de plus en plus évidente : il persistait à me demander par gestes son tam-tam, alors que je jouais du luth en me rapprochant de Nedjma au comble du ravissement… Au moment où je m'apprêtais à perdre l'esprit dans le vacarme que l'importun me forçait d'augmenter à chaque instant devant ses stupides interrogations, voilà que la lumière jaillit à la fenêtre qui me faisait face, et je fermai les yeux… Ce n'était plus la lueur de la lampe, mais l'éclair de l'orage ; l'averse tira Nedjma de son rêve ; puis le soleil parut au zénith, et Si Mokhtar s'endormit.

Je me trouvai en plein maquis auprès de Nedjma ; elle fut surprise de tant d'audace… Mais je ne pouvais lui dire qu'il me semblait trahir Si Mokhtar… Elle me pria de ne plus jouer du luth en sa présence ; cela lui rappelait son époux… Puis elle partit en courant ; elle prépara, sous un figuier, le vaste chaudron de cuivre qui servait de baignoire et de lessiveuse, le remplit d'eau et le laissa tiédir au soleil. De la clairière où Nedjma m'avait installé, je voyais le figuier grossir à la chaleur, feuilles et branches survolées par d'énormes guêpes en état d'ivresse, et il me semblait, bien que n'ayant pas rallumé ma pipe (que de morts, bien avant moi, avaient été lavés dans ce chaudron hérité de père en fils), apercevoir (deux figues venaient de naître au tronc bossu du figuier) il me semblait apercevoir un nègre dissimulé sous un autre figuier (il contemplait Nedjma qui s'ébattait dans le chaudron) et il était trop tard pour céder à la jalousie, trop tôt pour engager la lutte avec le nègre qui pouvait s'avérer ne pas être un rival, ni même un esthète capable d'apprécier le tableau, et peut-être, de sa place à lui, voyait-il plutôt le rebord du chaudron que les ébats de la femme nue, bien que le figuier cachant le nègre fût situé plus haut que celui qui me cachait, à moi, le corps de l'amante, de sorte que la seule attitude possible dans mon cas était de ne plus penser au nègre, d'espérer qu'il ne voyait pas Nedjma et qu'elle surtout ne ferait pas un mouvement, ne sortirait pas du chaudron avant que le nègre n'eût quitté son figuier ou ne s'y fût endormi, car si Nedjma voyait le nègre… Ou bien elle crierait sous l'effet de la terreur, et il me faudrait intervenir contre un homme dont la seule faute consistait à profiter de l'ombre d'un figuier ; ou bien, remarquant le nègre et me le faisant silencieusement remarquer, elle resterait dans son chaudron et redoublerait même de coquetterie (c'est toujours ce que suggère en pareille circonstance le démon de la femme) et alors s'imposerait l'assassinat préventif du nègre, ou le meurtre et le suicide au moment même où j'allais cueillir le fruit du rapt si longtemps médité... Mais Nedjma quittait le bain ! Elle parut dans toute sa splendeur, la main gracieusement posée sur le sexe, par l'effet d'une extraordinaire pudeur qui me dispensa de bondir en direction de l'intrus, dont l'imagination devait à présent dépasser les bornes... Mais comment tirer vengeance d'un rival imaginaire, alors que je me savais plus imaginatif encore que le nègre, moi qui suivais la scène par trois perspectives, alors que ni Nedjma ni le nègre ne semblaient exister l'un pour l'autre, sauf erreur de ma part... Je contemplais les deux aisselles qui sont pour tout l'été noirceur perlée, vain secret de femme dangereusement découvert : et les seins de Nedjma, en leur ardente poussée, révolution de corps qui s'aiguise sous le soleil masculin, ses seins que rien ne dissimulait, devaient tout leur prestige aux pudiques mouvements des bras, découvrant sous l'épaule cet inextricable, ce rare espace d'herbe en feu dont la vue suffit à troubler, dont l'odeur toujours sublimée contient tout le philtre, tout le secret, toute Nedjma pour qui l'a respirée, pour qui ses bras se sont ouverts. Je savais bien que le nègre s'échaufferait à ce spectacle. Mais je pensais que l'essentiel était que la femme ne s'aperçût de rien. En vérité l'innocence rayonnait sur son visage. Quant au nègre, il s'était encore aplati sous le figuier d'où j'étais seul (je continue de le croire) à reconnaître sa cachette.

IV

Quelle belle journée, quel magnifique coin de ciel !

Je me souvins de mon aventureuse enfance ; vrai ; j'étais libre, j'étais heureux dans le lit du Rhummel ; une enfance de lézard au bord d'un fleuve évanoui. Aux heures les plus chaudes, je m'endormais sous les cèdres, et le sommeil chassait la mélancolie ; je m'éveillais gonflé de chaleur. C'était pareil à cette joie, sous le figuier, de voir Nedjma au sortir du bain, distante, mais sans disparaître, à la façon d'un astre impossible à piller dans sa fulgurante lumière.

Encore ému des chants brisés de mon enfance, j'aurais voulu traduire à la créature que le nègre dévorait des yeux ce monologue des plus fous : « Pourquoi ne pas être restée dans l'eau ? Les corps des femmes désirées, comme les dépouilles des vipères et les parfums volatils, ne sont pas faits pour dépérir, pourrir et s'évaporer dans notre atmosphère : fioles, bocaux et baignoires, c'est là que doivent durer les fleurs, scintiller les écailles et les femmes s'épanouir, loin de l'air et du temps, ainsi qu'un continent englouti ou une épave qu'on saborde, pour y découvrir plus tard, en cas de survie, un ultime trésor. Et qui n'a pas enfermé son amante, qui n'a pas rêvé de la femme capable de l'attendre dans quelque baignoire idéale, inconsciente et sans atour, afin de la recueillir sans flétrissure après la tourmente et l'exil ? Baigne-toi, Nedjma, je te promets de ne pas céder à la tristesse quand ton charme sera dissous, car il n'est point d'attributs de ta beauté qui ne m'aient rendu l'eau cent fois plus chère ; ce n'est pas la fantaisie qui me fait éprouver cette immense affection pour un chaudron. J'aime aveuglément l'objet sans mémoire où se chamaillent les derniers mânes de mes amours. Plaise au ciel que tu sortes lavée de l'encre grise que seule ma nature de lézard imprime injustement dans ta peau ! Jamais amant ne fut ainsi acculé jusqu'à désirer la dissolution de tes charmes… En vérité, suis-je cet amant ? J'ai honte

130

d'avouer que ma plus ardente passion ne peut survivre hors du chaudron, symbole d'obtuse éprouvette dont les parois étouffent la seule humaine que mon sort me prescrit pourtant d'approcher et de circonvenir, de défendre et de protéger, au lieu de m'en remettre à la profondeur d'un chaudron. Mais Nedjma n'était-elle pas innocente ? Fallait-il l'induire en tentation, lui parler de ce nègre et lui conseiller désormais de se baigner dans notre chambre, quitte à chasser son père à l'heure sacrée de la sieste, mais ne plus exposer sa beauté devenue mienne aux yeux de quelque rustre ou même d'un enfant, car la vue d'un trésor est toujours dangereuse non seulement pour le propriétaire qui préférerait à présent ne l'avoir jamais vu, mais pour le ravisseur et le simple curieux qui ne pourront rester en paix, perdront le fruit du rapt et de la curiosité, tout cela parce qu'ils ne sauront jamais cacher leur trésor hors de leurs propres regards et de ceux d'autrui ? Oui, Nedjma, cache-toi dans ta robe, dans ton chaudron ou dans ta chambre, et prends patience, attends que je mette en déroute jusqu'au dernier rival, que je sois hors d'atteinte, que l'adversité n'ait plus de secret pour nous ; et, même alors, j'y regarderai à deux fois avant de m'évader avec toi ; ni ton époux, ni tes amants, ni même ton père ne renonceront jamais à te reprendre, même s'ils te confient pour l'instant à ma garde ; c'est pourquoi, plutôt que de te promener au soleil, je préférerais de beaucoup te rejoindre dans une chambre noire, et n'en sortir qu'avec assez d'enfants pour être sûr de te retrouver. Et seule une troupe d'enfants alertes et vigilants peut se porter garante de la vertu maternelle… »

Mais je ne pouvais rien dire de cela devant Nedjma, me contentant de l'énoncer à voix basse, murmurant pour moi-même le peu de mots capables de suggérer le mystère de pareilles pensées… D'ailleurs Nedjma s'était couchée près de moi, ruisselante, et le sommeil gagnait son corps détendu ; je ne savais que faire de ma nervosité croissante, tandis que le nègre semblait lui aussi s'endormir à bout d'émotion, et les deux figues brunes,

mûrissantes, ouvertes aux premières patrouilles de fourmis, me faisaient gémir avec sévérité contre ma présence
dans un verger trop chargé dont je me sentais obscuré-
ment gardien, visé de toutes parts pour la problématique
possession de Nedjma, moi qui voulais simplement l'aider à rester seule en attendant l'enjeu de la lutte que je
savais engagée depuis longtemps, en mon absence, alors
que Si Mokhtar ne m'avait pas encore parlé de sa fille ni
des drames de notre tribu : j'avais assisté déjà à une partie de la lutte, à l'élimination de Mourad, sans pouvoir
pronostiquer la défaite des deux autres amants, n'ayant
pas connaissance de leurs lieux d'exil ; et il restait encore
la mère adoptive de Nedjma qui devait la rechercher,
sans parler de Kamel, époux en titre de Nedjma, première victime du rapt exécuté par Si Mokhtar avec mon
aide ; et maintenant le nègre, qui semblait hors de question, mais pouvait lui aussi s'enflammer pour Nedjma,
méditer un autre rapt au beau milieu de notre dernière
terre, en l'absence d'autres mâles que Si Mokhtar et moi
pour défendre l'honneur de la tribu... A vrai dire je
voyais que le nègre, sous son figuier, avec son visage
fripé, plongé dans un sommeil de vieil animal, demeurait
immobile comme si de rien n'était, et je faillis attribuer
mes alarmes à la pipe de haschich éteinte une fois de
plus, quand Nedjma se réveilla, encore humide, se leva
vivement, allant à mon grand soulagement vers le figuier,
celui à l'ombre duquel se trouvait le chaudron qu'elle
souleva sans attendre mon secours et renversa en direction de l'autre figuier, puis retourna chez son père avec le
chaudron vide, me laissant dans une situation indéfinis-
sable : allais-je réveiller maintenant le nègre avant que
l'eau (l'eau où avait baigné la femme fatale) descendît
jusqu'à lui ? Ne serais-je pas alors dans la posture d'un
amant disant à un intrus : « Elle vient de se baigner,
veuillez vous écarter, car cette eau la contient toute, sang
et parfum, et je ne puis supporter que cette eau coule sur
vous » ; même un nègre, même un fils de l'Afrique sensible aux sortilèges pouvait mal prendre pareils propos,
et en tirer prétexte pour flairer la gazelle, se damnant

132

avec moi ; d'autre part, laisser le nègre endormi, c'était aussi lui réserver l'eau interdite, qui coulait rapidement vers lui ; or il venait d'avoir l'élégance de se relever ! Mais ce nègre était décidément beau joueur : au lieu de s'éloigner une fois pour toutes, il se contenta de quelques soubresauts, à la façon d'un saurien, ne cédant à l'eau courante que peu de terrain, et se recouchant obstinément à l'ombre du même arbre, pour être encore délogé par la coulée dont un nouveau soubresaut l'éloignait une fois de plus, sans mettre fin à son manège, comme s'il se trouvait devant n'importe quelle eau, n'importe quelle rivière qui devait à présent charmer ses rêves et lui procurer l'impression de nager : je ne doutais plus que le charme de Nedjma atteindrait l'imprudent si ce n'était déjà fait, et je priais pour qu'il n'allât point devenir dément, qu'il ne contractât pas sous son figuier quelque maladie mentale comparable à ma passion, me mettant dans l'obligation d'interrompre son rêve, moi, un humain ! Je rallumai donc ma pipe dans l'intention de lui parler : « Homme noir, quittez cette ombre avant la nuit, sous peine de perdre votre chemin... Rentrez chez vous ! Le soleil décline... Tant que vous n'êtes ni le rival ni la victime, faisons donc la conversation, car, bien que je n'aie pas la parole facile, il y a longtemps que ma langue remue comme un édifice infesté de dragons ! »

Mais je comptais sans les méfaits physiques de l'herbe... Mes propos s'effritèrent sans plus de résonance, et quant à l'interpellé, à supposer qu'il m'eût confusément entendu, il n'en continuait pas moins son somme et ses soubresauts, si bien que je quittai ma position, honteux d'avoir ainsi gâché ma journée.

Si Mokhtar, dont le visage était incontestablement roux, me considéra en jurant qu'il irait passer ses derniers jours dans la solitude, plutôt que d'assister à l'éparpillement de nos cervelles.

— Est-ce ma faute ? dis-je, et faut-il que je m'écrase au moindre de mes actes, comme un barbare gratifié d'un avion ? Si tu ne m'avais mis en présence de Nedjma, tu ne tremblerais pas à chacune de ses disparitions...

133

— Et toi, je te croyais plus énergique. Si tu n'étais pas toujours en train de chanter… Tu m'as encore égaré mon tam-tam !

— Le voilà, dis-je. Ciel ! Il est plein de sang !

— J'ai eu les orteils arrachés par la foudre, pendant que vous preniez le soleil, dit Si Mokhtar. Mais le sang n'est pas perdu. Donne, je vais le boire. Consolons-nous en reprenant notre musique. Mais surtout ne t'énerve pas. Notre art demande une tranquillité, un pacifisme à toute épreuve. Ou gare à la torture !

— La nouvelle couleur de votre visage…

— Ce n'est rien. Jouons.

Je ne pus rien dire et pris docilement le luth, tandis qu'il ajoutait : « Joue quelque chose que je connaisse à peine, afin que mon tam-tam ait le temps de sécher. »

— Te voilà gravement blessé. Alors que tes pieds sont peut-être broyés, tu veux encore jouer du tam-tam ?

La porte fut violemment poussée.

— Je savais bien que je vous trouverais là tous les deux, à vous disputer, dit Nedjma, alors que je suis en butte à l'indiscrétion d'un nègre…

Ciel, pensai-je, mes rêveries se confirment !

— Ha ha ! c'est un nègre ? dit Si Mokhtar, pris d'hilarité. Eh bien, vous êtes frais ! Laisse donc, ma fille ! Les nègres sont des amis de Dieu, sans compter qu'ils jouent admirablement du tam-tam.

V

Mon bras gauche avait considérablement allongé. La rivière au bord de laquelle nous étions se soulevait au-dessus des cailloux, flottant entre terre et ciel. J'entendis les insectes se frayer un chemin dans la forêt, et je crus même entendre circuler la sève à la faveur de la nuit. Bien plus, de nouvelles rivières et des arbres étaient sur le point de naître au fond de la terre, me forçant à tendre

134

l'oreille dans les délices de l'insomnie. Réprimant un tar-
dif désir de me baigner, je restai couché. Bientôt mes
idées en désordre retombèrent. Je me trouvai très affaibli.
Il fallait regagner le campement. Je pris enfin place, entre
ma maîtresse et son père. Il était trop tard pour réfléchir.
Je sentais venir à mes lèvres des paroles de défi, que je
refoulai pour n'incommoder personne. Il y eut un long
silence, chacun de nous prenant un air ironique afin de
masquer sa perplexité. Le plus tourmenté d'entre nous
n'aurait pas manqué d'éclater en paroles amères, si de
soudains coups de tonnerre ne nous avaient rendu notre
sang-froid. Puis Nedjma nous quitta. Si Mokhtar, en se
retournant sur sa couche, prononça un grand discours
dans la langue classique des Ulémas. Je n'y comprenais
rien. Quand je voulus l'éveiller, croyant qu'il s'agissait
d'un cauchemar, il me fit signe sévèrement de me taire.

Mais la nuit avançait. Il se mit brusquement debout,
malgré ses pieds bandés, en proie au démon de l'éloquence. Ses pieds saignaient. Je ne pouvais supporter ce
spectacle. Par la fenêtre, l'air du haschich nous quittait,
mais Si Mokhtar me paraissait de plus en plus bizarre.

— Je vais dormir, cette fois, dit-il. Je ne suis pas
mécontent de moi.

— Tu as de la chance, répondis-je.

Le muezzin appelait déjà à la prière. Il se trompait
manifestement d'heure. Si Mokhtar, pourtant bien poin-
tilleux sur ce chapitre, ne se leva pas pour les ablutions
de l'aurore. Mais le muezzin fut longtemps sans se taire.
Au dernier cri, ce fut vraiment l'aurore, et je pus venir à
bout de l'insomnie.

VI

Nous avons emporté des vivres et quelques affaires,
pour passer une semaine dans la forêt. Nous avons beaucoup marché, avant d'apercevoir loin devant nous une

maison délabrée qui semblait sans propriétaire. Nous perdant maintes fois dans les ronces, nous avons enfin trouvé une prairie. La maison n'était pas loin. Mais nul d'entre nous n'avait envie de s'y rendre. Nous étions fatigués. La tente fut dressée pour la nuit. Quelques heures après le dîner, pendant que le père et la fille dormaient, j'entendis un cri. Je me levai péniblement. Je tendis l'oreille; rien ne vint plus. Diable! Si c'était encore un accident? Je rassemblai des brindilles pour rallumer le feu. Le vent de nord-est soufflait toujours sur la prairie. J'avais froid. Seul ce cri m'empêchait de retourner à ma couverture. Mais personne ne criait plus; devais-je rester dans cette position jusqu'au matin? C'est pourtant ce que je fis, avec un courage auquel je rends moi-même hommage.

Arrive droit sur mon bivouac un homme empêtré dans son burnous, le capuchon rabattu sur le visage.

Sans un mot, il se mit à se chauffer les mains près de moi, puis me fit ses confidences d'un ton si sincère, si désolé, que je me félicitai de l'avoir attendu toute une nuit, et le payai de retour; j'eus l'impression que mes propos, à moi, ne lui plaisaient pas, mais je n'en fus nullement choqué (appréciant au contraire ce manque d'hypocrisie); à mesure qu'il parlait, je lui découvrais le plus heureux caractère; il zézayait et avalait trop de consonnes pour être de l'Est algérien; mais il n'avait pas l'air d'être précisément un étranger; avait-il des amis dans les parages? Peut-être connaissait-il l'être qui avait crié tout à l'heure?

— Pardon de cette question, mais n'avez-vous point dans la nuit entendu un cri? Peut-être dormiez-vous?

— Un cri! fit l'inconnu.

— Oui, c'est pourquoi je suis resté devant le feu, attendant que ce cri se reproduise…

— Quelle idée! dit-il. Je n'ai rien entendu. Dieu sait que j'ai l'oreille fine! Un oiseau, peut-être?

— Ah non! criai-je, rouge de colère. Me croyez-vous citadin au point d'abandonner ma couverture pour un cri d'oiseau? Comment! Je reste des heures à geler pour secourir un malheureux, et l'on se moque tout bonnement de moi ?

– Ne vous énervez pas…

A ce moment, Nedjma, que mes paroles avaient sans doute intriguée, poussa un cri affreux. L'homme disparut plus mystérieusement encore qu'il n'était apparu.

J'allai à Nedjma qui tremblait, m'efforçant de chasser le souvenir de cet homme sans visage, me promettant de régler tout cela plus tard. Elle parut me croire. Quant à Si Mokhtar, je tentai vainement de l'éveiller à coups de poing, voyant qu'il s'entêtait à dormir dans cette maudite prairie, et je craignis que ce sommeil ne fût le signe de l'épuisement. Car Si Mokhtar, pour nous mener à cette prairie, avait pris Nedjma en croupe sur la jument, tandis que j'allais à pied, et je voyais le sang s'égoutter à travers le bandage : suite de l'accident obscur qui fit éclater les orteils du seul Si Mokhtar (alors que nous étions tous deux avec lui) sans qu'il eût gémi ni crié. Cependant, Si Mokhtar dormait, et il fallait le laisser reposer. Je posai donc ma tête sur les genoux de Nedjma, devant le brasier agonisant.

Comment dissiper la frayeur de Nedjma ? Songeait-elle encore au nègre ? Somme toute cet homme était d'une rare civilité, puisqu'il restait chez lui, dévoré par je ne sais quelle passion où il entrait de l'amour pour Nedjma, et de l'adoration pour le fondateur de la tribu, le vieux Keblout, dont il était peut-être lui aussi le descendant… Car l'histoire de notre tribu n'est écrite nulle part, mais aucun fil n'est jamais rompu pour qui recherche ses origines. Si ce nègre était aussi un fils de Keblout, son mépris pour nous s'expliquait de la même façon que l'attitude distante adoptée par tous nos parents restés au Nadhor, alors que Si Mokhtar et moi étions de la branche des déserteurs. Et, comme tous les mâles de la tribu sont exilés ou morts, ce nègre fidèle au Nadhor natal pouvait même nous chasser, puisque nous étions de ceux dont les pères avaient vendu leurs parts de terre et contribué à la ruine de l'œuvre ancestrale.

Mais non. Si Mokhtar et moi continuions de jouir du temps radieux qui semble ne jamais quitter ce pays. Nedjma, jalouse de l'amitié qui me liait à son père, avait réussi à me rendre pesante la présence de Si Mokhtar, de même que le vieux bandit me traitait à présent de haut : et c'est ce qui faisait pour moi l'attrait de la vie à trois ; cette discorde que Nedjma semait partout sans songer à mal, c'était précisément l'arme de femme dont je désirais recevoir une seule blessure avant de prendre mon chemin, car la séparation me paraissait inéluctable... Enfin nous faisions silence autour de toutes ces choses, car nous ne tenions pas à troubler notre existence... Et puis nous voulions, avant d'envisager l'avenir, connaître toutes les survivances de la tribu, vérifier nos origines pour dresser un bilan de faillite, ou tenter une réconciliation. Pour cela, il fallait être admis sous le campement, parcourir le voisinage... C'est ce que nous faisions. Mais la halte dans la prairie se trouva prolongée par la maladie de Si Mokhtar. Il délira toute la journée... Le jour suivant, nous reçûmes un envoyé de la tribu. C'était un vieillard à peu près du même âge que Si Mokhtar. Il fut rejoint peu après par deux autres envoyés. Comme Nedjma, cachée sous la tente, les observait craintivement, le premier des envoyés se mit à rire :

– Dis à cette enfant de paraître à visage découvert. D'abord elle est des nôtres. C'est une femme Keblout. Nous avons le devoir de la garder au campement. Et puis elle n'est pas faite pour vivre avec des bouffons...

– Nous sommes aussi fils de Keblout...

– Peut-être, mais, en tant qu'hommes, qu'apportez-vous à la tribu ? Quand vos félons de pères l'ont quittée pour travailler chez les Français, c'était, paraît-il, pour lui revenir plus puissants. Où est votre puissance ? Est-ce le luth et le tam-tam rapportés de la ville ? Que vous soyez des débauchés, c'est votre affaire. Mais ne corrompez pas les femmes. Elles ne sont pas responsables de votre félonie. Aussi gardons-nous toutes nos veuves et toutes nos filles, bien que les derniers jours de la tribu soient venus. Qu'elles aient faim sous la tente de

Keblout, ce n'est pas un malheur. Nous sommes encore quelques mâles sans terre ni argent, gardiens de la Smala défaite. Laissez-nous Nedjma et partez. Je vous parle sans colère...

Et le vieux messager, après avoir échangé quelques mots à voix basse avec ses suivants, se mit à rire.

— Vous nous chassez, et vous riez ?

— Nous rions de ce que, Dieu merci, vous n'êtes pas les fous dangereux que nous pouvions craindre. Décidément, les Français ne vous ont rien appris... On dit que l'un de vous, un Keblouti de la branche des magistrats, était devenu colonel. Celui-là était dangereux. Il servait dans l'artillerie. Les Français l'ont envoyé au Maroc et en Syrie. Il s'est battu pour eux, a épousé une Française, gagné de l'argent. Celui-là pouvait venir en traître, avec sa nouvelle puissance, racheter nos terres tout en déshonorant la tribu. Il faut croire qu'il avait oublié le serment de ses pères. Quant à vous, partez sans crainte. Il n'y a pas de haschich ici, pas de vin, et nul n'appréciera votre musique.

— Écoutez, dis-je, nous n'avions nullement l'intention de vous choquer... Vous devriez au moins respecter le dernier philosophe de la famille, le bon Si Mokhtar qui a perdu ses orteils au cours d'une orageuse séance... Il va mourir. Vous ne pouvez emporter Nedjma maintenant. Bref nous vous demandons de partager quelques jours notre existence...

— S'il meurt, nous pouvons l'admettre au cimetière. Mais il faudra partir aussitôt après, et nous laisser sa fille.

En désespoir de cause, j'acceptai. Nedjma sanglotait près de son père brûlant de fièvre ; je m'étendis de l'autre côté, et m'endormis cette fois sans tarder. Je rêvai de Si Mokhtar dans le navire voguant vers La Mecque, puis au Soudan égyptien, sur la berge du Nil. Quand mon rêve prit fin, Si Mokhtar était mort. Je me trouvais seul avec le cadavre. Nulle trace de Nedjma. Enfin parut le vieux messager, et à sa suite, le capuchon relevé, un homme que je reconnus immédiatement : c'était le nègre du figuier, celui qui regardait Nedjma se baigner, et c'était aussi l'homme qui était venu se chauffer au brasier, dissimulant son visage.

— La fille est au campement, m'apprit le vieux. Éloigne-toi maintenant. Nous allons laver le mort.

C'est alors que le nègre me prit à part, d'un air menaçant...

VII

Grand chasseur, sorcier, meneur d'orchestre et médecin des pauvres, le nègre avait vu arriver Si Mokhtar ; le nègre était au courant de tous les faits divers du douar ; jour et nuit, depuis sa tendre enfance, il parcourait le Nadhor de long en large ; cette saison-là, il avait vu arriver le vieillard, l'avait vu installé avec la jeune fille, mais n'avait pas remarqué Rachid, n'en avait pas entendu parler jusqu'à ce jour... Et le nègre conclut que Si Mokhtar et Nedjma formaient un couple amoral, chassé de quelque ville, venu profaner la terre ancestrale. Ce fut probablement ce que pensa le nègre. Il attendit le commencement de l'orage, et se posta devant la porte ouverte, le fusil posé devant lui. A la faveur d'un coup de tonnerre, suivi d'éclairs puis de grêle sonore, il tira au jugé, par l'ouverture de la porte d'où il voyait la silhouette du vieux Si Mokhtar. Les plombs criblèrent les pieds du vieillard, qui s'évanouit. Le croyant simplement endormi, et n'ayant pas entendu le coup de feu ni vu la lueur de la poudre dans l'orage, ni aperçu le nègre aux aguets (la musique aidant, les deux jeunes gens étaient alors dans un autre monde), Rachid et Nedjma étaient sortis aussitôt après l'averse, profitant de l'occasion... C'était la première fois qu'ils se retrouvaient ensemble depuis leur rencontre à la clinique, plusieurs années auparavant... Pendant ce temps, le nègre avait quitté son poste, caché le fusil dans la broussaille, puis s'était lui-même enfoui sous le figuier… Il n'avait pas tardé à s'endormir, sans une pensée pour le coup de feu qu'il venait de tirer sur un vieil homme qu'il ne connaissait même pas, mais qu'il avait jugé, condamné, exécuté enfin, comme il aurait corrigé un enfant ou abattu un chacal chapardeur. — *petit voleur*

Et le nègre s'était tout bonnement endormi ; Nedjma ne l'avait pas vu ; il n'avait toujours pas remarqué Rachid. Et le nègre dormait, tout bonnement, lorsque Nedjma le surprit sous le figuier, trempé jusqu'aux os par l'eau du chaudron qu'elle venait de renverser, tandis que Rachid s'en retournait dans la chambre, auprès de Si Mokhtar… Le nègre dormait à sa façon. Il sentit que Nedjma le regardait. Il ouvrit doucement les yeux, s'ébroua, se mit debout d'un saut, et Nedjma ne put s'enfuir… Le nègre lui parla, fixant sur elle ses grands yeux brillants. Il se prétendit envoyé par les Génies pour veiller sur les filles de Keblout. Il interrogea Nedjma sur les liens qui l'attachaient au vieux Si Mokhtar ; il ne voulait pas croire que c'était son père ; et Nedjma comprit que le nègre était dément. Elle s'échappa en courant. Dans la chambre, Si Mokhtar était toujours allongé. Rachid ne put la tranquilliser. Elle était persuadée que le nègre la guetterait désormais, méditant quelque obscur sacrifice dont elle se croyait la victime désignée, sans que ses compagnons en eussent conscience… Quand ils partirent tous trois, le nègre était toujours aux aguets. Il supposa que Si Mokhtar, ayant maléfiquement échappé à l'assassinat, passait impunément à l'offensive, et voulait arracher Nedjma à la tribu après avoir tenté de s'y imposer avec elle ; mais la présence de Rachid intriguait le nègre. Il suivit les trois voyageurs jusqu'à la prairie. Il les vit dresser la tente, et il attendit la nuit. Si Mokhtar cria lorsqu'il vit le nègre se glisser près de lui. Rachid et Nedjma n'avaient pas distingué la silhouette à l'entrée de la tente. Ils mirent le cri de Si Mokhtar au compte d'un mauvais rêve. Mais le nègre était dans les parages. Il vit Rachid sortir de la tente, et allumer le feu. Alors le nègre se demanda s'il n'avait pas injustement tiré sur le vieux Si Mokhtar, qui pouvait vraiment être le père de Nedjma, puisqu'il ne vivait pas seul avec elle, et qu'un jeune homme les accompagnait. C'est pourquoi le nègre, après avoir parlé à Rachid, rendit visite aux vétérans de la tribu qui avaient fait vœu de vivre dans la forêt en ascètes... Le nègre leur parla de Rachid. Il déplora humblement son coup de feu. Les vétérans l'écoutaient à peine. Ils ne voulaient pas entendre parler de réconciliation avec des parents qui avaient déserté la tribu, avaient causé sa perte, laissant la mosquée détruite, le mausolée sans étendard, se liant à des familles étrangères, — bref, trahissant la tribu, qui s'était jurée de ne jamais accueillir leurs descendants, sinon comme des étrangers tout juste dignes de charité... Les vétérans finirent par envoyer un messager à Rachid, pour exiger l'abandon de Nedjma et le départ des deux proscrits... Quand Si Mokhtar mourut, Nedjma ne réveilla pas Rachid. Elle s'échappa seule, fut retrouvée par le nègre dément, conduite de vive force au campement des femmes...

Puis le nègre alla trouver Rachid, et le menaça de l'abattre s'il cherchait à revoir Nedjma, sans parler d'enlèvement... Comme Rachid s'indignait, le nègre le prit par le bras :

– Keblout a dit de ne protéger que ses filles. Quant aux mâles vagabonds, dit l'ancêtre Keblout, qu'ils vivent en sauvages, par monts et par vaux, eux qui n'ont pas défendu leur terre...

VIII

« L'Écrasante », annonçait l'homme dressé à la portière, et qui n'avait pas dormi de la nuit ; Rachid ne se leva pas. Il rabattait les revers de sa veste sur la vieille chemise de soldat, s'appuyant en avant, le front, le nez, la lèvre épaisse contre la vitre, comme s'il tenait à l'œil toute l'imprévisible banlieue de Constantine qui s'étendait au ralenti, apparemment hors d'atteinte, bondissante et pétrifiée, sans nulle hospitalité ni masque de grandeur, – selon le mot de ses habitants suspendus : l'Écrasante¹... Élevée graduellement vers le promontoire abrupt qui surplombe la contrée des Hauts Plateaux couverts de forêts, au sol et au sous-sol en émoi depuis les prospections romaines et les convois de blé acheminés par les Gênois pour finir impayés dans les silos du Directoire, Constantine était implantée dans son site monumental, dont elle se détachait encore par ses lumières pâlissantes, serrées comme des guêpes prêtes à décoller des alvéoles du rocher sans attendre l'ordre solaire qui téléguide leur vol aussitôt dissipé, – insoupçonnable promontoire en son repaire végétal, nid de guêpes désertique et grouillant, enfoui dans la structure du terrain, avec ses tuiles, ses catacombes, son aqueduc, ses loges, ses gradins, son ombre d'amphithéâtre de toutes parts ouvert et barricadé, – le roc, l'énorme roc trois fois éventré par le torrent infatigable qui s'enfonçait en battements sonores, creusant obstinément le triple enfer de sa force perdue, hors de son lit toujours défait, sans assez de longévité pour parvenir à son sépulcre de blocs bouleversés : cimetière en déroute où le torrent n'était jamais venu rendre l'âme, ranimé bien plus haut en cascades inextinguibles, sombrées à flanc d'entonnoir, seules visibles des deux ponts jetés sur le Koudia, du ravin où l'oued n'était plus qu'un bruit de chute répercuté dans la succession des gouffres, bruit d'eaux sauvages que ne contenait nulle chaudière et nul bassin, bruissement sourd sans fin, sans origine, couvrant le grondement acharné de la machine dont la vitesse décroissait cependant, traversant des restes de verdure, prairies encore interdites au cheptel, irradiées sous la légère croûte de gel, fourrés de figuiers nus et difformes, de caroubiers, de ceps en désuétude, d'orangeraies rectilignes, détachements de grenadiers, d'acacias, de noyers,

---

1. L'Écrasante : *Ad'dahma*, adjectif par lequel l'imagination populaire désigne Constantine.

ravines de néfliers et de chênes jusqu'aux approches du chaos brumeux et massif, – le roc, sa solitude assiégée par la broussaille, l'énorme roc et l'hiver finissant dans ses replis âpres et irrités... Sidi Mabrouk.

Enfumée dans la brume, la locomotive semblait perdue à chaque détour, chaque escapade, chaque maléfice de la brusque, la persistante ville – Écrasante de près comme de loin – Constantine aux camouflages tenaces, tantôt crevasse de fleuve en pénitence, tantôt gratte-ciel solitaire au casque noir soulevé vers l'abîme : rocher surpris par l'invasion de fer, d'asphalte, de béton, de spectres aux liens tendus jusqu'aux cimes du silence, encerclé entre les quatre ponts et les deux gares, sillonné par l'énorme ascenseur entre le gouffre et la piscine, assailli à la lisière de la forêt, battu en brèche, terrassé jusqu'à l'esplanade où se détache la perspective des Hauts Plateaux, – cité d'attente et de menace, toujours tentée par la décadence, secouée de transes millénaires, – lieu de séisme et de discorde ouvert aux quatre vents par où la terre tremble et se présente le conquérant et s'éternise la résistance : Lamoricière succédant aux Turcs, après les dix ans de siège, et les représailles du 8 mai, dix ans après Benbadis et le Congrès Musulman, et Rachid enfin, dix ans après la révocation puis l'assassinat de son père, respirant à nouveau l'odeur du rocher, l'essence des cèdres qu'il pressentait derrière la vitre avant même de discerner le premier contrefort. Le convoi, réduit à un tintamarre de cavale surmenée, traversait une journée de plus à la nage, hurlant et sursautant à travers d'anciens pâturages, – d'où fut captée sa force autrefois chevaline, songeait Rachid à la vue d'un étalon affolé le long de la voie. Le cheval n'avait pas un regard pour l'attelage au bruit de cataracte qui le laissait loin en arrière, emportant sa force usurpée.

Rachid était arrivé... Il revenait d'une longue absence. La gare. Le pont. La charrette barrant la route au trolley-bus. C'était bien le rocher natal deux fois déserté par Rachid : d'abord sous l'uniforme, puis sous l'empire de la femme qu'il croyait fuir au chantier, sur

les lieux du crime, le second crime commis par un ami,
et qui ramenait Rachid à l'endroit précis où son père
était tombé sous les balles d'un autre ami que Rachid
connaissait de près, qu'il soupçonnait sans doute, mais
trop tard, car il l'aimait à présent plus que le père abattu
avant qu'il vît le jour. Il n'avait rien à déplorer. Ce
n'était qu'une tristesse de surface, un casque semblable
au rocher qui pesait sur le déserteur... Il ne s'inquiétait
pas d'être poursuivi. Ni la medersa, ni l'armée, ni le
chantier n'avaient pu le retenir. Bien avant qu'il eût
passé les lignes, alors qu'il organisait les grèves d'étudiants, la police lui avait appris l'inviolabilité. Son
repaire était alors celui de tous les proscrits : le bois du
Rimmis où il s'enfonça la nuit de son premier retour à
Constantine ; à l'époque, il venait de traverser la
Tripolitaine à pied. Mais, cette fois, il se dirigea tout droit
vers la maison héritée de son père. Rachid poussa la
porte de bois massif, sans agiter le marteau. Le domicile
abandonné dominait la salle du tribunal militaire, par
une lucarne due vraisemblablement à l'audace d'une
famille turque soucieuse de surveiller les mouvements
de la Casba. Visible à cent pas, dès l'entrée de l'impasse,
dans le flot d'ordure et de boue que la municipalité radi-
cale conservait à titre de tradition populaire, la maison
de Rachid, cruellement passée à la chaux, puis au bleu
de méthylène, faisait frontière entre le ghetto et la ville
ancienne ; sur la gauche, deux autres bâtisses mito-
yennes fermaient l'impasse ; à droite, débordant le mur
de l'Intendance – siège du tribunal qui jugeait les déserteurs –, un jardinet sauvage submergeait les décombres
d'un quatrième immeuble rasé par l'artillerie de
Damrémont, au cours du second assaut qui se termina
par les quatre jours de bombardement, les quatre pièces
faisant feu à bout portant, et les hauteurs de la Casba
rendant coup pour coup comme si les boulets avaient
simplement ricoché le long de la muraille et du roc ; puis
la poudrière explosa, dernière cartouche des assiégés ; ce
fut alors la conquête, maison par maison, par le sommet
du Koudia (aujourd'hui la prison civile où les vaincus

purgent leur peine sous d'autres formes, pour un forfait bien plus ancien que celui dont on les dit coupables, de même que leur banc d'infamie repose en réalité sur un silence de poudrière abandonnée) qu'occupait la batterie de siège, pulvérisant les nids de résistance l'un après l'autre ; puis, par la place de la Brèche à partir de laquelle allait être bâtie la ville moderne, enfin par la porte du marché, l'entrée de Lamoricière en personne, la hache d'une main et le sabre de l'autre... « Pas loin de sept heures », pensait Rachid... L'heure à laquelle se montra le chef des Français, dans les décombres qu'un siècle n'a pas suffi à déblayer ; depuis l'entrée de Lamoricière ce quartier n'avait guère changé son train de vie : négoce, bureaucratie, mendicité. Les grands chantiers qu'on se proposait de mettre en marche avaient toujours passionné les habitants comme un rêve exotique, digne de l'ère nucléaire, et que la plupart attendaient pour fonder un foyer ou acheter une chemise... Quelques immeubles gigantesques, quelques usines anarchiques, et le chômage persistant dans le plus riche des trois départements, dans la ville même « où de Gaulle vint m'accorder la citoyenneté... J'espère qu'on ne m'a pas vu arriver seul et sans valise, bougonna Rachid, tirant à lui la rampe descellée, se hissant à la terrasse par le dernier degré dont le rebord lui arrivait au genou... Y a pas comme les fils de famille pour dépister un ami déchu rien qu'à sa façon de marcher... Et qui pouvait s'attendre à mon retour ? Ils doivent donner libre cours à leur hargne et penser que je fais fortune à l'étranger, après avoir désespéré ma mère... Curieux qu'on ne m'ait pas abordé depuis la gare... Pas le moment de se montrer, ni pour eux ni pour moi ». Il connaissait chaque locataire des cahutes sentant la cuisine aigre, aux escaliers casse-cou incrustés de mosaïques. La pompe orientale dévorait les infections de lumière jaillies d'impasses d'où l'urbanisme moderne semblait le premier à se détourner. Des remparts de la caserne, par la place des Galettes, celle des Chameaux, Rachid s'était risqué dès l'enfance jusqu'aux ravines, aux catacombes autrefois

cabane

sans issue où les victimes du Dey étaient précipitées, cousues dans des sacs, jusqu'aux escarpements surpeuplés de Sidi Rached et d'El-Kantara : le Rummel engouffré sous les six arches du pont romain, seul demeuré debout parmi les sept ponts qui desservaient Cirta, la capitale des Numides – jusqu'aux bouges qu'il observait de loin parmi les hordes enfantines de la passerelle Perrégaux : les bouges de Bab El Djabia où une jeune araignée du nom d'Oum el-Azz l'avait attiré dans ses toiles... Non loin de là était né Si Mokhtar... Le vieux Si Mokhtar, boxé par le préfet après les manifestations du 8 mai, et qui défila seul à travers la ville, devant les policiers médusés, avec un bâillon portant deux vers de son invention que les passants en masse gravèrent dans leur mémoire :

Vive la France
Les Arabes silence !

Assassiné en des circonstances jamais élucidées, le père de Rachid avait laissé à ses veuves leurs bijoux, la dernière propriété, des dettes d'honneur et des hypothèques. Le défunt avait d'abord enseigné la langue arabe à la medersa ; suspendu à plusieurs reprises, puis révoqué pour n'avoir pas tenu compte des sanctions, il avait finalement vécu sur les parcelles de terre et la ferme, débris des biens ancestraux dépréciés de génération en génération depuis la chute sanglante du fief, le Nadhor aujourd'hui dépeuplé... Il avait eu quatre femmes. Aïcha, la benjamine, n'avait pas encore accouché de Rachid lorsqu'on lui ramena la dépouille conjugale... Ce fut elle, Aïcha, qui eut la garde des trois aînées, ses rivales, jusqu'à ce que, remariées, elles eussent quitté la maison... Le dernier-né, Rachid, ne devait pas connaître longtemps ses neuf demi-frères et demi-sœurs ; il avait tété à trois poitrines : les seins blancs d'Aïcha, ceux de la seconde épouse, et les globes noirs que lui tendait, en riant de toutes ses dents, la troisième épouse, la négresse de Touggourt dont les secondes noces (bénies par Aïcha, la plus jeune des quatre veuves qui ne devait jamais se remarier) furent célébrées l'année où Rachid franchit le seuil de l'école. Il ne restait plus que sa mère au logis. Les trois autres femmes étaient parties pour d'autres foyers, avec leurs rejetons... Et Rachid avait commencé à détester le lieu de désertion et de tristesse qu'il héritait d'un père assassiné à la force de l'âge, encore célèbre à Constantine, et pas seulement à cause de la polygamie, autre héritage qui prédestinait Rachid à la dictature féminine ; à dix ans, il était en adoration devant deux idoles : la mère qu'il ne voulait pas croire veuve, et l'institutrice, Mme Clément, qu'il ne voulait pas croire mariée... Elle lui caressait parfois la joue ; le jour où il fallut passer au cours élémentaire, il attendit la récréation pour se précipiter dans la cour de Mme Clément... Ce fut M. Clément qui le découvrit. Il reçut encore une tape un peu rude sur la joue, et dut réintégrer sa nouvelle classe dont il fut rapidement exclu : la timidité s'était muée en abattement, puis en furie sportive, enfin en combativité pure et simple. Alors se rompit l'autre lien sentimental qui le liait à sa mère... Le père de Rachid avait longtemps enseigné à la medersa, avant d'être révoqué (polygamie, folie des grandeurs, voyages à l'étranger, indiscipline, alcoolisme intermittent n'étaient que griefs saugrenus : en fait, il était surtout accusé de soutenir un comité d'étudiants qui venait de se constituer sous la bannière du Congrès musulman alors en voie de formation)... Il fallait trois ou quatre années pour préparer le concours d'entrée à la medersa ; Rachid venait à peine d'apprendre dans quelles circonstances son père avait disparu ; certains disaient qu'il avait péri dans un guet-apens. Rachid s'était mis ardemment à l'étude, poussé dans la tragédie paternelle par les rares récits d'Aïcha, et les mille autres rumeurs qui couraient sur l'assassinat ; il fut admis après huit mois de préparation... Et Rachid reconstitua le comité soutenu par son père... La bourse était de deux cent quatre-vingts francs. Il fallait vivre de pois chiches. Le port du fez et de la culotte bouffante était obligatoire.

148

Au bout d'un an, Rachid fut élu président, à la majorité absolue. La police avait saisi en son absence la caisse et les papiers. Mais les étudiants des deux autres medersas s'étaient joints au mouvement. A Tlemcen, il y eut une grève, suivie d'expulsions. Puis le gouverneur dut prendre un arrêté reconnaissant les amicales d'étudiants. Convoqué par la police des Renseignements généraux, puis par le Cadi qui le supplia, au nom du défunt qu'il avait bien connu, de se consacrer aux études, « seul moyen de travailler pour le pays », Rachid ne put qu'échouer à l'examen de passage.

Le vieux Si Mokhtar, autre ami du défunt, n'attendait que cette extrémité pour intervenir. Il fit entrer Rachid comme maître d'école dans une medersa libre. La préfecture l'en délogea dans le cours de l'année. Alors Si Mokhtar le plaça dans une droguerie. Il fut chassé à la fin du mois : il avait refusé d'arborer un fez en plus de la blouse blanche qui devait le rendre « présentable devant la clientèle ». A dix-huit ans, licencié de la droguerie, Rachid jeta dans sa poche la pièce d'or qui restait, que sa mère décousit de sa ceinture, et il conduisit Aïcha chez des parents ; la mère fut ainsi prise en charge jusqu'à la fin de ses jours, tandis que Rachid, tombé en chômage, s'adonnait à l'art dramatique.

Trois mois après, il recevait à domicile une créature égarée par son impresario ; le théâtre arabe manquait terriblement d'actrices. Rachid tira Oum el-Azz de la prostitution pour la présenter comme vedette de sa troupe naissante. L'apprentissage de la jeune fille demanda plusieurs nuits successives. Si Mokhtar apporta un phonographe d'occasion, et leur prodigua ses conseils. Ils ne tardèrent pas à obtenir les faveurs du public… Le spectateur moyen ne pouvait savoir qu'il faisait vivre la maîtresse d'un insoumis (Rachid ne s'était pas présenté au conseil de révision), et les policiers se montraient pleins de civilité dès que surgissait, sans faire résonner les planches, la brune et suave Oum el-Azz, baptisée Kaltoum comme la plupart des actrices et danseuses de l'époque, une célèbre cantatrice de ce nom faisant alors ses débuts en Égypte... Dès qu'Oum el-Azz renversait la taille, bien des turbans se renversaient au plus vite, et les économies des futurs pèlerins se tendaient avec des poings convulsifs, au dépit de Rachid qui décida de revêtir l'uniforme, et fut dirigé sur la Tunisie après quinze jours de cachot ; il déserta aux premiers jours du Ramadhan, revint par la Tripolitaine, et quitta Oum-El-Azz, définitivement cette fois, après une scène décisive : un Agha lui avait ordonné d'acheter une bouteille d'anisette pendant qu'il tiendrait compagnie à la vedette, qui avait reçu tous ses disques préférés à la tête, pendant que le dignitaire prenait la fuite... Le vieux Si Mokhtar vint au secours de son protégé. Guéri du théâtre, Rachid songeait à partir pour la France, lorsqu'il rencontra l'étrangère de la clinique. Et Rachid n'avait fait qu'aller et venir, de ville en ville. Une fois de plus, il échouait sur le Rocher. Il se retrouvait seul au logis, sans nouvelles de la mère de Si Mokhtar qu'il n'avait pas revu depuis la traversée de la mer Rouge dont ils étaient revenus ensemble ; le vieillard l'avait subitement quitté à Bône, sans rime ni raison, sans dire qu'il allait disparaître, tout comme les trois amis dont Rachid venait de se séparer au chantier...

IX

Affalé contre la fenêtre ouverte, Rachid tomba nez à nez avec un cafard qui allait rejoindre lui aussi son gîte après la nuit... Rachid poussa un faible rugissement, et le cafard croisa ses antennes, en signe de soumission ; le ciel demeurait sombre. « Peut-être tirerais-je un peu d'argent de la bicoque, mais où trouver un courtier qui ne me ruinera pas, sous prétexte de venger ma mère ?... » Le cinquième jour, il déclina les invitations, ne se laissa plus interroger ni prendre à l'abordage par tous les bavards qui lui tombaient dans les bras, l'em-

150

brassaient comme s'il revenait de la guerre ou d'une élection triomphale.

Il s'engagea sous la passerelle ; la fumerie qui l'arrêta prolongeait une ruelle pavée, à quelques pas de la medersa. C'était un hangar séparé en deux par une cloison de bois, pour éloigner les buveurs des fumeurs. Dans la nuée fétide qui montait au plafond, Rachid repéra un autre déserteur, un étudiant devant ses livres, des joueurs tenant leurs cartes à distance, feignant l'indifférence et la fatigue... A l'entrée du fondouk, un petit comptoir forçait la décision ; l'homme qui tendait les sachets trônait, Olympien de vingt ans, le front accidenté. Rachid le croyait à l'hôpital psychiatrique.

– Tu leur as encore échappé, frère Abdallah !

Rachid embrassa le maître de la fumerie, qui quitta son comptoir et l'accompagna derrière la cloison, détournant, l'espace d'une fausse mise, l'attention des joueurs. Le soleil rongeait la queue d'un chat qui glissa au coin des fumeurs outrés. Outré, le chat s'étala face au soulier pointu d'Abdallah. Rachid fut poussé au milieu de trois hommes en bleus. Celui qui avait le nez cassé tendit la pipe dont le tuyau était un roseau vert. Abdallah et le chat ronronnèrent de plus belle. Abdallah se sourit à lui-même ; il lâcha une boulette brune qui rendit un bruit mat en tombant d'un faisceau lumineux sur la table, entre un papier épanoui sous les olives et un lys dans une bouteille de limonade, titubant aux quatre vents de la pipe.

Selon les usages, le patron se devait d'ouvrir la séance, et d'introduire les visiteurs. Il devait être à sa quarante ou cinquantième bouffée. Grave et colossal, Abdallah observa un instant le roseau humide, qu'il essuyait du revers de la manche, mais ne l'alluma pas avant d'avoir vidé la théière et puisé dans la caisse de dattes, pendant que l'homme au nez de boxeur dégainait son couteau, détachait un morceau de matière verdâtre gros comme la moitié d'un noyau de datte, et le réduisait en atomes gluants, avec une patience, une longanimité narquoise et triste qui faisait trembler Rachid (bien qu'il

151

ne pût passer pour un novice, à proprement parler).
Abdallah se mit enfin de la partie, mêlant le tabac blond
aux résidus verdâtres qui paraissaient gris sous le soleil
reparu.

– Préparez les parachutes, dit le boxeur, tandis que le
maître de la fumerie faisait le mélange, palpant les grains
de haschich broyé, concentré, chauffé sur une brique
avant d'être livré en tablettes d'un gramme enveloppées
de cellophane :

– C'est du vrai venin de scorpion, fait pour nos cœurs
noirs.

Le boxeur avançait un verre à moitié plein d'eau
qu'Abdallah avait posé à l'extrémité du banc ; la pipe
bourrée, le boxeur plongea le roseau dans l'eau, sous
l'œil ahuri de Rachid qui n'avait jamais fumé que des
cigarettes roulées, les « obus », disait-on à la medersa,
entre initiés ; mais cela, c'était le canon. Le boxeur appliqua ses lèvres entre le rebord du verre et ses doigts serrés
sur le fourneau de la pipe qu'il présentait à l'allumette
dont Abdallah promena la flamme sur toute la surface du
tabac qui se piqua aussitôt de points noirs grésillants ;
Rachid fut invité le premier, selon les règles. Il aspira
sans crainte, faisant encore grésiller les petits points
noirs, et claquer l'eau rapidement jaunie. Abdallah prit
la pipe après lui, puis le boxeur, puis les deux autres
hommes qui, par leurs dentitions métalliques, leurs tricots rayés, la proportion de fumée qu'ils enfouissaient,
apparurent à Rachid comme les chevaliers d'une cause
fondée sur le renoncement à la carcasse humaine. Celui
qui paraissait le plus âgé, si l'on considérait ses cheveux
blancs malgré ses dents blanches, se colla de tout le torse
à son banjo, libérant une voix sans timbre :

> Avec sa pantoufle, avec sa pantoufle,
> Elle a quitté le bain,
> Avec sa pantoufle.

Le chanteur se dégageait habilement de sa musique,
au souvenir d'une citadine en sabots, et Abdallah se
voyait loin de la pègre, gérant du casino de Constantine,

milieu (des voleurs, malfaiteurs)

après la proclamation de l'Indépendance. Il attendit la fin de la chanson pour révéler des idées manifestement inspirées par le pasteur qu'il avait servi dans son enfance : « ... Je maigris de mes poignets à la naissance du cou, alors que mon corps reste d'un homme robuste. Ce n'est ni le vin ni le kif. D'ailleurs, je mange comme quatre, et je maigris. Pour m'infliger le contact de l'air, je prends le chemin des touristes, de bon matin... Chose inadmissible, mes escalades, quoique salutaires, accentuent la dégénérescence du squelette. Tes poumons sont clairs, dit le docteur. Mais je sais que je mourrai d'étouffement, à la façon des poissons... Je me fais vieux, et j'ai de plus en plus d'idées ; et chaque fois que je remonte, je descends encore plus bas... »

— Moi, coupa Rachid, ce qui me revient, c'est les bagarres du temps que j'étais gosse.

Rachid fut interrompu ; le vieux chanteur s'égosillait, parlant de tout autre chose.

— D'ailleurs, si je comptais mes ans, il y a longtemps que je serais mort, et puis j'ai été inscrit à l'état civil une guerre après ma naissance, quand le gouvernement s'est mis en tête de nous considérer comme des citoyens, pour le meilleur et pour le pire... Officiellement, j'avais quatre enfants dans mon livret de famille, où on disait que j'étais cultivateur. Tout ce que j'ai cultivé dans ma vie, c'est un terrain de chanvre. On m'a dénoncé. J'ai bazardé le terrain, je me suis mis marchand de pois chiches, je me suis remis au chanvre à cause des soucis, mais je n'avais plus ni terrain ni enfant : y a ma fille divorcée qui tricote par-ci par-là, y a mon autre fille qui élève les gosses d'un caïd incapable de me procurer un permis de chasse, y a mon jeune fils qui travaille dans un restaurant de Tunis, en se faisant passer pour Napolitain. L'aîné, mon seul soutien, il est mort de la typhoïde. Enfin, j'ai pris une seconde femme, mais la première est morte dans la force de l'âge...

« A l'école de mon quartier, Mme Clément, directrice, frappa Mouloud d'un coup de tringle à la tête. Notre chef Bozambo tira son couteau et l'offrit à Mouloud, qui le jeta aux pieds de la directrice, sans en tirer vengeance.

Mouloud pleurait.

Toute l'école était fidèle à Bozambo, qui doublait toutes les classes.

Mouloud pleurait. Mario, frère de Marc et de Henri, amoureux à tour de rôle de la nièce de Mme Clément, frappa Mouloud d'un coup de parapluie au cou. Je n'eus plus peur de Mouloud, et lui jetai mon ardoise à la figure.

M. Clément arrivait à quatre pattes dans la classe. Il prit Zoubir, frère aîné de Mouloud, par les oreilles et le souleva comme un lièvre. Par respect pour M. Clément, nous roulâmes par terre, de rire. M. Clément riait. Mouloud pleurait. Bozambo reprit son couteau sous le nez de M. Clément, qui se mit en colère.

Chérif, cousin de Bozambo, sortit son livre de grammaire :

général	*généraux*
amical	*amicaux*

– Rachid, au tableau ! dit Mme Clément. Mouloud, prends tes affaires !…

Rachid n'entendait plus sa voix ; il nageait dans le calme profond de la mémoire, gouailleur, indifférent. Les paroles s'échappaient en feux d'artifice dont il était le premier à s'étonner, mais il ne les entendait pas jusqu'au bout, parlant vite, s'embrouillant et se débrouillant au hasard, sans faire ouf, avec une étourdissante facilité qui l'entraînait toujours au-delà, bien qu'il poursuivît l'une sur l'autre des rêveries chaotiques dont la substance enfuie n'affluait pas avec les paroles, mais les impulsait, les imprégnait, leur donnait couleur et forme. Otant ses lunettes fumées de temps à autre, faisant une pause, il reprenait brusquement, louchant à la ronde, mi-triomphant, mi-persécuté, sans répondre aux regards, aux sourires, au silence indigné du boxeur, – parlant plus vite encore de sa voix surfaite, pleine d'éclats, qu'il semblait destiner à quelque contradicteur inaccessible, lui-même peut-être, bien qu'il n'entendît pas toujours sa propre voix :

– Bozambo avait un frère encore plus fort que lui, la gloire de Constantine…

Abdallah fit : « oui » de la tête, et il ajouta :

– Tué pendant la guerre…

– Les deux frères se battaient souvent. Fatalité. Fallait que l'un d'eux meure à la guerre… Ils habitaient à deux pas du quartier réservé. Un jour, leur mère les a surpris avec une folle qu'on ne pouvait déloger du quartier…

– Pas si folle que ça, dit Abdallah. C'était sa manière d'éviter les maquereaux. J'en connais qui ont travaillé pour elle…

– Eh bien, reprit Rachid, la mère a dû comprendre le jeu de la folle. Elle a vu ses deux enfants subjugués. Elle a redoublé de soins pour eux. Ferhat (Bozambo pour les amis) et Aïssa, ce sont mes yeux, qu'elle disait à tous les coins de rue, pendant qu'ils se tendaient des embuscades. La folle avait disparu, mais les deux frères ne cessaient de se menacer, de se chercher querelle, et finalement de se battre, car Bozambo ne s'avouait pas vaincu, et Aïssa était un peu plus grand que lui… Mais la mère veillait sur eux. Elle a tout fait pour qu'ils oublient la folle, leur trouvant des souliers, permettant même à Bozambo d'aller à Alger comme meneur de tambourin dans un camion d'artistes… Rien à faire. Les deux frères ont effrayé tout le quartier. Ils ont vendu l'anisette que leur père cachait en prévision des fêtes juives, et ils se sont battus pour l'argent. A la fin, le père a renoncé à son commerce, et il a regagné je ne sais quel pays natal où sa belle-mère n'a pas tardé à le rejoindre… Mais la pauvre femme est restée avec ses enfants, bandits ou pas bandits. Alors elle a commencé à devenir un peu folle… Elle voulait les marier, paraît-il, à la fille d'une voisine, sans consulter celle-ci ni sa fille, sans même choisir définitivement entre les deux produits de ses entrailles, car tous les deux étaient insaisissables, n'ayant d'ailleurs pas l'âge de prendre femme, puisque Bozambo venait de quitter l'école… La mère avait certainement perdu la tête… Et c'est alors que les deux frères se sont rencontrés… En vérité, ils se sont mis à se disputer comme s'ils devaient rester l'un et l'autre sur le carreau. Ils se sont pris de loin, à coup de cailloux, dans le couloir du bordel, ils se sont pris ! A la « Rose de Blida » encore ! l'un des plus fréquentés. Aïssa n'avait qu'un trou au front, et le sang lui descendait dans les narines. Bozambo avait plusieurs trous sur le crâne, au visage, mais il ne saignait plus beaucoup. Il fonçait, les yeux fermés. Il ramassait des vieux morceaux de tuile qu'il avait en réserve, et il envoyait les morceaux à toute volée, juste le temps de viser, et les coups partaient d'eux-mêmes comme d'une arme à répétition, deux ou trois l'un après l'autre ; de son côté, Aïssa ne jetait plus des pierres ; il récupérait à toute vitesse les projectiles que lui envoyait Bozambo, et il les renvoyait. Les deux frères zigzaguaient comme des taons. A chaque coup, ils se couvraient le visage ou la tête. Le sang coulait sur les pantoufles des courtisanes, dans les sébiles des mendiants et le long des cartouches de cigarettes vendues pourtant à la sauvette… Puis les deux frères se sont mis à pleurer ; ils pleuraient leur bagarre interminable, sermonnés par les doyennes en robes légères ; les passants jetaient des proverbes réprobateurs. Des groupes d'enfants, se tenant par la main, passaient des tuiles aux belligérants, prêts à suivre leur exemple, puis la mère est arrivée. Elle a crié en bousculant les femmes. Une bonne partie des spectateurs s'étaient rués dans un bar. Bozambo et son frère ont battu en retraite, tout en poursuivant le combat, pendant que la mère cachait dans sa robe tous les morceaux de tuile qu'elle trouvait, glissant sur les flaques de sang… Une triste histoire ! Elle ne voulait pas rentrer chez elle, disant qu'elle allait sûrement trouver le cadavre d'un de ses enfants sur le seuil… Personne n'a eu le courage de rechercher les adversaires ; ça faisait tout drôle de savoir qu'ils étaient quelque part, pleins de sang, en train de se battre ou de s'épier. Et, le soir même, les parents firent usage de leur force sur chaque enfant. Ma mère m'a retenu à la maison, mais j'ai sauté par-dessus le mur, la nuit venue, et je suis tombé sur les deux frères... Ils jouaient aux cartes, pas loin de l'endroit où ils s'étaient livré bataille, ne cherchant pas à tricher, mais prêts à se prendre à la gorge si la moindre occasion se présentait...

XI

Le vieux chanteur parlait déjà de tout autre chose, penché sur Abdallah ; le boxeur baissait la tête, calme, jubilant, et Rachid retrouvait la vieille impression d'avoir voyagé sous terre, ou peut-être plus loin, à travers les savanes de plénitude et d'inconscience, à l'époque où il pouvait vivre avec les insectes, l'eau du bassin, les pierres, les ombres du dehors, lorsque sa pensée s'élevait à peine de la simplicité animale... De son enfance, il n'avait jamais pu saisir que des bribes de plus en plus minces, disparates, intenses : éclairs du paradis ravagé par la déflagration des heures, chapelet de bombes retardataires que le ciel tenait suspendues sur la joie toujours clandestine, réduite à se réfugier dans les tréfonds de l'être le plus frêle, l'enfant toujours juché à son soupirail, toujours curieux de l'éblouissement suivi par la morsure de l'ombre, la peur de rester prisonnier du monde, alors que d'autres univers pleuvaient nuit et jour sur Rachid, qu'il fût endormi dans le berceau en bois de peuplier, avec les petites fenêtres pour respirer, ou bien qu'il fît ses premiers pas sous l'averse... Rachid n'avait pas voyagé durant son enfance ; il avait le voyage dans le sang, fils de nomade né en plein vertige, avec le sens de la liberté, de la hauteur contemplative ; les mystères pleuvaient, et Rachid n'avait jamais ignoré que la terre passerait comme un rêve dès que les gens pourraient vivre en avion : le nez en l'air, à quatre ou cinq ans, il avait conçu son aéronautique, malgré la chute des mystères qu'il chassait toujours seul sans rien se faire expliquer, avalant les contes maternels comme des somnifères agréables mais sans intérêt… Il ne portait pas de coiffure, les souliers restaient le plus souvent sur le seuil, et le mot « Dieu » lui-même, qui présidait au veuvage d'Aïcha, reposait avec les balles égarées sur le toit… Rachid, l'adolescent, ne se souvenait pas de la première enfance ; il ressentait seulement comme une cicatrice la vive conscience d'antan ; le Rachid actuel ne lui semblait qu'une épaisse couche de lichen étouffant l'autre, le Rachid paradisiaque et frêle, perdu à la fleur de l'âge… Même à trente ans, nomade qu'il était, il ne croyait qu'à son ombre, et il lui semblait que l'excédent des années allait se résorber un jour, s'absorber dans le vide, endiguer son passé en crue, comme s'il avait conscience de décrire un cercle, sans quitter le point de départ qu'il situait vaguement entre le saut du berceau et les vagabondages autour du Rocher, de sorte que le cercle n'était qu'une promenade à contre-cœur qui avait failli le perdre, dont il revenait à tâtons, pas seulement lui, l'adolescent retournant au bercail, non, son fantôme voué à cette pitoyable démarche d'aveugle butant sur le fabuleux passé, le point du jour, la prime enfance vers laquelle il demeurait prostré, répétant les mots et les gestes de la race humaine avec une fluidité qui le laissait intérieurement intact, tel un noyau près de germer sous d'autres cieux, bloc erratique doué d'imperturbables souvenances, ayant toujours matériellement ressenti son existence en fuite, à la façon d'une herbe ou d'une eau, et, vers cinq ou six ans, il se souvenait d'avoir adopté la sombre vivacité d'un mur de terre sèche qu'il enlaçait, à qui furent adressés ses monologues d'orphelin. Le mur faisait partie de l'impasse ; il fallait, afin de l'atteindre, ramper dans la canicule, et se redresser tout en pleurs – mais le mur était là. Rachid mordait la terre, provoquant les passants d'un éclat de rire inaccessible, mais les passants ne pouvaient rire, ne pouvaient

158

mordre la poussière, ni courir après les lézards sur les genoux et les paumes, sans désespérer de les rattraper… Mais, au fil des années, les toiles immondes des illusions crevaient devant l'enfant ; il n'avait plus d'animal que les dégradations quotidiennes, les sommeils de renard, et l'oubli… Il émergeait, incognito et sévère : l'école était plus triste, plus pauvre que le mur. Rachid allait en ville, à présent, et la ville était moins vaste que le mur ; l'enfance était perdue. Le monde ne grandirait plus, réduit à une cruelle vision d'ensemble ; le rêve perdait de son obscurité, le cerveau s'éteignait à la découverte de tant de refuges éboulés, la langue se refusait à broyer vivantes les idées dont Rachid avait pris conscience avec rage, comme si les formes définitives du monde pesaient désormais sur sa tête en manière de cornes.

XII

Rachid ne quittait plus le fondouk, le balcon ; l'espace de mosaïque, de fer forgé ; il ne quittait plus la farouche collectivité, le Divan, l'intime rêverie de la horde : dix ou vingt hommes de tous les âges – rêveurs silencieux qui se connaissaient à peine les uns les autres – dispersés le long du balcon, au sein du vertige, au faîte de la falaise ; en l'une des alvéoles du Rocher, le refuge où ils se retrouvaient jour et nuit, avec l'odeur du basilic et de la menthe, le goût du thé moisi, les cèdres, les cigognes, le morse timoré des cigales, le cri sans suite de leur tranquille agonie. Rachid avait découvert depuis longtemps le fondouk dont il venait de se rendre maître, après s'être perdu de ville en ville ; il ne quitterait plus Constantine ; il mourrait probablement au balcon, dans un nuage d'herbe interdite ; enfant, il avait remarqué les têtes sévères des troglodytes ; il avait entendu la musique, et s'arrêtait sans en avoir l'air devant le fondouk, avec de rares passants courbés comme des arbres sous l'écho envoûtant du tambourin dont la violence galvanisait comme un tonnerre apprivoisé couvrant les grêles chaudes, le crescendo du luth, pesanteur et rapidité des larmes intérieures dont Rachid, comme une plante attentive, ressentait furtivement la coulée, tandis que s'élevait d'un autre point de l'abîme un air de flûte, un souffle d'été mâle, de nuit vibrante bue comme une mouche dans le café ; enfant, Rachid avait deviné que cette mélodie venait d'une société secrète, mi-nécropole mi-prison, bien qu'il n'eût jamais entendu parler de la secte des Assassins. Il savait comme tout enfant que les mélomanes du fondouk fumaient autre chose que du tabac, ce qui les rendait fous, mais pas à la façon des ivrognes... Plus tard, il avait vu par la porte entrouverte un coin de balcon, la volière... A présent, il se savait capturé, comme le rossignol et les canaris qu'on entendait dès le seuil du fondouk, et il ne lui venait plus à l'idée d'en sortir. Cela lui était arrivé alors qu'il revenait de Bône, après l'assassinat ; en l'interrogeant, à l'époque, on avait cru et répété dans Constantine que Rachid avait son mot à dire, sans être tout à fait complice, et l'on avait cherché à savoir. « Ce n'est rien. Un simple accident », répondait-il ; affaire passionnelle, disaient les journaux. Rachid n'en parlait plus, ne voulait plus en parler ; à mesure qu'il s'habituait au fondouk, son langage se raréfiait, de même que s'embuait et se creusait son regard sombre, et les côtes se dessinaient sous la vieille chemise de soldat, comme si son corps de plus en plus sec devait mettre en relief le squelette, uniquement le squelette de l'homme puissant qu'il eût été en d'autres circonstances...

I

Le meurtrier, qu'on appelait volontiers « l'ami de Rachid », fut condamné à vingt ans de travaux forcés ; certains pensaient sans trop le dire : « Un troisième crime pend au nez de Rachid. N'avait-on pas tué son père avant sa naissance ? Et voilà qu'un ami de Rachid commet un autre assassinat... Au troisième épisode, Rachid parlera. » Ainsi pensaient les limiers de Constantine, la ville où l'on dévore le plus de romans policiers, sans comparaison possible avec une autre ville au monde. Les citadins qui méditaient le cas de Rachid étaient d'ailleurs les derniers à le tracasser ; même lorsqu'il témoigna – quand il fut entouré à la sortie du tribunal – il ne fut pas importuné outre mesure. On l'avait vu échanger un signe avec l'accusé, lui faire parvenir des cigarettes par l'avocat : rien d'extraordinaire.

L'ami était au bagne. Rachid ne cherchait plus de travail, ne quittait plus le fondouk où il s'était aventuré après une période, qu'il avait crue salutaire, d'isolement dans la maison de sa mère, morte à son insu pendant qu'il était employé « sur les lieux de la tragédie », comme disaient les journalistes, ce qui avait fait rire Rachid.

Deux nuits après le crime, il était revenu par le train de Constantine, seul, et s'était enfermé dans la demeure maternelle pour en sortir le cinquième jour, et se rendre chez Abdallah...

Les gens s'indignaient. On voyait d'un mauvais œil Rachid renier sa famille, se perdre dans la pègre, lui qui n'avait rien pu faire pour venger le très honoré défunt qui faisait autrefois scandale, mais dont le renom, grâce à sa mort tragique, avait acquis le sel de la légende ; on en parlait comme d'un preux abattu à la fleur de l'âge par un rival de moindre envergure... Non seulement Rachid n'avait jamais recherché l'assassin – « son père avait été tué d'un coup de fusil dans une grotte » – mais, devenu l'ami d'un autre meurtrier, sombrant dans la débauche, ravalé au rang de manœuvre, puis de chômeur ne vivant plus que de chanvre, il était maintenant le maître du fondouk, le paria triomphant sur les lieux de sa déchéance. Les gens s'indignaient de rencontrer Rachid avec les repris de justice, les sans-profession, les sans-domicile, les sans-papiers, les demi-fous comme cet Abdallah

161

toujours sorti de l'asile ; ce fut lui qui renoua le premier
avec Rachid, le cinquième jour qui avait suivi son retour
du « théâtre du crime », comme disaient les journalistes.

mauvais écrivain

II

L'un de ces plumitifs, hagard et mal vêtu, avait l'air
d'un écrivain public. Il avait découvert le fondouk
d'Abdallah qui s'était proposé pour le conduire dans
l'autre fondouk où Rachid venait d'être installé par ses
soins. A l'époque déjà, Rachid ne quittait plus la fumerie.
Abdallah lui en avait confié la gérance. Le travail était
simple ; il suffisait de préparer les pipes, verser le thé,
encaisser l'argent ; et le journaliste avait trouvé Rachid
envoûté dans la taverne, au flanc de l'abîme ; il y avait
maintenant des mosaïques incrustées au bas des murs, sur
tout le périmètre de la salle. Les fumeurs de marque, et
Rachid, l'inaccessible gérant, avaient exceptionnellement
accès au balcon de fer forgé, fraîchement peint en vert,
dans la grisaille lumineuse du gouffre, parmi les
colombes, les cigognes, les oliviers sauvages : c'était le
cœur de la ville, un alvéole du rocher, une retraite arach-
néenne sur le gouffre, et le balcon semblait un hamac surchargé de silhouettes recueillies sur le lit de mort du
fleuve, dans un bouillonnement de pierres tombales
désespérément repoussées sous le flot rare du Rhummel
aux forces toujours en suspens, ne recevant que de brèves
pluies sans promesse, comme une infusion de sang à un
vieillard dont les os gisent déjà desséchés... Rachid ne
quittait plus le fondouk, la proue en fer forgé, la profonde
atmosphère de basilic, de cèdre de juillet finissant, de crépuscule au bord du précipice – les narines de Rachid
bourrées de menthe, et le journaliste (ou l'écrivain) voûté
devant l'unique branche de lis, auprès de la volière ; la
menthe et le lis – le thé vert lentement transvasé, noirci
en refroidissant sur un fond de sucre jamais dissous, car

162

c'était jour et nuit l'heure du thé à la menthe, au balcon
tout récemment scellé, à la manière d'un défi, au-dessus
de l'abîme où Constantine contemple son fleuve tari.

III

— Deux villes, marmonnait Rachid, je n'en connais
que deux : la ville où je suis né (il n'avait qu'à baisser la
tête sur le pot de basilic, et à se pencher de côté ; entre la
plante touffue et la rampe du balcon, rien qu'en s'immo-
bilisant, en se détournant légèrement de ce journaliste
plus misérable qu'un écrivain public, Rachid aspirait l'air
vivace des cèdres devant lesquels était tombé le corps de
son père, tué avec son propre fusil de chasse)… La ville
où je suis né, ici, par-dessus les bois où le criminel…

— Mais l'autre crime… Ne remontons pas si loin, dit
l'écrivain.

— Deux villes me sont chères : la ville où je suis né…
L'écrivain prit la pipe.

— Et la ville où j'ai perdu le sommeil, au bord de
l'autre fleuve, là-bas dans la plaine, avec le vieux brigand qui cherchait sa fille, et qui fut abattu…

— Abattu ?

— Oui, par le nègre de notre tribu. Le vieux Si
Mokhtar venait d'enlever sa fille, sa propre fille, mais le
nègre ne voulait pas le croire, et il se posta devant la
porte avec son fusil…

— Un troisième crime ?

— Un soir d'orage dans le maquis, une région presque
aussi sauvage que celle-ci… Et le nègre tira sur le vieux
bandit, mais le tonnerre faisait rage, et le coup de feu
passa comme un rêve… Je n'avais rien entendu…

— Mais Mourad ?

IV

Rachid s'était détourné un peu plus. Il nettoyait la pipe, jetant les cendres dans le vide. Il tendit le verre à l'écrivain et il reprit après un autre laps de temps, le front posé sur le rebord froid du balcon, laissant tomber son regard jusqu'à la berge ténébreuse et calme, au pied du Rocher... « Le même destin aura voulu que les deux villes aient leurs ruines près d'elles. Mais nulle part ailleurs ne pouvaient voisiner ainsi les deux cités sans pareilles, saccagées, désertées, rebâties l'une après l'autre, se dédoublant sans se voir de plus près : deux cavalières à bout de course, se disputant la province où elles croient rajeunir en dépit du passé, à la faveur du reflux qui leur restitue, ainsi qu'une indicible espérance, un songe hors de mémoire, la chevauchée du temps des Numides supplantée par les lourdes cohortes des descendants romains survenus du fond de la nuit... Car les cités qui ont connu trop de sièges n'ont plus le goût du sommeil, s'attendent toujours à la défaite, ne sauraient être surprises ni vaincues... »

V

Rachid ne distinguait plus ce qu'il pensait de ce qu'il disait. Peut-être parlait-il trop ? Peut-être n'exprimait-il que l'écume de ses pensées, le front pressé contre la rampe humide et glacée, comme pour contenir la cataracte... Il bourra la pipe et reprit lentement, distinctement, le regard fixé au pied du Rocher : « ... Pas les restes des Romains. Pas ce genre de ruine où l'âme des multitudes n'a eu que le temps de se morfondre, en gravant leur adieu dans le roc, mais les ruines en filigrane de tous les temps, celles que baigne le sang dans nos veines, celles que nous portons en secret sans jamais trouver le lieu ni l'instant qui conviendrait pour les voir : les inestimables décombres du présent... J'ai habité tour à tour les deux sites, le rocher puis la plaine où Cirta et Hippone connurent la grossesse puis le déclin dont les cités et les femmes portent le deuil sempiternel, en leur cruelle longévité de villes-mères ; les architectes n'y ont plus rien à faire, et les vagabonds n'ont pas le courage d'y chercher refuge plus d'une nuit ; ainsi la gloire et la déchéance auront fondé l'éternité des ruines sur les bonds des villes nouvelles, plus vivantes mais coupées de leur histoire, privées du charme de l'enfance au profit de leur spectre ennobli, comme les fiancées défuntes qu'on fixe aux murs font pâlir leurs vivantes répliques ; ce qui a disparu fleurit au détriment de tout ce qui va naître… Constantine et Bône, les deux cités qui dominaient l'ancienne Numidie aujourd'hui réduite en département français… Deux âmes en lutte pour la puissance abdiquée des Numides. Constantine luttant pour Cirta et Bône pour Hippone comme si l'enjeu du passé, figé dans une partie apparemment perdue, constituait l'unique épreuve pour les champions à venir : il suffit de remettre en avant les Ancêtres pour découvrir la phase triomphale, la clé de la victoire refusée à Jugurtha, le germe indestructible de la nation écartelée entre deux continents, de la Sublime Porte à l'Arc de triomphe, la vieille Numidie où se succèdent les descendants romains, la Numidie dont les cavaliers ne sont jamais revenus de l'abattoir, pas plus que ne sont revenus les corsaires qui barraient la route à Charles Quint… Ni les Numides ni les Barbaresques n'ont enfanté en paix dans leur patrie. Ils nous la laissent vierge dans un désert ennemi, tandis que se succèdent les colonisateurs, les prétendants sans titre et sans amour…

VI

Et c'est à moi, Rachid, nomade en résidence forcée, d'entrevoir l'irrésistible forme de la vierge aux abois, mon sang et mon pays ; à moi de voir grandir sous son premier nom arabe [1] la Numidie que Jugurtha laissa pour morte ; et moi, le vieil orphelin, je devais revivre pour une Salammbô de ma lignée l'obscur martyrologe ; il me fallait tenter toujours la même partie trop de fois perdue, afin d'assumer la fin du désastre, de perdre ma Salammbô et d'abandonner à mon tour la partie, certain d'avoir vidé la coupe d'amertume pour le soulagement de l'inconnu qui me supplantera... Nomade d'un sang prématurément tari, il m'a fallu naître à Cirta, capitale des Numides évanouis, dans l'ombre d'un père abattu avant que j'aie vu le jour ; moi qui n'étais pas protégé par un père et qui semblais vivre à ses dépens le temps qu'il aurait pu progressivement me céder, je me sentais comme un morceau de jarre cassée, insignifiante ruine détachée d'une architecture millénaire. Je pensais à Cirta ; j'y trouvais des ancêtres plus proches que mon père au sang répandu à mes pieds comme une menace de noyade à chaque pas que je ferais pour éluder sa vengeance.

– Tu connaissais l'assassin ?

– Il était l'aîné de mon père, et son proche parent... Je ne le savais pas le jour où je suivis le vieux bandit dans une autre ville qui me séduisit aussitôt... Et je découvris à Bône l'inconnue qui s'était jouée de moi... C'était sa fille. Je ne savais pas non plus qu'elle était ma mauvaise étoile, la Salammbô qui allait donner un sens au supplice... Sous les palmes de Bône m'attendaient d'autres ruines où je devais ramper comme un lézard délogé de son terrier... Elle aussi vivait loin de son père qu'elle avait reconnu trop tard ; des étrangers l'avaient mariée à un homme qui était peut-être son frère ; et je rêvais jour et nuit sous les palmes du port, ressentant ma frêle existence comme une brisure insoupçonnée de la tige vers la racine... Le rayon dont elle m'avait ébloui rendait mes maux plus cuisants ; oui, je fumais comme un fagot sous la loupe, écœuré par la mauvaise chi-

1. El Djezaïr, la péninsule, a d'abord désigné l'Arabie, puis l'Algérie : la racine arabe persiste dans le vocable français.

mère… Elle n'était que le signe de ma perte, un vain espoir d'évasion. Je ne pouvais ni me résigner à la lumière du jour, ni retrouver mon étoile, car elle avait perdu son éclat virginal… Le crépuscule d'un astre : c'était toute sa sombre beauté… Une Salammbô déflorée, ayant déjà vécu sa tragédie, vestale au sang déjà versé… Femme mariée. Je ne connais personne qui l'ait approchée sans la perdre, et c'est ainsi que se multiplièrent les rivaux… Mourad, tout d'abord.

L'écrivain eut un sursaut et chancela sur sa chaise, gagné par le vertige. Mais il se tut, la gorge sèche, après avoir posé la question :

– Et alors ?

Rachid ne réagit pas. Il laissa l'allumette lui noircir le pouce, en achevant de se consumer. Puis il jeta dans un flot de fumée :

– Minute, ne me prends pas en traître.

Mais l'écrivain était dans le nirvâna. Il somnolait, la tête branlante, ramassant son veston trop large. Rachid poursuivit à voix basse, comme pour se persuader d'une chose depuis longtemps reconnue, mais toujours incroyable :

– Le crime de Mourad n'en est pas un. Il n'aimait pas Suzy.

VII

L'écrivain se préparait depuis son entrée à prendre des notes, mais ne le faisait pas, balayé dans une colonne de lumière crue et de fumée, suspendu aux lèvres de Rachid – impassible et qui ne lâchait pas la pipe, penché sur le balcon, le vent du soir dans sa chemise. Et Rachid contemplait le fleuve au fond du gouffre : le Rummel qui ne coule pas plus de quelques semaines l'an, dissipé dans le roc, sans lac ni

167

embouchure, pseudo-torrent vaincu par les énigmes du terrain, de même que Rachid, fils unique né à contre-temps d'un père assassiné avant sa naissance ; c'était le père qui portait le fusil de chasse, et ce fut son corps qui fut retrouvé dans la grotte ; la mère de Rachid accoucha peu après la levée du corps, n'ayant jamais compté les heures ni les jours, car elle était la qua-trième épouse, accablée de soucis, surprise autant par sa grossesse que son veuvage, si bien que Rachid, per-dant sa mère vingt ans plus tard, devait ne rien savoir encore des deux morts qui le laissaient devant le gouffre, – l'homme et l'oued confrontés par l'abîme, – Rachid n'ayant jamais entendu un mot révélateur, et le Rummel n'ayant jamais reçu la primeur de l'orage sous le roc où l'avait cruellement précipité sa naissance, en l'éloignant de l'Atlas natal vers la mer, en modifiant son cours. Car l'oued évadé qui coule au littoral n'est qu'un pseudo-Rummel devenu le Grand Fleuve, l'oued el-Kebir, en souvenir de l'autre fleuve perdu : le Guadalquivir, que les Maures chassés d'Espagne ne pouvaient transporter avec eux ; Guadalquivir, oued el-Kebir, le fleuve abandonné en Espagne se retrouvait au-delà du Détroit, mais vaincu cette fois, traqué sous le Rocher comme les Maures chassés d'Andalousie, les pères de Rachid, et Rachid lui-même, revenu lui aussi d'une évasion sans issue au port où l'attendait l'adver-sité faite femme – Nedjma l'Andalouse –, la fille de la Française qui avait opposé entre eux quatre soupirants, dont trois de la même tribu, les trois descendants de Keblout, car c'était la mère de Nedjma, la Française, c'était elle qui avait fait exploser la tribu, en séduisant les trois mâles dont aucun n'était digne de survivre à la ruine du Nadhor… Et le dernier, le plus vieux des trois, n'avait que trop attendu ! Plus de vingt ans. Sans dire que Nedjma était probablement sa fille, sans dire comment il avait quitté dans la grotte son complice, le proche parent, l'un des deux autres mâles, celui dont le sang versé ne coulait plus qu'en Rachid, ce complice, son rival, l'homme qui ne sortait jamais sans fusil, et qu'il ne quittait pas d'une semelle, jusqu'au jour où ils enlevèrent tous deux la mère de Nedjma, croyant venger l'autre parent, le troisième, Sidi Ahmed, à qui la Française avait déjà été ravie dans une ville d'eaux par le puritain, le quatrième soupirant, celui dont Kamel portait le nom, et Kamel épousa Nedjma... Et Si Mokhtar venait de mourir à son tour, après avoir enlevé Nedjma. Le père de Rachid avait-il séduit la Française avant d'être tué, avait-il évincé Si Mokhtar avant d'être abattu dans la grotte où la Marseillaise avait été déposée par ses deux ravisseurs? Le père de Rachid ou Si Mokhtar, mort dans l'incertitude : lequel des deux donna le jour à Nedjma dans la grotte? C'était pour savoir cela que Rachid avait épargné l'assassin de son père, et Si Mokhtar était mort sans le savoir lui-même, et Rachid ne saurait jamais jusqu'à quel point Nedjma, la femme faite adversité, n'était pas tributaire du sang versé dans la grotte : Nedjma dont les hommes devaient se disputer non seulement l'amour, mais la paternité, comme si sa mère française, dans un oubli sans vergogne, ou pour n'avoir pas à choisir entre quatre mâles, deux par deux, n'avait même pas départagé les deux derniers, ses ravisseurs la condamnant ainsi à ce destin de fleur irrespirable, menacée jusqu'à la profondeur et à la fragilité de ses racines... De même que le Rummel trahi dans sa violence de torrent, délivré selon un autre cours que le sien, de même que le Rummel trahi se jette dans la mer par l'oued el-Kebir, souvenir du fleuve perdu en Espagne, pseudo-Rummel évadé de son destin et de son lit desséché, de même le père de Rachid, assassiné dans la grotte nuptiale, fut arraché au corps chaud de sa maîtresse, par le rival et le proche parent Si Mokhtar qui l'épousa en secret, et c'est alors que Nedjma fut conçue, étoile de sang jaillie du meurtre pour empêcher la vengeance, Nedjma qu'aucun époux ne pouvait apprivoiser, Nedjma l'ogresse au sang obscur comme celui du nègre qui tua Si Mokhtar, l'ogresse qui mourut de faim après avoir mangé ses trois frères (car Mourad à qui elle s'était fiancée secrètement, puis Lakhdar qu'elle aima étaient les deux enfants de Sidi

Ahmed, le premier ravisseur supplanté par le puritain, le père de Kamel, et Kamel épousa Nedjma qui le quitta sans divorce pour finir séquestrée au Nadhor après la mort de Si Mokhtar qui l'y avait conduite avec Rachid, après le pseudo-pèlerinage à La Mecque, au cours du rapt ultime dont Rachid seul était revenu), Nedjma la goutte d'eau trouble qui entraîna Rachid hors de son Rocher, l'attirant vers la mer, à Bône, où elle venait d'être mariée... De même que son père était mort quand Rachid vint au monde, lorsque Rachid arriva au port, Nedjma était l'épouse de Kamel... Et ce soir-là au balcon, penché sur le gouffre en compagnie de l'écrivain qui l'écoutait depuis midi, Rachid n'était plus qu'une ombre sans fusil, sans femme, ne sachant plus que tenir une pipe, pseudo-Rachid issu trop tard de la mort paternelle, comme l'oued el-Kebir ne prolongeant que l'ombre et la sécheresse du Rummel, sans lui restituer sa violence vaincue, non loin de la grotte nuptiale où la Française confondit ses amants.

VIII

Entre la porte ouverte du fondouk – on n'y entend pas le vacarme acharné des profanes, mais un glissement ivoirin de dominos – et la rampe du balcon au carrelage fraîchement arrosé, c'est l'approche du crépuscule d'été. Les miasmes des journées de plus en plus chaudes de juin persistent, en dépit des lavages à grande eau ; mais ce sont des miasmes de menthe et de lis, une place au balcon étant le privilège des seuls fumeurs qui, avant Rachid, ont élu domicile dans la taverne, se rapprochant jour par jour de la volière et du pot de basilic, ayant finalement conquis l'espace de mosaïque et de fer forgé, le carrelage flambant neuf, la longue natte d'alfa, les soirées au balcon avec le peuple de la vaste volière qui s'éveille au son du luth (les canaris chantant presque au

même rythme que les énergumènes au-dessus de l'abîme
chaotique lentement traversé par le vol plané des
cigognes ; jadis l'un des moyens d'existence de Rachid
avait été de vendre à une sorcière juive les œufs de
cigogne pris à la cime du peuplier qui paraissait, vu du
balcon, s'élancer loin des cèdres plantés en forme de
légion d'honneur par la première municipalité de la ville
assiégée), et les kyrielles de palombes nichant au flanc
du rocher, sans jamais se poser dans les rues, furtives et
fâchées, sachant que le plus petit enfant peut les abattre à
la fronde, « et même les colombes savent que nous avons
faim », pense Rachid, qui n'ôte plus ses lunettes noires,
n'espère plus quitter Constantine ni même le fondouk ;
les rides, les cheveux en broussaille, les lèvres sèches, le
torse maigre et bombé, les jambes courtes font songer à
une statuette de cendre, à un incinéré vivant qui n'a pu
échapper au feu que pour être emporté de fleuve en
fleuve, au port où il ne croyait pas rejoindre sa veuve
d'une nuit, ni le fantôme bienveillant qui l'attendait sur
le quai, ni Lakhdar ni Mourad : tous projetés comme les
étincelles d'un seul et même brasier, mais le Rachid
sevré de sa passion, parlant à l'écrivain, n'a plus la
moindre consistance, et ses propos s'effritent bien loin
des pensées premières dont il n'est plus que le réceptacle
éboulé, le cœur et le visage en cendres, dévorés par une
trop vive flambée de temps « … Non, pas Suzy. Pas le
genre de femme pour qui l'on croit que le crime fut commis, mais l'autre, l'inconnue ; le vieux bandit me l'avait
présentée ; plus tard je le suivis instinctivement jusqu'à
Bône sans savoir que Nedjma (pas Suzy, Nedjma) était
sa fille. Il est vrai que nous allions plus loin, vers la terre
sacrée… Nous devions revenir ensemble, liés par le
secret dont il n'avait révélé qu'une infime partie, celle
qui me concernait le moins ; nous devions revenir à
Bône bien avant l'enlèvement, l'intervention du nègre,
le second crime qui me réduisit une fois de plus à l'impuissance… Et c'est à Bône que je revis Nedjma, l'ayant
conquise à Bône, pour la perdre à la suite du rapt organisé par son père. Oui, je ne la revis qu'un an après

171

l'avoir conquise, l'inconnue de la clinique, la fille de ma propre tribu que je poursuivais instinctivement de ville en ville, dans l'ignorance et la résignation.

IX

La Providence avait voulu que les deux villes de ma passion aient leurs ruines près d'elles, dans le même crépuscule d'été, à si peu de distance de Carthage ; nulle part n'existent deux villes pareilles, sœurs de splendeur et de désolation qui virent saccager Carthage et ma Salammbô disparaître, entre Constantine, la nuit de juin, le collier de jasmin noirci sous ma chemise, et Bône où je perdis le sommeil, pour avoir sacrifié le gouffre du Rummel à une autre ville et à un autre fleuve, sur les traces de la gazelle fourvoyée qui pouvait seule m'arracher à l'ombre des cèdres, du père tué à la veille de ma naissance, dans la grotte que moi seul peux voir de ce balcon, par-delà les cimes embaumées, et je quittai avec le père de l'inconnue les ruines de Cirta pour les ruines d'Hippone. Peu importe qu'Hippone soit en disgrâce, Carthage ensevelie, Cirta en pénitence et Nedjma déflorée... La cité ne fleurit, le sang ne s'évapore apaisé qu'au moment de la chute : Carthage évanouie, Hippone ressuscitée, Cirta entre terre et ciel, la triple épave revenue au soleil couchant, la terre du Maghreb.

X

De Constantine à Bône, de Bône à Constantine voyage une femme... C'est comme si elle n'était plus ; on ne la voit que dans un train ou une calèche, et ceux qui la connaissent ne la distinguent plus parmi les passantes ; ce n'est plus qu'une lueur exaspérée d'automne, une citée traquée qui se ferme au désastre ; elle est voilée de noir. Un nègre l'accompagne, son gardien semble-t-il, car il a presque l'âge du vieux brigand dont il abrégea l'existence, à moins qu'il n'ait épousé la fille présumée de sa victime, après l'avoir maintenue de force au Nadhor et veillée nuit et jour devant le campement des femmes... Elle voyage parfois sous sa garde, voilée de noir à présent, de Bône à Constantine, de Constantine à Bône. Il en est des cités comme des femmes fatales, les veuves polyandres dont le nom s'est perdu... Gloire aux cités vaincues ; elles n'ont pas livré le sel des larmes, pas plus que les guerriers n'ont versé notre sang : la primeur en revient aux épouses, les veuves éruptives qui peuplent toute mort, les veuves conservatrices qui transforment en paix la défaite, n'ayant jamais désespéré des semailles, car le terrain perdu sourit aux sépultures, de même que la nuit n'est qu'ardeur et parfum, ennemie de la couleur et du bruit, car ce pays n'est pas encore venu au monde : trop de pères pour naître au grand jour, trop d'ambitieuses races déçues, mêlées, confondues, contraintes de ramper dans les ruines... Peu importe que Cirta soit oubliée... Que le flux et le reflux se jouent de ce pays jusqu'à brouiller les origines par cette orageuse langueur de peuple à l'agonie, d'immémorial continent couché comme un molosse entre le monde ancien et le nouveau... Il existe bien peu de villes comme celles qui voisinent au cœur de l'Afrique du Nord, l'une portant le nom de la vigne et du jujube, et l'autre un nom peut-être plus ancien, peut-être byzantin ; un nom peut-être plus ancien que Cirta... Ici quelque horde barbare avait bâti son fort dans le roc, imitée par on ne sait quelles peuplades, on ne sait quelles tribus, jusqu'à l'arrivée des Romains puis des janissaires – les deux villes grandies sous le mistral et le sirocco, en marge du désert, à si peu de distance de Carthage ; Bône, le golfe d'où partent nos richesses, par où se consomme notre ruine – Bône grandie le long des plages, au comble de l'abondance, à la limite des plants de vigne et de tabac (ni Constantine ni

Alger n'ont une gare pareille, en forme de minaret, avec les larges portes vitrées, la ceinture de palmiers, les calèches de l'autre siècle emportant la clientèle des taxis); Bône grandie depuis la plaine, depuis les plages ininterrompues du golfe, depuis le raidillon de la place d'Armes, les terrasses turques, la mosquée, jusqu'au flanc de la montagne abrupte plongeant sur les eaux, le maquis d'où les hommes de Bugeaud purent dominer la ville, mais son vin les grisa, son tabac les attira au port... Ni les soldats ni les colons qui suivirent ne purent quitter la ville — ni la quitter, ni l'empêcher de grandir... L'écrivain passait la pipe à la ronde; ils n'étaient plus dans le fondouk, mais dans l'étroite rue pavée qui descend vers la place des Chameaux. Ils s'étaient installés avec d'autres fumeurs devant la vitrine d'une confiserie; le confiseur prit la pipe (le tuyau était un roseau que Rachid, tout en discourant, venait de tailler au couteau) et s'immobilisa. Il aspirait doucement, avec une expression d'intense ironie, face aux commerçants accroupis le long de la place et qui s'efforçaient de ne pas le remarquer.

— C'est assez pour ce soir, dit Rachid en se levant. Tout cela est une pure malédiction de Dieu ou du vieux brigand... Je ne puis remonter aux causes. Car je suis mêlé à trop de morts, trop de morts...

XI

Carnet de Mustapha (suite)

... Incontestablement la fatalité de Nedjma provenait de l'atmosphère dont elle fut entourée petite fille, alors que s'allumaient les jeux déjà ravageurs de la vestale sacrifiée en ses plus rares parures : la splendeur toute brute, les armes rutilantes dont on ne croit jamais que femme puisse se servir sciemment, comme si les

(mais,)

flatteries de Lella Fatma et les faiblesses de son époux
avaient fait de la fillette un objet quasi religieux, lavé de
ses enfantines noirceurs, poli, incrusté, encensé sans
nulle crainte de l'altérer. La vraie Nedjma était farouche ;
et ses éducateurs convinrent peu à peu de lever devant
elle tous les obstacles ; mais cette liberté gratuite, hors
de son monde et de son temps, devenait le plus cruel
obstacle... La mère adoptive était stérile, et son mari
dévot. L'eunuque et la mégère, tombés en adoration
devant la vierge, ne pouvaient récolter que la haine par
leur culte venimeux de faux parents. Les charmes de
Nedjma, filtrés dans la solitude, l'avaient elle-même
ligotée, réduite à la contemplation de sa beauté captive,
au scepticisme et à la cruauté devant la morne adulation
de ses gardiens, n'ayant que ses jeux taciturnes, son goût
de l'ombre et des rêves jaloux, batracienne pleine de cris
nocturnes, disparue au premier rayon de chaleur, grenouille au bord de l'équation, principe d'électricité fait
pour allumer tous les maux, après avoir brillé, crié, sauté
à la face du monde et affolé la mâle armée que la femme
suit comme une ombre qu'il suffirait de franchir pour
atteindre au zénith, loin du sosie prolifique dont
l'homme n'attend le produit qu'après avoir dépouillé sa
vigueur engloutie dans une expérience sans fin : la mâle
armée n'a guère étreint qu'une forme ; il n'en reste une
fois le temps égoutté, une fois la force bue, il n'en reste
qu'un éboulement au pied du vieux principe : mâle et
femelle prêts à s'unir jusqu'au point du jour, mais c'est
la débandade au lever de l'aurore – la grenouille dans la
tiédeur de la vase, blessée dès la première saison et dif-
forme les trois autres, fatidiquement saignée à chaque
lune, et le physicien toujours vierge, toujours ignorant,
dans le désespoir de la formule évanouie – l'homme et la
femme mystifiés, privés de leur cruelle substance, tandis
que mugit hors de leurs flancs la horde hermaphrodite
piétinant dans son ombre et procréant sa propre adversité, ses mâles, ses femelles, ses couples d'une nuit,
depuis la tragique rencontre sur la même planète, peu-
plade contradictoire qui n'a cessé d'émigrer par crainte

d'autres mondes trop vastes, trop distants pour la pro-
miscuité humaine, car la nature alerte nous abandonne
en chemin ; elle procède par erreurs, par forfaits pour
éveiller les génies sur le poteau d'exécution, et châtier
ceux que sa cécité favorisa en quelque élan de naïveté
maternelle, reprenant tous ses sens et ne les dispensant
qu'au hasard, à l'insu de l'engeance dont elle imite les
trébuchements, car la mère ingénue éduque surtout par
ses erreurs ; nos destinées ne peuvent que choir avec les
feuilles libres, dès que s'anime le jeu de patience : leur
nombre les condamne à une élimination préconçue,
accumulant leurs influences sur des champions de plus
en plus rares qui connaîtront eux seuls, sans témoins,
sans mémoire, le tête-à-tête avec l'adversité ; de même
les nations, les tribus, les familles, les tables d'opéra-
tions, les cimetières en ordre de bataille d'où partent les
flèches du sort ; ainsi Mourad, Nedjma, Rachid et moi ;
notre tribu mise en échec répugne à changer de couleur ;
nous nous sommes toujours mariés entre nous ; l'inceste
est notre lien, notre principe de cohésion depuis l'exil du
premier ancêtre ; le même sang nous porte irrésistible-
ment à l'embouchure du fleuve passionnel, auprès de la
sirène chargée de noyer tous ses prétendants plutôt que
de choisir entre les fils de sa tribu – Nedjma menant à
bonne fin son jeu de reine fugace et sans espoir jusqu'à
l'apparition de l'époux, le nègre prémuni contre l'inceste
social, et ce sera enfin l'arbre de la nation s'enracinant
dans la sépulture tribale, sous le nuage enfin crevé d'un
sang trop de fois écumé… Qui sait de quelle ardeur héré-
ditaire Mourad croyait s'être préservé lorsque, loin de
Nedjma, en présence d'une tout autre femme, il eut ce
geste de démence – et tous nous appartenions à la
patrouille sacrifiée qui rampe à la découverte des lignes,
assumant l'erreur et le risque comme des pions raflés
dans les tâtonnements, afin qu'un autre engage la partie… Quant à Mourad, il a tué dans les ténèbres. Peut-
être pressent-il dans la fureur impuissante du bagne
l'instant où la force qui le poussa au crime le ramènera
parmi nous, ignorant qu'il faudra revenir à la charge

sous un ciel dont il n'avait pas su déchiffrer les signes ; il saisirait peut-être le sens de notre défaite, et c'est alors que lui reviendrait vaguement, comme une ironie exorcisante, le souvenir de la partie perdue et de la femme fatale, stérile et fatale, femme de rien, ravageant dans la nuit passionnelle tout ce qui nous restait de sang, non pour le boire et nous libérer comme autant de flacons vides, non pour le boire à défaut de le verser, mais seulement pour le troubler, stérile et fatale, mariée depuis peu, en pénitence dans sa solitude de beauté prête à déchoir, à peine soutenue par des tuteurs invisibles : amants d'hier et d'aujourd'hui, surtout d'hier, de ce passé fastueux où elle avait semé ses charmes en des lieux de plus en plus secs ; ils la voyaient déchoir et préparaient dans l'ombre leur défection, séniles pour la plupart, ou bien si jeunes qu'ils pouvaient toujours fuir, et renier le présomptueux combat qu'ils avaient l'air de livrer pour elle, se liant d'amitié, conjuguant leurs rivalités pour mieux la circonscrire – séniles pour la plupart ; ils avaient tous une vengeance en tête, se cédant poliment le pas les uns les autres, chiens expérimentés calculant avec leur raison complémentaire de meute que la victime est trop frêle, qu'elle ne supporte pas l'hallali, se succédant auprès d'elle, la voyant déchoir et se consolant ainsi de la perdre. Elle avait encore les plus belles toilettes, mais trop d'élégantes froissées la repoussaient dans l'ombre avec les trois ou quatre natives dévoilées, pas des plus riches, filles de fonctionnaires ou de commerçants que les Européennes ignoraient, que leurs compagnes d'autrefois montraient du doigt par la fenêtre, elles qui ne pouvaient rester cloîtrées ni s'exposer dans l'autre monde, maudites et tolérées comme si leur turpitude méritait considération, ne fût-ce que pour mettre en valeur la vertu de celles qui demeuraient dans leur camp, acceptant la coutume et l'orthodoxie, fidèles au voile et aux traditions – cette vertu de vierges majoritaires qui fait l'honneur des citadins, laissant licence aux plus belles ou aux plus folles de déroger, pourvu que demeure l'ancienne pudeur du clan, du sang farouchement accumulé par les chefs de file et les nomades séparés de leur caravane, réfugiés dans ces villes du littoral où les rescapés se reconnaissent et s'associent, s'emparent du commerce et de la bureaucratie avec une patience séculaire, et ne se marient qu'entre eux, chaque famille maintenant ses fils et ses filles inexorablement accouplés, comme un attelage égyptien portant les armes et les principes évanouis d'un ancêtre, un de ces nobles vagabonds séparés de leur caravane au cours de ces périples que rapportent les géographes arabes, et qui, du Moyen-Orient puis de l'Asie, passe à l'Afrique du Nord, la terre du soleil couchant qui vit naître, stérile et fatale, Nedjma notre perte, la mauvaise étoile de notre clan.

nedjma = étoile (arabigra)

XII

Mourad ?

— Il va passer en cour d'appel.
— Bois, dit Rachid.
— Tu dis qu'il est ton ami…
— Rien de meilleur que le thé froid.
— Si j'écrivais au tribunal ?

Rachid se pencha un peu plus par-dessus l'étroit promontoire. Le vent d'été gonflait sa vieille chemise ouverte, et il continua sans se retourner, comme si l'écrivain n'était pas présent ; la voix devenait sourde – ni monologue ni récit – simple délivrance au sein du gouffre, et Rachid poursuivait à distance, dans l'attitude du conteur emporté par sa narration devant l'auditoire invisible ; au comble de la curiosité, l'écrivain somnolait sur sa chaise comme un enfant réclamant sans en venir à bout la vraisemblance qui le berce. « … Mourad n'a pas commis de crime. Il a tué par mégarde le père d'une femme qu'il n'aimait pas. C'était la nuit de noces… Les circonstances… Une erreur d'aiguillage, avec d'autres causes que celles dont la justice fera mention. Tout provient de l'insouciance d'une Française, probablement

Plu inadvertance

178

morte à présent, qui ne pouvait choisir entre ses amants ; de sorte que l'inceste est problématique… Quel tribunal ? N'écris pas. Écoute mon histoire : j'ai vécu longtemps déserteur, sans même quitter ma chemise militaire, et je n'ai pas été repéré. Non seulement je me suis promené de ville en ville, mais j'ai accumulé les irrégularités, toujours impunément, puis, je ne sais quel soir, voilà que je lance une pierre sur la voiture d'un type qui m'avait coincé sur le boulevard de l'Abîme. Il est descendu, et je me suis retrouvé en prison. Ils ont ouvert mon dossier. « Alors ? C'est toi le déserteur ? » Et voilà. Laisse le tribunal tranquille. Laisse le temps passer. Ne pas troubler le sommeil des mouches. Laisse le puits couvert, comme on dit. » L'écrivain somnolait, son calepin fermé à la main ; il venait de barrer l'unique page écrite. Se taire ou dire l'indicible. Il somnolait. Le lis. La menthe. Le basilic. Les oiseaux titubant dans leur léger sommeil d'artistes. Le thé froid. Rachid nettoyait la pipe, sur le gouffre nocturne, prenant de la hauteur comme un avion délesté, inoffensif et vulnérable, pris en chasse entre la base et l'objectif, entre le père abattu et le nègre qui l'avait vengé, mais gardait Nedjma en otage.

V

```
         (Si Tahar)
  ?  —— Mahmoud  ⚭ Zohra  ⚭  Sidi
         |                      Ahmed
         |                  |
       Tahar              Calchdan  Mourad
```

I

(72)

Deux ans se sont écoulés depuis que Zohra, mère de Mourad et de Lakhdar, a été abandonnée par Sidi Ahmed, quand se présente un nouveau parti ; un vieux cultivateur des environs de Sétif, qui séjourne alors dans les Aurès, se lie avec le père de Zohra, bûcheron sexagénaire chargé de trois autres filles ; le vieux cultivateur Mahmoud s'intéresse à la répudiée ; il a un fils unique, dévoyé, du nom de Tahar, auquel il vient d'acheter une épicerie à X. La femme, jointe à l'épicerie, assagira peut-être mon fils, pense Mahmoud. Aux secondes noces de sa mère, Lakhdar tète encore.

Vient le temps de quitter la citrouille géante, berceau suspendu au coin de la chambre conjugale, à égale distance de la couche et du foyer ; le nourrisson étrenne sa vigueur en baisers dans la suie ; senteurs des cendres, du linge sec, du lait de femme ; souvent Lakhdar se trouve proscrit sur une peau de mouton, d'une étendue incommensurable.

Lakhdar se traîne dans la hutte ; quatre murs disproportionnés forment, avec le toit touffu, l'inaccessible espace auquel Lakhdar aspire : la faim, l'impuissance, l'isolement l'ont couché sur le dos ; seul objet de pèlerinage, un coffre (trop haut) où la mère engouffre les objets ; un jour Lakhdar voit flamber la lampe sur le coffre, si haut ! Il se révolte ; il invente une abjecte façon de pleurer, défait par embardées le bandeau dont Zohra persiste à l'entourer, comme un noble égyptien ; Lakhdar se voit puissant et paralysé.

Mise en pièces, la peau de mouton est remplacée par

183

les couvertures de laine tissée, monopole de Tahar ; Lakhdar ne peut s'y introduire ; à la belle saison, les insectes le tirent de sa prison, à quatre pattes ; il franchit tête baissée le rideau qui sert de porte, pour laisser passer le nouvel an ; s'ouvrent les royaumes de la prairie où il force Zohra à l'allaiter ; il ne mord pas le sein une seule fois ! Mahmoud le prend dans ses bras ; conscience de pisser sur plus grand que soi.

On le lâche enfin dans la nature. *Lakhdar*

Les ingénus d'alentour supportent mal le nouveau venu.

Bébés concurrents qui se flairent. ?

On essaie la mère des autres.

A la longue, Lakhdar est enlevé de ferme en ferme. Battu. Délivré du moindre lingot de galette. La peau ouverte à chaque haie. Frotté aux troncs. Comblé d'os énormes destinés à lui consolider la mâchoire ; il marche secrètement ; se remet à ramper ; ne se refuse aucune singerie ; s'assagit par défaut d'éducation ; à force de combats, pourvu d'une tunique de toile bleue, il est sevré ; de ce jour, la mère complice corrige dur ; Sidi Tahar s'en tient aux actes de tendresse virile ; il donne au petit des pièces de monnaie et lui tâte publiquement les testicules.

Mahmoud cache que l'orphelin n'est pas de son fils ; il mène Lakhdar au café, pour défier les anciens rivaux ; Zohra n'a jamais tant rêvé ; Lakhdar pend à son doigt durant les besognes de l'été, et, l'hiver, ça le navre d'être l'inséparable d'une mère si laide, aux pieds mouillés ; l'héroïne analphabète et le savoureux têtard sont mère et fils et amants, au sens barbare et platonique ; viennent la lutte et l'indépendance ; lâchant ses quatre bras à travers les mottes, le bonze à la poitrine encore blanche gravit les fosses couvertes de corbeaux. Splendide arrivée des éclairs dans le poirier ! Lakhdar prend la fronde et, couché au sommet des mousses, seul sous les peupliers, il tue, le cœur confiant, les oiseaux morts de sommeil, trop jeune pour vérifier ses cadavres... Griserie de l'espace assaillant – les chèvres pleurent, plus petites que

Lakhdar au pied des peupliers… La robe mordue, les pieds libres dans la mêlée du soleil et des ronces, ce sont des filles dans la fontaine, s'oubliant, très petites il est vrai, non sans châles ni captivantes œillades, mais Lakhdar ne poursuit que les chèvres, futur berger, presque aussi sérieux que l'ancêtre présumé qui fume, songeur, avec la dérisoire férocité d'un cornac, sur le dos aigu de son bourricot; l'enfant s'ajoute à l'animal et à l'homme : ils parcourent les champs, à la recherche de lieux profonds et frais; une échappée de soleil dans la barbe roussie ferme les yeux de Lakhdar; ils atterrissent dans un taillis qu'ils ne déflorent que pour sa fraîcheur, pour le repos de l'ancêtre et de la bête; ils écoutent chanter les travailleurs d'un autre monde.

Quand les laboureurs se sont effacés le long des arbres, Zohra dénoue sa robe en de magnifiques globes de savon; dans son coffre de mariée, la mère agite de charmants objets; pot plein de girofles mortes, collier de verre massif jaune et bleu; l'encensoir sert à noyer la poudre du Soudan, pour les sourcils. Lakhdar ne revient à la hutte qu'à l'heure du repas; à l'aube il part avec les hommes, mais se dirige à l'opposé du village, vers les stèles de ses faux aïeux… Qu'importe à l'orphelin si ce n'est pas précisément sa famille qui succomba là, bel et bien, à transformer le pic en oliveraie, loin du village, entre le cimetière et l'abattoir.

II

Zohra donne cinq œufs à Lakhdar pour le directeur de l'école indigène : « *M'sieu, le nouveau crache dans l'encrier* »; le directeur le jette à terre; la main de Lakhdar s'enfle du bout des doigts à l'avant-bras : il passe et repasse devant la classe, outré de chasser seul; il dirige sa fronde sur la fenêtre; le maître ne le voit pas; pitoyable village !

Lakhdar tend les lacets ; il déterre les souches pour le poêle à deux bouches que Mahmoud a transformé en fourneau.

Mahmoud habite deux chambres construites avec des pierres de taille, à la limite d'une prairie marécageuse ; comblé, nivelé, le marécage est en partie jardin, en partie grange, étable, chantier enfin, où s'édifie, à l'aide, cette fois, de parpaings dépareillés, une troisième pièce ; le vieux Mahmoud compte s'y retirer ; il compte laisser les deux chambres à Tahar et à sa femme, qui n'habitent pour l'instant qu'un seul coin de la hutte, laquelle deviendra la chambre de Lakhdar ; en plus du logis et de l'oliveraie, Mahmoud possède un âne, un mulet à bout de forces qu'il faudrait remplacer, huit brebis et une chèvre dont les petits trépassent sous divers prétextes, conduits par Lakhdar.

Soixante-dix ou quatre-vingts ans, peu importe l'âge de Mahmoud : il a perdu trop d'enfants ; il a sauvé ces deux hectares au fond de la clairière ; les pères en avaient soixante ; il semble que le sol des aïeux fonde sous les pas des nouveau-nés ; Mahmoud a vécu d'ici la fondation du village ; il a perdu des terres, mais acquis l'épicerie aujourd'hui tenue par son fils ; l'épicier se débauche avec M. Bruno, chauffeur de la commune mixte, venu de France on ne sait trop comment.

Lorsque Lakhdar est transporté des Aurès à l'oliveraie, son parâtre est en passe de vendre l'épicerie pour enlever une blanchisseuse alsacienne que courtise gratuitement M. Bruno, tout en poussant Tahar : « *Elle est prête à tomber dans tes bras. Je te le dis : la dame est veuve et n'a personne ; elle est heureuse de te voir toujours avec un employé de l'administration.* » Mme Odile a son établissement sur la plus grande artère de Sétif ; les deux villageois parcourent pour la voir cent kilomètres, aller et retour, dans la traction avant de l'administrateur, autorité suprême de X. M. Bruno fait ressortir la clandestinité des trajets : Tahar lui remet des paquets de denrées, des jarres d'huile, de la volaille et autres choses de prix, susceptibles de contenter la blanchisseuse, et de

186

neutraliser les supérieurs de M. Bruno quant à l'admission d'un épicier arabo-berbère dans un véhicule où seuls ont leur place le chef de la commune et ses adjoints ; il faut dire que Tahar emprunte un mulet pour quitter le village ; M. Bruno retrouve son compère à hauteur du cimetière ; ils gagnent la ville en bifurquant sur une route peu fréquentée ; Tahar continuerait d'ailleurs à dos de mulet jusqu'à Sétif, pourvu qu'il soit dans l'automobile, quand le chauffeur stoppe à la devanture de l'Alsacienne, qui leur ouvre son appartement ; elle invite d'autres femmes, en se réservant de congédier son monde aux environs de minuit – toutes circonstances qui, durant les retours nocturnes coupés de haltes indiquées par M. Bruno, rendent à Zohra son époux bégayant et distrait ; l'automne de son second mariage, elle n'a pas plus de vingt ans ; elle a beau supplier ; Tahar n'en sort pas moins de sa capuche ces maudites bouteilles blanches qui poussent Zohra à se méfier même de l'eau.

Le troupeau de grand-père vaut à Lakhdar, au beau milieu de sa coqueluche, trois robes, ainsi qu'un pantalon et une chemise pour les fêtes ; Lakhdar contemplera désormais à dos d'âne le pays ; il reçoit encore un bonnet de laine, des sandales en peau de chevreau, une canne taillée dans un olivier sauvage ; il n'y a pas de printemps ; jusqu'en avril, un vent puissant accumule les nuages au flanc du Taffat, lieu de ralliement des bergers ; plus d'une fois, Lakhdar s'y embourbe ; aujourd'hui le ciel est bas ; l'eau cingle d'heure en heure en calme déluge sur les chênes attendris ; Lakhdar veut courir ; les brebis reviennent à l'herbe mouillée ; il en frappe une au museau, si violemment qu'il faut la charger sur l'âne : « *Tu n'es pas en papier, pour craindre la pluie* », dit Mahmoud ; Lakhdar est rossé avec sa propre canne ; la brebis est morte ; l'âne dort avec les chèvres et les brebis ; il faut beaucoup de foin, de branches, de caroubes. Une nuit, le fils d'une chèvre nouvellement acquise provoque gravement l'âne, en lui passant sous le ventre pour lui prendre sa pitance ; l'âne le tue d'une ruade entre les yeux ; Mahmoud est au marché ; Zohra aide Lakhdar à porter le chevreau sur le lit de la rivière Bousellem ; au retour ils trouvent Mahmoud avec le troupeau.

– Le chevreau ?
– Mort.
– Qui ?
– L'âne.
– Quel âne ? Toi ou moi ?

Lakhdar ne pleurniche pas ; c'est la première injustice de Mahmoud : Lakhdar tient un précédent pour se dérober aux coups ; peu après il est réconforté par la mort de la chèvre d'un autre berger ; fameuse chèvre ; elle donnait trois têtes chaque année ; ils avaient décidé de faire la course, Lakhdar sur sa chèvre, l'autre sur la sienne ; celle-ci tombe sur le ventre ; sa progéniture meurt avec elle ; cette fois, ils étaient quatre chevreaux ; Lakhdar raconte l'aventure à Mahmoud ; il est battu à cause de la course.

Le chemin de la rivière est aisé, large, solide ; c'est le chemin des Romains ; il garde les traces des chars ; il a vu naître le village ; mais l'âne est un saboteur. Il suit le chemin un certain temps, jamais de même durée ; il semble que l'âne se soit habitué au chemin ; Lakhdar lâche la bride ; il tient le dos de son petit frère ; l'animal va lentement, d'un pas régulier, avec un semblant de fierté : celle d'un esclave sous un carcan perpétuel, celle d'un soldat de carrière méditatif et vigilant ; son impassibilité prend le sens d'une épreuve : pour la précocité du guide, pour l'enfance du cavalier ; si Lakhdar somnole, il lâche la bride, se laisse gagner par la prodigieuse insouciance, par l'unique idée de l'âne, l'idée de la liberté, la perte du cavalier ; le petit frère de Lakhdar ne sait pas ; s'il savait, il se tiendrait mieux, s'accrocherait aux couffins, ne rirait pas aux anges.

Le petit frère de Lakhdar n'est pas lourd ; il frappe de plus en plus fort ; l'âne déjoue la plupart des coups.

Lakhdar garde l'apparente neutralité du guide.

L'âne reste sourd aux conventions.

Rien n'entame l'épaisse colère...

III

Rien n'entame l'épaisse colère de l'opprimé ; il ne
compte pas les années ; il ne distingue pas les hommes,
ni les chemins ; il n'y a qu'un chemin pour lui ; c'est le
chemin des Romains ; celui qui mène à la rivière, au
repos, à la mort. Comment gouverner l'âne ? Il est voué
aux affaires courantes. Il reste neutre et malveillant ; il
ne suit pas le guide ; il le neutralise, lui communique sa
longanimité d'esclave.

Impossible de pactiser avec l'âne.

Il frotte le cavalier contre l'arbre, tendrement.

Le petit frère de Lakhdar est tombé sur le nez.

La rivière a rougi.

Lakhdar remet son frère dans le couffin.

Il a oublié la sous-ventrière à la maison ; il tient la
bride.

Lakhdar regarde les chèvres boire ; elles sont d'une
autre classe ; leur légèreté les rend attachantes ; il suffit
de les tenir à l'œil ; elles peuvent saccager un jardin, provoquer une rixe en ce pays de vieillards : les jeunes gens
sont exilés : cette terre est trop ingrate, trop précieuse ;
les chèvres sont capables d'être à l'origine du drame si le
berger dort.

Lakhdar sait qu'il va se baigner ; il s'est levé à trois
heures ; à neuf, il ira traire, puis feindre de dormir devant
la cour, attendre la galette ; il mangera, entendra les
appels, reviendra vers la rivière sans le troupeau. Les
camarades seront dans l'eau. Il y aura noce au village ; il
s'agira de dormir, tout en écoutant ; si Lakhdar s'endort

189

pendant la veillée, ou après, Lakhdar sera joué ; réveillé
à trois heures, tout l'été, saison des noces, il sommeillera
en conduisant les bêtes ; quelque animal en profitera.

Non.

Il faut lutter contre les rêves.

Lakhdar paie le prix de la baignade et de la veillée.

L'âne boit.

Lakhdar tient la bride.

Le petit frère est heureux.

Lakhdar rêve.

L'âne boit longtemps.

Lakhdar se détourne du frère pour manger la figue.

L'âne boit.

Le soleil monte.

L'âne fait un écart.

« Ce sont les taons », rêve Lakhdar.

L'âne fait un pas. Il glisse, comme volontairement, sur
les galets.

Le petit frère tombe dans la rivière.

Il tombe malade à la maison.

Mahmoud revient de voyage. Il monte un jeune mulet
inconnu.

– Que personne n'avance, dit Mahmoud, lointain et
prestigieux, à Lakhdar penaud sur le seuil.

Mahmoud veut descendre.

Le mulet fonce vers la porte, comme si c'était chez
lui.

Mahmoud donne du turban contre le haut du mur.

Il tombe malade à la maison.

Mahmoud et le petit frère de Lakhdar sont couchés
ensemble.

L'âne et le mulet mangent en tête à tête.

– Que personne ne monte mon mulet, dit Mahmoud.

– Que personne ne monte mon âne, dit Lakhdar.

C'est la saison des moissons.

Mahmoud se relève avant l'aube.

Lakhdar charge les gerbes.

L'âne les dévore en chemin.

Lakhdar le cingle de sa canne.

L'âne mange.

Lakhdar descend sur le pavé.

L'âne tombe malade, sur le chemin.

Il ferme les yeux.

Lakhdar pleure.

L'âne ronfle.

Mahmoud arrive.

– Pourquoi frapper un âne ?

– Il a mangé le blé.

– Où sont les autres gerbes ?

– J'ai pas pu tout charger.

– Les chèvres vont manger le reste. Fallait tout charger, et laisser l'âne manger.

– Le blé n'est pas fait pour les ânes.

– Va chercher les autres gerbes.

Lakhdar s'éloigne sur l'âne rétabli.

Les gerbes sont près d'une muraille en ruines.

Le soleil décline.

Le serpent est heureux.

Il sort de la muraille.

L'âne ne veut rien savoir.

Lakhdar descend.

Il veut desceller la muraille.

Le serpent s'est replié.

L'âne se sauve au galop.

Lakhdar lui jette la pierre.

– Et le blé ? dit Mahmoud.

Les chèvres ont tout mangé ; Lakhdar se sauve à son tour. Il couche sur les marches de l'église. Il apprend à fumer au fils de l'oukil[1]

Maître Charib est un oukil mal habillé.

L'oukil boit de l'anisette chez Mme Nora

Mlle Dubac est une belle institutrice.

1. Oukil : avocat en justice musulmane.

191

L'institutrice n'a ni parents ni village.

Mlle Dubac mange au restaurant de Mme Nora.

« *Lakhdar n'a pas de père* », pense le fils de l'oukil.

« *Le fils de l'oukil n'est jamais monté sur un âne* », pense Lakhdar, en passant la cigarette à Mustapha.

IV

Mme Nora, propriétaire du seul hôtel-restaurant de X., sert à Maître Charib sa huitième anisette ; il a gagné, ce mercredi, un important procès, avec clauses de Habous, citations de Sidi Khelil à l'appui ; ses clients lui ont apporté un sac de perdreaux, qu'il offre à Mme Nora ; elle riposte en versant une tournée générale.

— A la santé de Maître Charib !

— Vive Maître Charib ! reprend le chœur des habitués.

— Pardon, dit l'épicier Tahar, en s'appuyant au bras de l'oukil ; fais-moi le plaisir d'accepter un verre.

— A Dieu ne plaise ! C'est mon jour.

— … Longtemps que je t'estime, Maître. Si on était tous calés comme toi…

— Ce qui manque, les enfants l'obtiendront. Tu as un fils ?

— J'en ai deux, dit l'épicier. Un de ma femme, et un de moi.

L'oukil s'appuie sur le comptoir.

… Que veux-tu, Maître, ma femme avait un orphelin. Il tétait encore !

— Et qu'en a dit le grand-père ?

— Mon père l'aime bien. C'est lui qui l'a nommé Lakhdar.

— Entre nous, tu as les moyens de l'expédier à l'école…

192

– Qu'il se débrouille avec son grand-père ! On l'avait mis à l'école indigène, on l'a retrouvé berger. Mauvaise graine.

– Il a dépassé l'âge ?

– Plus de huit ans ! Il court les filles.

– L'âge de mon fils Mustapha ! Mais, moi, je l'ai imposé à l'école mixte. Nous sommes français ! C'est la loi.

L'institutrice descend les escaliers du restaurant.

Maître Charib hausse le ton.

– Amène-le, ton gamin, je me charge de l'inscrire. *Mlle Dubac ne fait aucune distinction !*

Seuls les notables musulmans de X. placent leurs enfants à l'école mixte. Tahar n'est qu'épicier.

Et Mlle Dubac… Tahar ne peut la regarder ; il frappe de sa paume grasse sur le zinc.

– Hakim[1] que Dieu te maintienne en vie, buvons un dernier verre !

– C'est bien simple, descends avec moi. Le tout est de savoir parler !

Maître Charib laisse sa canne sur le comptoir.

Il confie son burnous à Mme Nora.

Tahar n'ose suivre l'oukil dans l'escalier.

– Mademoiselle, mes hommages…

L'institutrice minaude, une aile entre les dents.

La présence du juge de paix rend son assurance à l'orateur ; le juge est gai ; il saute au cou de son plaideur préféré ; pour ne pas perdre l'équilibre, les deux hommes de loi prennent place auprès de la Beauté ; Mme Nora leur apporte machinalement le menu ; elle renouvelle ses compliments pour les perdreaux ; Mlle Dubac, les lèvres luisantes, en mange précisément ; cela crée un lien ; de fil en aiguille, c'est le juge qui plaide pour Lakhdar.

---

1. Hakim : sage, docteur, etc.

V

Notre institutrice, les parents ont le droit de rire devant elle. Elle vient de loin.

Mlle Dubac.

Cliquetis du nom idéal.

– Silence, allons, les petits !

Y a des grands et des petits ! L'école, c'est pour nous mélanger, oui ou non ? Elle est enrhumée. Se sert pas de ses doigts. Jamais une tache d'encre. C'est son mouchoir ou une boule de neige ? Ça saigne avec un sourire. Peut-être qu'elle crache des coquelicots dans les mille et une nuits ! Non, des roses. Si elle me laissait sentir ses ongles. Si on changeait de sueur. Elle salit pas ses aiguilles. Le tricot est pour moi ? Elle regarde toujours les autres. Dubac Paule. On boit son prénom comme de l'air. On le fait revenir. On le lance loin. Paule. Malheur de s'appeler Mustapha. Française. France. Elle a une auto ? Mais elle mange du porc. D'abord elle n'a pas faim ! On dit rien si elle casse la craie. Elle a cent cahiers neufs. Elle peut écrire des lettres. Ses parents ont un château fort ? C'est loin d'ici. Elle est venue en car. Avec son fiancé. Fi an cé. Les parents disent : mademoiselle Dubac. Pas Paule. C'est sous-entendu. Son fiancé joue au ballon. Il shoote fort. Fiancé. Français. Moi je suis un Arabe. Mon père est instruit. Il a une canne. Ma mère s'appelle Ouarda. Rose en français. Elle sort pas. Elle lit pas. Elle a des souliers en bois. Rose. France. Y a les paroles qui changent. Et les habits. Et les maisons. Et les places dans l'autocar. Quand je serai grand, je monterai devant. Avec la maîtresse. Grandes vacances. Elle m'emmènera. Élève à encourager. Elle a mis ça. Je lui rendrai. Je lui corrigerai les devoirs. Elle m'achètera un pantalon. Elle me donnera un nom.

– Mustapha, page 17.

Aïe, elle m'a donné le nom des autres !

– Au suivant !

En tout cas je suis passé. Elle pense à moi. J'ai mal lu.

194

Je suis le plus fort. Je mets le ton. Et encore, je veux pas ! Si y avait pas les autres. J'apprendrais le livre par cœur. Pas besoin d'école. On ira chez elle. Y a l'électricité.

— Mustapha, tu ne suis pas !
Alors, y a que moi ?
Chute d'un ange. (en rébellion).
Récréation.

VI

Lakhdar tire Mustapha vers le poulailler.
— Tu vois ce balai ? On le met sur la porte, et on rentre pas ; ça s'ouvre en dedans. Il tombera sur *elle*. — m. piège
— Chiche !
— T'es pas un homme.
— *En rangs !*
Les poules jouissent de la cour déserte.
Lakhdar et Mustapha, seuls au milieu des fientes.
Les odeurs et les cœurs qui battent.
Lakhdar : Ça y est, tous dedans !
Mustapha : Tu crois qu'ils nous ont vus ?
Lakhdar : Le con de leur mer'rr !
Ils escaladent les bavardages des enfants sages. Plus peur d'entendre claquer la règle. L'école est en pleine campagne. Le poulailler sent la camaraderie. Comme les hommes au café maure.
— On y va ?
Mustapha place le balai. Lakhdar choisit un morceau de tuile écorchée vif. Vise lentement. Toc ! au beau milieu de la porte ! *L'école s'engouffre dans un silence sacrilège.* Mlle Dubac descend de l'estrade pour ouvrir, espérant envoyer son parfum au nez du Directeur, mais c'est le joli nez de l'institutrice qui accuse le coup de balai signé Lakhdar et Mustapha ! Peut-on dire si elle va enquêter ? Elle ne crie pas

comme prévu. Pas lourd, un balai. *L'art de ne commettre que des demi-fautes.* La main sur le loquet, va-t-elle se décider à enquêter pour la forme, ou simplement remonter sur sa chaise ? Les camarades rient, façon de dénoncer les francs-tireurs.

Les années passent.

On a dessin aujourd'hui. Serviles, les filles sucent leurs crayons de couleur ; ça ne cherche qu'à plaire, et c'est médiocre.

Les camarades font des billets de banque pour la récréation.

Lakhdar ne permet aucune accumulation de capital.

– La bourse ou la vie !

Albert se laisse faire.

Ferhat le malin tend ses liasses.

Lakhdar va-t-il rompre le pacte et demander les siennes à Mustapha ? Monique, morveuse reine des filles, pèse sur eux de son œil vert.

– Et toi, tu veux rien donner ? fait Lakhdar.

Mustapha ne dit rien.

Lakhdar frappe.

Mustapha crache. Sa haine se dessine dans une petite flaque. Par terre, tous deux. Détentes du corps et de la tête.

Les camarades comptent les coups.

Torture des combattants quand les juges se leurrent.

Morsures : trichons avec les juges.

Les filles crient. Mademoiselle, ils se disputent !

Ah ! Leur mûrir les seins à coups de pied ! *Malheureusement ce sont les lutteurs qui gisent aux pieds des filles.*

Trop fatigués pour se séparer.

Sieste brutale et prestigieuse.

– Bande de voyous !

Règle de fer de Mlle Dubac. « *Frappe, ma jolie* », dit Lakhdar, et il présente lui-même ses mains.

VII

A la grille, les anciens camarades bergers se concertent ; la demeure de Mlle Dubac s'élève au pied du mont Taffat. Yeux bleus, c'est la princesse rêvée pour maint barbare de dix ans qui, n'ayant accès à la superbe habitation-école, grimpe à la forêt d'où il savoure, dominateur, les charmes de la maîtresse, puis, sorti tout frétillant d'une mare, descend à la rencontre de son armée… Les écoliers désignent aux bergers le portail grand ouvert, mais il faut sauter par la palissade, car les filles montent la garde… Les auteurs de ce raid sont des enfants chassés de l'école par une loi douloureuse et cachée ; Paule Dubac n'a pourtant pas de haine pour les petits barbares ; elle sait leurs noms, tous, mais ne peut supporter la vue des habits déchirés… Elle sait qu'après la sortie des élèves, l'école ne reste pas dépeuplée : les habitants des mares se transportent dans la cour déserte ; ils sautillent dans cette cage d'enfants gâtés, avec les hirondelles aux chastes épaules que la mère de Lakhdar masse à l'huile d'olive chaque printemps (échange est alors fait de bris de cèdre et de baisers sur le bec entre la mère et l'oiseau atterri) et, faute de jouets, on apprend avec les enfants du Taffat, faute de trains électriques qui s'obstinent à tourner en rond, à prendre son plaisir en quelque assemblée d'insectes bouleversés, et les bras boueux des voyous guident le regard de Monique, finalement évanouie sous une grêle de pierres, car la guerre peut, d'une minute à l'autre, recommencer.

VIII

Quatre rides croisent sur son front les parallèles de la dernière saignée ; père sommeille en son alacrité, on peut me poser n'importe quelle question sur le participe. C'est

le coiffeur qui saigne mon père. Il baisse son front froidement tailladé au rasoir. Ce que c'est que d'avoir trop de
sang ! Cette fois, Père se fait tailler la nuque ; la prochaine
fois ce sera le front ; environ une saignée par mois ; ce
que c'est que d'être trop costaud ! Ça tombe dans l'alcoolisme, et ça fait des enfants chétifs. Moi, en naissant,
j'étais obèse, les touristes me prenaient dans leurs bras.
« On ne dirait pas un bébé arabe ! Qu'il est beau ! » Mais
je n'ai pas tardé à devenir comme ma mère, maigre,
maigre comme un clou ; ça me sert dans les bagarres ; y a
que Lakhdar qui soit aussi maigre que moi ; nous, au
moins, on a des os et des nerfs ! On peut courir. On a des
poings durs comme des pierres. Père dort. C'est la saignée qui l'a esquinté. Je voudrais l'embrasser quand il
dort, tranquillement, sans que les filles me voient. C'est
malheureux d'avoir deux sœurs, et un seul père… Il dort.
Veut pas que je sorte pendant sa sieste. Un bon élève
comme moi ! Père dort et moi j'ai pas sommeil ; y en a
qui sont abrutis par le soleil ; Lakhdar et moi, ça nous
donne envie de courir, comme les vaches au moment du
Tikouk ; Lakhdar m'attend à la rivière ; lui, au moins, il a
pas de père ; c'est son grand-père qui commande ;
Lakhdar était berger avant de venir à l'école ; il a l'habitude de sortir au soleil ; et puis il a pas de père ; il en a un
qu'on appelle Si Tahar, mais c'est pas un vrai ; le père de
Lakhdar est mort ; Lakhdar l'a jamais vu ; *il est né seul*
avec sa mère Zohra, une gentille femme qui s'est mariée
avec ce salaud de Si Tahar. Le père de Lakhdar est mort ;
mon père, à moi, roupille ; y a un Parisien dans notre
classe ; « papa roupille » ; c'est lui qui nous fait vivre ;
aujourd'hui, il a ramené deux poules du marché ; Mère
leur tendra le cou au-dessus de la même cuvette qui sert
au coiffeur Si Khelifa pour saigner mon père une fois par
mois ; Mère tendra le cou du poulet au-dessus de la
cuvette, et Père récitera une formule du Coran, en
maniant le couteau comme une scie sous l'œil soupçon-
neux du poulet ; y en a qui ont la vie dure ; une danse de
poulet égorgé, spectacle de famille ; l'humanité revient de
loin ! Père se retourne sur le côté gauche. Il dort toujours !

le pied d'un père en dit long sur le passé; la déformation d'un ongle parle un langage de campagne militaire; si mon père n'était Arabe, il eût été maréchal; oui, j'en suis au subjonctif; un excellent élève, voilà ce que je suis; je dépasse tous les Français de ma classe, et je réponds à l'inspecteur; l'institutrice m'a donné un portrait du maréchal Pétain; je l'ai vendu pour un taille-crayon, à Monique; aujourd'hui j'ai été désigné pour le lever des couleurs, et Roland a pris ses affaires parce que c'est un juif. Père se croit obligé de dormir sur le côté gauche. Difficile à tolérer. Remarque-t-il que je l'embrasse quand il dort, toujours par la gauche, du côté de la petite poche du gilet, où y a de la petite monnaie? L'argent lui dit rien. Il revient de la guerre; c'est pour ça qu'il dort tout habillé. Père n'a rien gagné à la guerre; il croyait qu'il allait revenir riche, mais il a fallu se remettre à plaider; on a quand même des économies pour le sacrifice du mouton; les jours d'audience, Mère range le magot dans une boîte de biscuits, la seule qui ait jamais franchi le seuil, et elle balance la boîte sur la plus haute étagère de l'armoire; heureusement qu'on a des chaises! J'ai pas encore vu de près une armoire à glace. Paraît qu'on en avait une du côté de Guelma voilà dix ans, j'étais pas encore né; il a suffi que je vienne au monde pour qu'elle disparaisse; mon père l'a cassée d'un coup de canne longtemps retenu, car l'accouchée refusait de reprendre le travail si elle ne recevait pas une robe de velours pour fêter le septième jour de ma naissance; la glace de l'armoire a été brisée, l'os de ma mère a été fêlé, le tibia (je suis premier en sciences naturelles), et ma mère a eu sa robe de velours rouge, et le juge est venu à domicile gronder papa, qui a fait venir du champagne à la maison, en invitant toute la justice de paix : tout ça pour un coup de canne! Ma mère a pardonné sans histoires; le soir même elle a préparé un couscous monstre, fermement dressée sur son tibia meurtri : tout le village et toute la justice de paix ont longuement commenté le festin. Père dort, c'est sa nature : tout casser, et dormir. Un brave homme. Pourquoi il respire pas plus vite? Si on respire pas, on meurt : le père de Lakhdar… Allez, respire ! Père dort. Il ronfle. Il roupille. Il est pas mort. Y a pas comme lui. Sur moi il a jamais levé sa canne. Une fois seulement. Le paquet de « Bastos » que j'avais glissé dans mes chaussettes pour le passer à Lakhdar. Moi je fume pas bien. Lakhdar il avale. Père a ouvert la porte au moment où je relevais mes chaussettes sur le paquet. Un seul coup de canne. A peine si ça m'a frôlé. Je me suis mis à pleurer. Je gonflais mon chagrin comme un pneu percé : y avait pas de quoi pleurer. Mais le papa est aussi sensible que violent. Il m'a donné dix francs et un baiser. Père m'a félicité pour la composition française. J'étais si ému que je voyais ma mère pousser des glapissements de triomphe en imagination ; elle s'appelle Ouarda, Rose, y a une chanson sur elle, une drôle de chanson où elle devient jeune et dévergondée. C'est pourtant pas le cas ; sa vie, c'est de rêver qu'elle sort avec mon père, rien qu'en écoutant s'éloigner sa canne ; même quand elle pleure, elle a des yeux malins, et elle travaille. Mère dort par terre avec les deux filles ; j'aime pas voir des filles ron-fler, à plus forte raison quand c'est des sœurs. Le pro-phète a raison. Faut pas mélanger les femmes et les hommes. Par contre, je me sens plein de remords, de sympathie et de courage devant le rude corps détendu de Maître Mohamed Gharib : c'est mon père, et moi seul connais ses secrets… « *Maître Mohamed Gharib vous invite en son cabinet pour examiner la question des frais et honoraires* », voilà le style de papa. Le cabinet d'oukil de mon père est un couloir au sol poreux, avec un banc noir comme un corbillard, une belle chaise datant de son mariage à Guelma, une table et une étagère ajustées à la hâte par un menuisier dont c'était la manière, précisé-ment, de payer ses honoraires à l'auteur de mes jours, maître Gharib, avocat des pauvres et des mauvais gar-çons. La pauvreté de mon père est une façon d'avoir fait la guerre. Il était en Tunisie jusqu'à l'armistice. Il a bu tout le vin de la section. Un bel homme, maître Gharib, avec des yeux bigarrés, « des yeux de perdreau », comme dit ma mère. Petit et costaud. Je lui arrive déjà au menton.

200

Il dort. Un brave homme, travailleur et joyeux, brutal et brouillon. Il dort avec sa canne, tout habillé. S'il n'avait pas des souliers arabes, il dormirait avec : les souliers arabes, y a qu'à bouger le pied pour les ôter ; les souliers de mon père et sa canne font un bruit que Mère m'apprend à reconstituer, la nuit... Père veille. Il dit que c'est son travail ; nous l'attendons patiemment, et j'ai appris l'alphabet français à ma mère, sur la petite table entourée de coussins, devant le figuier qui a failli mourir, dans les émanations de l'eau moisie (y a pas de fontaine chez nous ; Mère fait la vaisselle et la lessive dans d'immenses chaudrons) et de la cuisine éternellement mijotée ; quand je menace de dormir, Mère me fourre une pincée de tabac à priser dans les narines, ou bien elle va chercher la grosse louche pour interroger l'avenir : si la queue de la louche oscille à droite, je réussis au certificat d'études, mais c'est à la bourse première série que je me suis présenté – je relevais d'une crise de paludisme suivie d'une bronchite, c'est pour ça que je suis maigre ; Mlle Dubac est venue me voir ; pendant que mon père la retenait sur le seuil, ma mère m'a fait lever de son matelas et m'a fait grimper en vitesse dans le lit de papa ; l'institutrice m'a embrassé ! Je sentais le tabac. Mais le baiser magistral a chassé la fièvre ; Mlle Dubac est venue avec moi jusqu'à Sétif. Ma mère a conjuré le mauvais sort en nous jetant un seau d'eau dans les talons ; l'institutrice avait ses bas mouillés. Mon père sentait l'eau de Cologne. Je suis parti en maudissant la famille et j'ai réussi ! J'ai bien lu Mustapha Gharib sur la *Dépêche de Constantine*. Le nom de Lakhdar était avant le mien, à cause de l'alphabet.

IX

Les premiers souvenirs de Mustapha se rapportent à une cour dont les dalles disjointes retiennent toutes sortes de végétations ; les trois chambres attenantes sont

occupées par l'oukil, ses trois frères, les épouses de deux
d'entre eux, et les enfants ; elles forment l'aile gauche
d'une vaste maison à un seul étage, au centre de
Guelma ; le passif de la tribu (veuves, grand'mères,
chômeurs, infirmes) s'y trouve toujours représenté ;
Mohamed Gharib assure le commandement suprême ;
il marie ses frères, avant de prendre femme ; il est le
plus instruit de la tribu : après sept ans de medersa à
Constantine il est commis interprète au tribunal de
Guelma, puis accomplit son service militaire ; en 1919,
il obtient son diplôme d'oukil ; il fait d'abord de bonnes
affaires, achète un terrain qu'il revend pour se marier ;
au lendemain de la noce, il se trouve endetté : toute la
tribu a envoyé ses délégués au festin ; conformément à
la tradition, les époux sont cousins germains ; l'oukil ne
peut faire face aux créanciers ; il saute sur le premier
mouvement judiciaire, et se fait nommer à Sétif, où les
affaires sont plus rares et plus mauvaises qu'à Guelma ;
l'oukil vend les bijoux de sa femme ; il loue deux
pièces au faubourg de la gare, et un bureau à deux pas
de chez lui ; le ménage n'a jamais été si bien logé ;
l'oukil n'a que des voisins européens, peu curieux ; ils
ne savent pas que Ouarda mange du pain sec (elle
allaite Mustapha), et que l'oukil se nourrit de vin à crédit ; au bout d'un an, quelques clients, pauvres, mais
réguliers, font vivre la famille ; Mustapha est encore
fils unique ; il est habillé à la française, bourré de lai-
nages, gavé de friandises ; certain soir, l'oukil se
montre si affectueux, que l'enfant gâté est prié d'uriner
dans une boîte de sucre : Maître Gharib est un noble,
c'est-à-dire un naïf ; il espère, par ces fanfaronnades,
préserver son fils des marques de la misère trop
connue... Mais Mustapha n'a qu'à ouvrir les yeux pour
déchanter : sa mère a une seule robe de coton qu'elle
n'ôte que pour en faire des chiffons à frotter le parquet... Le joli parquet !... Maître Gharib n'a qu'un
bournous roux, une veste de drap, un pantalon bouffant,
deux chemises ; ses tricots sont tous troués ; son fez est
crasseux au bord, cabossé, avec un gland pendant, que

Mustapha, deux ans après l'installation à Sétif, mordra toujours furieusement, sans pouvoir l'arracher ; en revanche, Maître Gharib possède une robe d'avocat, où sont cousues les palmes académiques (*services rendus aux établissements scolaires*)… Une nuit d'été, Ouarda réveille Mustapha en sursaut ; il a six ans ; l'oukil les embarque sans explications dans un taxi qui les dépose à X., dans une chambre humide et immense ; le menuisier vient renforcer la porte ; le mur qui entoure la cour est surélevé pour que Ouarda puisse vaquer à ses affaires sans être vue du dehors ; une cloison de briques divise la chambre en deux ; le menuisier revient placer une autre porte ; le côté où se trouve la cheminée devient débarras, cuisine et salle à manger ; Ouarda y transporte ses valises, les ustensiles et la panoplie de Mustapha ; le côté où se trouve la fenêtre devient la chambre à coucher, particulièrement réservée à l'oukil ; il achète un lit d'occasion, et un grand buffet qui sert d'armoire et de bibliothèque ; le couloir qui, de la cour, donne dans le village, est transformé en cabinet d'affaires ; après ces premiers aménagements, Mustapha va passer trois mois avec sa mère, chez les parents de Guelma ; le 1er janvier 1937, Maître Gharib dépense mille francs en bouteilles de champagne : le tiers de ses économies ; il va chercher sa femme, qui vient de mettre au monde une fille ; Mustapha fulmine dans le train, et veut jeter sa petite sœur Farida par la portière ; la mère est ravie de se retrouver chez elle ; l'oukil a fait blanchir la maison et installer l'électricité.

X

La demoiselle impeccable a brutalement assis Mustapha, sans plus de sourires, et elle reste immobile, à dessiner sur un mur noir. Mustapha sort malgré lui, poussé entre deux rangées de tables impressionnantes comme celles de la Justice de Paix ; dans la rue, une fille en haillons lui touche le tablier.

– Écoute, ô fils de l'oukil !

Elle porte une robe en crêpe de Chine plissée, qu'elle se roule autour des hanches, ou qu'elle mord par le bas, pour mieux soulever les seaux ; on l'appelle Dhehbia, la porteuse d'eau.

– Elle travaille pour son vieux père, a dit Maître Gharib.

– Petite, et tranquille, et dégourdie ! a renchéri Ouarda.

La porteuse d'eau a de longs yeux très noirs, des paupières légèrement bridées, des sourcils arqués ; elle a le teint mordoré, lisse, brillant, de la grenade ; elle se rougit les gencives avec des écorces de noyer ; elle a neuf ans.

Dhehbia plonge sa main dans sa poitrine ; elle tire un paquet mal enveloppé.

– Ne reste pas dans la rue, dit-elle.

Mustapha court au préau, instinctivement ; les autres ne mangent plus ; ils se poursuivent.

En face de l'école, chez le forgeron, Dhehbia veut aider un paysan à lier sa mule ; chassée, elle se colle à la grille de la cour grouillante d'enfants ; elle appelle encore :

– O fils de l'oukil !

Mustapha n'ose aller vers elle, ni ouvrir *le paquet mesquin* : il est sûr que ce sera du pain sec, rompu à la main. Il court le rendre à Dhehbia ; elle hésite, puis dévore ; Mustapha pâlit ; il entend craquer le chocolat.

Un grand calme règne dans le groupe des filles.

Elles jouent à la marelle avec des boîtes de cirage.

Blotti au coin du préau, Mustapha ne cesse d'admirer les blouses propres, les collerettes, les nattes… Elles ont une sublime façon de se moucher. Quelle délicatesse ! Retour de la fontaine, une rouquine heurte Mustapha ; une joue fraîche lui effleure le front ; la bouleversante haleine de confiture achève d'attendrir Mustapha ; mais trois garçons ont surgi dans le préau, à quatre pattes ! Mustapha ne sait qui des trois le déloge de son coin, en un bond ; lorsqu'ils s'éloignent, Mustapha se rassoit, placide. Deux longues traces douloureuses lui barrent le nez.

– *En rangs !*

A quatre heures, Maître Gharib attend son fils à la sortie.

Mustapha ne voit que le pantalon bouffant et le fez. Il rougit.

Les écoliers s'attroupent devant l'oukil.

Leurs pères, à eux, ont sûrement des chapeaux et des pantalons longs ; Mustapha sent les larmes venir ; les autres restent groupés autour du Père ; curiosité ou mépris ? *Un uniforme pour tous les pères ;* voilà ce qu'implore le regard mouillé de Mustapha ; Maître Gharib se rembrunit.

– Qui t'a griffé ?

– C'est lui !

– Non, M'sieu, c'est lui !

Les écoliers se dénoncent, comme par jeu ; ils ne semblent pas prendre au sérieux l'avocat des Arabes ; Maître Gharib happe le plus grand.

– Ton nom.

– Albert Giovanni.

Le garçon n'a pas l'air effrayé ; l'oukil le prend d'une main, et tire son héritier de l'autre ; la canne danse sur les cailloux ; Albert a les yeux bleus ; son visage est couvert de petits boutons purulents ; sa culotte de velours jaune est trop courte ; il traîne des bottines au bout luisant et bombé, qui esquisse une sorte de physionomie drolatique et renfrognée ; Mustapha trouve souvent une expression aux souliers des gens ; ceux-ci lui inspirent de la terreur ; mais il n'est pas sûr que c'est Albert qui l'a griffé ; impossible de rien dire à l'oukil, qui fait voler tous les cailloux qu'il voit, maussade, la moustache sévère ; le tablier noir d'Albert (celui de Mustapha n'est pas repassé) a une bordure rouge, et le col de la chemise blanche tombe par-dessus un chandail marron, artistement tricoté ; Albert marche presque aussi vite que l'oukil, et ne regarde pas Mustapha.

Le gardien de la prison lit le journal dans son jardinet.

– *Porca Madona!* Ho, Gharib! Que le bon Dieu t'étouffe!

Albert s'engouffre dans la maison.

– Les enfants se sont disputés, sourit l'oukil.

Le gardien de la prison se frappe sur les genoux; un nuage de cendres s'envole de sa pipe.

– Attends, que j'aille chercher le martinet!

– Non, dit Maître Gharib. Ils vont faire la paix.

Une large grande femme, aux yeux bleus, se montre. Albert est caché derrière elle.

– Restez couvert, je vous en prie! C'est votre fils?

Mme Giovanni embrasse Mustapha.

Elle va chercher la bouteille d'anisette.

– Allez jouer dans le jardin, dit-elle.

En visite chez la sœur d'Albert, Monique jongle avec les mottes, accroupie, et présente à l'ombre tremblante un sillon rougeoyant dont les émanations autant que la vision ne se goûtent que dans le supplice ardent de l'abstraction: sillon de chair innocemment démasqué à l'œil précoce du Barbare atteint en plein cœur!

Albert tire furieusement la brouette où est installé le général Mustapha.

– C'est bien. Rompez.

Albert repousse le casque sur le sommet de son crâne; il va en courant remplir la gourde au bassin; le général relève son képi; il tourne ses jumelles vers l'abattoir.

Albert est revenu avec le sergent Luigi, qui se met au garde-à-vous:

– Mission remplie, mon général.

– L'ennemi est toujours caché?

– J'ai cherché partout, dit Luigi.

– Où est le soldat Max?

– Avec Monique.

Le général Mustapha rougit.

– Ordonnance, ma voiture!

Albert s'attelle à la brouette; il véhicule son chef à l'angle inculte du jardin; un trou, profond d'un mètre, large de deux, retient l'eau.

206

– Je vous avais dit de mettre la tôle. Si la bande à Lakhdar attaque, comment qu'on va descendre dans la tranchée ?

– Ils n'attaqueront pas.

Luigi a pris l'auge. Il vide l'eau. Il ajoute, tout en travaillant :

– Maintenant Lakhdar est dans notre école. Il n'est plus avec les bergers.

– Si on lui disait de s'engager dans notre armée ?

– Mon père ne voudra pas, souffle Albert.

– Pourquoi ?

– *Pas de voyous, pas d'Arabes dans le jardin*, dit Papa. Il voudra pas, dit Albert.

Luigi s'arrête de vider l'eau.

– Mais du moment que notre général est un Arabe ?

– Oui, dit Albert, c'est un Arabe, mais son père est avocat.

Mustapha ne fait que rougir.

– J'ai une idée ! crie Luigi. Lakhdar n'entrera pas au jardin, mais on lui dira de venir aux grandes manœuvres du Taffat.

– Bonne idée, sergent ! Je vous nomme lieutenant. Vous prendrez ma baïonnette. Allez me chercher Lakhdar !

– Attention, dit Albert, mon père veut pas qu'on sorte ses effets militaires.

Aux grandes manœuvres du Taffat, Lakhdar perd la baïonnette du gardien de la prison, et refuse d'appeler Mustapha « mon général ». On dresse un ring de fortune. Toute l'armée, pêle-mêle, se bat à coups de poing. Mustapha est le vainqueur final. Les armes sont délaissées pour le sport. Le général se dégrade lui-même. Lakhdar et Mustapha deviennent organisateurs de jeux, arbitres et chefs de la bande, qui s'ouvre à un petit groupe de bergers. Lakhdar et Mustapha se battent encore deux fois. Lakhdar prend sa revanche ; les deux chefs sont de force égale ; Mlle Dubac n'arrive pas à les désunir ; ils ne copient jamais ; Mustapha est toujours le premier, mais Lakhdar, après avoir sauté deux classes,

rattrape tranquillement son retard. Question filles :
Lakhdar met en pièces les courtisans de Monique, et
Mustapha monte la garde quand Lakhdar embrasse
Dhehbia dans le bureau de l'oukil.

XI

— Vous avez trois quarts d'heure pour finir.

M. Temple souffle sur ses doigts.

Il ôte ses lunettes et se rassoit.

La salle de sciences naturelles est la mieux agencée ;
elle comprend trois longues marches de bois sur les-
quelles sont fixés les pupitres ; chaque classe y a ses dis-
positions particulières ; les élèves du « troisième classique » ont leur place marquée dès le premier cours, pour
toute l'année.

M. Temple est le doyen des professeurs.

Il est membre du conseil de discipline.

Il a une voix effroyablement puissante.

Il tient à la lettre de ses cours.

Il ne revient pas sur les leçons.

Il ne lève jamais une consigne.

Il ne bavarde pas avec les autres professeurs.

On ne le rencontre pas dans les rues de Sétif.

Mustapha change de place et de rangée ! Ce n'est pas
tout. Cette matinée d'automne (1944), se distingue par
un nombre inhabituel d'absents. Mustapha se trouve seul
dans la rangée de gauche. C'est jour de composition.

M. Temple ne souffle mot.

Il attend peut-être le cahier des absents.

Il quitte un instant son bureau, pénètre dans le labora-
toire.

Une fille, puis une autre se tournent vers Mustapha.

Il les fixe, les lèvres tremblantes.

Elles ont un chuchotement étouffé.

Charles, l'efféminé, fredonne.

S. et T. commencent une parlote moqueuse, pleine d'allusions.

– Nom de Dieu! piétine M. Temple.

Sa bouche reste ouverte.

Une mèche blanche danse sur les rides.

Il pose rudement le squelette Casimir.

Tous courbent la tête, y compris Mustapha.

– Mademoiselle Duo, filez chez le surveillant général!

La fille du plus grand pâtissier de Sétif se retire, en secouant sa lourde chevelure noire. Mustapha respire jusqu'au filet de vent qu'elle attire, en refermant la porte.

Entre le magasinier, avec son registre vert.

Charley donne le nom des absents.

Il appuie sur les sons gutturaux.

Tous les absents sont des musulmans.

Le magasinier laisse un papier sur la chaire.

M. Temple lit, impassible.

Mustapha feint de détailler le squelette.

Il sent sur lui le regard du professeur.

« ... Cher Maître je ne remettrai pas la copie... c'est aujourd'hui le Mouloud [1]... Nos fêtes ne sont pas prévues dans vos calendriers. Les camarades ont bien fait de ne pas venir... J'étais sûr d'être premier à la composition... Je suis un faux frère!... J'aime les sciences naturelles. Lakhdar ne l'entend pas de cette oreille. Je suis venu seul. Je remettrai feuille blanche... Je suis venu seulement pour connaître le sujet... Pour éprouver l'impression solennelle de la composition. J'aime les sciences naturelles. Je remettrai feuille blanche. »

- Mustapha Gharib...

Le squelette danse.

... *Au bureau de monsieur le principal.*

Les têtes se relèvent, encore effrayées et triomphantes.

_____

1. Anniversaire du prophète Mohamed.

XII

Le principal est plié en deux sur son fauteuil.

Pas de poitrine ; le ventre monte à l'assaut du crâne sinistré. Mustapha reste debout.

– Je n'ai pas grand-chose à vous dire. Vous avez des dons certains. A peu près toutes vos notes sont bonnes…

Mustapha sent le riche tapis à travers sa semelle trouée.

– … On ne peut en dire autant de vos fréquentations…

Mustapha fouille respectueusement les paupières boursouflées, guindé, attentif, mais ne rencontre pas de regard ; le principal gesticule et parle au loin, tourné de côté ; on ne dirait pas qu'il s'adresse à Mustapha.

– … Écoutez bien ce que je vais vous lire. Je cite au hasard : « *Sur les milliers d'enfants qui croupissent dans les rues, nous sommes quelques collégiens, entourés de méfiance. Allons-nous servir de larbins, ou nous contenter de « professions libérales » pour devenir à notre tour des privilégiés ? Pouvons-nous avoir une autre ambition ? On sait bien qu'un Musulman incorporé dans l'aviation balaie les mégots des pilotes, et s'il est officier, même sorti de Polytechnique, il n'atteint au grade de colonel que pour ficher ses compatriotes au bureau de recrutement…* » Reconnaissez-vous cet écrit ?

Mustapha n'a pas le temps de répondre.

– Je continue : « *Sais-tu ce que j'ai lu dans Tacite ? On trouve ces lignes dans la traduction toute faite d'Agricola : « Les Bretons vivaient en sauvages, toujours prêts à la guerre ; pour les accoutumer, par les plaisirs, au repos et à la tranquillité, il (Agricola) les exhorta en particulier ; il fit instruire les enfants des chefs et leur insinua qu'il préférerait, aux talents acquis des Gaulois, l'esprit naturel des Bretons, de sorte que ces peuples, dédaignant naguère la langue des Romains, se piquèrent de la parler avec grâce ; notre costume fut même mis à l'honneur, et la toge devint à la mode ;*

insensiblement, on se laissa aller aux séductions de nos vices ; on rechercha nos portiques, nos bains, nos festins élégants ; et ces hommes sans expérience appelaient civilisation ce qui faisait partie de leur servitude… Voilà ce qu'on lit dans Tacite. Voilà comment nous, descendants des Numides, subissons à présent la colonisation des Gaulois ! »

Mustapha n'écoute plus. Exclu pour huit jours.

VI

I

Tête brûlée.

Il n'y a qu'à se battre et se taire.

Se tailler une place dans le clan des étudiants pauvres.
Ils sont sans pitié.

Acrocéphale, grosse lèvre où colle, matinale, une parcelle de papier à cigarette, œil distrait de l'ours en cage : Lakhdar. Il se découvre méprisé par la lingère.

Il a retiré, pour le vendre, le gros de son trousseau.

Celui qui n'aura pas ses livres n'assistera pas au cours.

Le vieux Mahmoud a renvoyé la liste, avec un mandat de cent francs, et une lettre : « Quand tu auras fini le premier livre, je t'enverrai de quoi acheter le second. » Lakhdar n'a pas insisté. Il a obstensiblement omis le nom de Tahar dans sa réponse ; au moment de présenter Lakhdar à Mlle Dubac, les remords de Tahar avaient fait place à l'indifférence.

– Il peut prendre l'épicerie sans passer par l'école.

Zohra, se remémorant les confidences de Lella Ouarda, avait approuvé :

– N'as-tu pas remarqué que les hommes instruits sont nombreux dans les cafés ?

Mahmoud veillait au grain. Il se chargea des démarches.

Le vieillard s'était fait relire la liste du trousseau dans la boutique de Gaston.

– Tu vois ce qu'ils demandent pour l'instruction du petit ?

– … Deux pyjamas et deux chemises de nuit…

215

Évidemment, tu ne peux comprendre… C'est pour le dortoir. Ils seront peut-être cent à dormir ensemble, avec un maître payé par l'État, rien que pour surveiller leur sommeil. Faut pas croire que c'est facile…

Gaston espérait que Mahmoud n'irait pas plus loin, il espérait que ce vaurien de Lakhdar n'accéderait jamais à l'enseignement secondaire, ni même à la comptabilité.

Mahmoud ne démordit pas.

– … Ils ont une façon spéciale de les faire dormir ? Des costumes pour le lit, quoi ! Et ça coûte ?

Gaston convint que le sacrifice du vieillard avait de quoi retenir un homme de cœur ; il convint que ses cotonnades jaunes se vendaient médiocrement, quoique, si médiocrité il y avait, c'était celle des bougres de X., incapables de porter un tissu à trois cents francs le mètre.

– Regarde ce travail ! Donne ta main. Je jure sur la tête de mon fils qui est à la guerre. La femme de l'huissier est venue elle-même. Elle a pris six mètres.

A malin, malin et demi.

Mahmoud serra le paquet sur sa poitrine.

Il posa des questions sur le fils de Gaston

Le klaxon du car de Sétif lui permit de quitter en douce la boutique : aucun villageois ne résistait à la curiosité quand surgissait le puissant véhicule ; Gaston avait levé le nez ; Mahmoud avait fait un pas, puis un autre… Il paierait sans se presser.

II

Dans ses pyjamas de cotonnade jaune, Lakhdar attire nombre d'internes goguenards ; cela fait le même effet que ses chemises rayées, ses deux pantalons de coutil, sa caisse au cadenas énorme, remplie de figues sèches, alors que les voisins du dortoir avalent sans les savourer leurs marrons glacés, et Mustapha déchire furieusement les papiers d'argent que Lakhdar veut collectionner.

Indépendance de l'Algérie, écrit Lakhdar, au couteau, sur les pupitres, sur les portes.

Lakhdar et Mustapha quittent le cercle de la jeunesse à la recherche des banderoles.

Les paysans sont prêts pour le défilé.

– Pourquoi diable ont-ils amené leurs bestiaux ?

Ouvriers agricoles, ouvriers, commerçants. Soleil. Beaucoup de monde. *L'Allemagne a capitulé.*

Couples. Brasseries bondées.

Les cloches.

Cérémonie officielle ; monument aux morts.

La police se tient à distance

Contre-manifestation populaire.

Assez de promesses. 1870. 1918. 1945.

Aujourd'hui, 8 mai, est-ce vraiment la victoire ?

Les scouts défilent à l'avant, puis les étudiants.

Lakhdar et Mustapha marchent côte à côte

La foule grossit.

Quatre par quatre.

Aucun passant ne résiste aux banderoles.

Les Cadres sont bousculés.

L'hymne commence sur des lèvres d'enfants ·

> *De nos montagnes s'élève*
> *La voix des hommes libres.*

Mustapha se voit au cœur d'un mille-pattes inattaquable.

On peut, fort de tant de moustaches, de pieds cornus, toiser les colons, la police, la basse-cour qui prend la fuite.

Un agent de la sûreté, dissimulé à l'ombre d'une arcade, tire sur le drapeau.

Mitraille.

Les Cadres flottent.

Ils ont laissé désarmer les manifestants à la mosquée, par le commissaire, aidé du muphti.

Chaises.

Bouteilles.

Branches d'arbres taillées en chemin.

Les Cadres sont enfoncés.

Contenir le peuple à sa première manifestation massive ?

Le porte-drapeau s'écroule.

Un ancien combattant empoigne son clairon.

Est-ce la diane ou la guerre sainte ?

Un paysan tranche d'un coup de sabre l'épaule d'un étudiant sans coiffure qu'il a pris pour un Européen.

Mustapha jette sa cravate.

Le maire français est abattu par un policier.

Un restaurateur roule dans son burnous rougi.

Lakhdar et Mustapha sont séparés dans la débandade.

Il ne reste plus que trois étudiants autour de Mustapha ; une vieille juive lance sur l'un d'eux son pot de fleurs, plutôt pour l'éloigner de sa fenêtre que pour l'atteindre ; les derniers groupes cèdent la place aux nids de mitrailleurs ; l'armée barre l'avenue centrale, tirant sur les haillons ; la police et les colons opèrent dans les quartiers populaires ; il ne reste plus une porte ouverte.

Dix heures.

Tout s'est passé en quelques minutes.

Le car de X., à moitié vide.

Mustapha se hisse.

Le rêve d'enfance est réalisé : Mustapha est à côté du chauffeur ; un gendarme musulman est monté à côté de lui :

– Mettez-vous près de la portière, a souri le gendarme.

Mustapha est ravi.

Il ne voit pas que la coiffure du gendarme est trouée d'une balle. *Il est dangereux de se pencher à la portière*, dit le chauffeur ; mais la campagne est déserte ; le car reste vide jusqu'au village. Le téléphone est coupé. *Les paysans déferlent*. Mitraille. Les premiers raflés sont les partisans de Ferhat Abbas : un rédacteur du greffe, un écrivain public ; le négociant qui tenait la trésorerie s'est suicidé ; les Sénégalais ont fait irruption au nord du village ; des femmes ont été violées ; les rafles ont été suggérées par les colons, organisés en milices armées, dès qu'on a eu connaissance des événements de Sétif.

L'administrateur se fait fort de maintenir l'ordre. Les colons et leurs épouses suppliantes veulent en finir.

L'administrateur cède au commandant des Sénégalais.

Les paysans sont mitraillés.

Deux fugitifs sont fusillés à l'entrée du village.

La milice établit la liste des otages.

Maître Gharib est désigné comme un des meneurs.

Soleil encore haut.

13 mai.

Mustapha rend visite aux deux fusillés.

Couvre-feu.

Cris de cigales et de policiers, escortant les suspects, à coups de pied.

Les corps sont exposés au soleil.

III

Journal de Mustapha (suite)

Je grimpai sur un talus où venait d'habitude s'asseoir Monique, avec les filles des gendarmes.

Il y avait sur la route, contemplant les fusillés, le garde champêtre et Mme N., son inséparable épouse, que tout musulman était tenu de saluer militairement depuis le 8 mai. Avec eux se trouvaient B., gardien de la prison, R., un de mes camarades de classe, l'électricien F. et sa femme, parents de Monique.

J'entendais nettement leur conversation.

F. : Qu'est-ce qu'ils peuvent puer !

Mme F. : Je t'en prie ! J'ai déjà envie de vomir !

F. : Bien sûr, vous les femmes… Moi, j'en ai vu d'autres. Rien qu'à la Marne, y en avait des boches et des Français par terre…

Mme N. : Mais c'étaient pas des Arabes. Ceux-là, quand ils sont vivants, ils puent déjà la crasse. A plus forte raison quand ils sont morts…

B. : Ils croient que l'armée est faite pour les chiens.

F. : Cette fois, ils ont compris.

N. : Tu crois? Moi je te dis qu'ils recommenceront. On n'a pas su les prendre.

Mme N. : Mon Dieu, si la France ne s'en occupe pas, ce n'est pas nous qui pourrons nous défendre!

F. : La France est pourrie. Qu'on nous arme, et qu'on nous laisse faire. Pas besoin de loi ici. Ils ne connaissent que la force. Il leur faut un Hitler.

Mme F., caressant *R.* : Et dire qu'ils vont à l'école avec toi, mon petit! Bien sûr, maintenant ils savent tout…

R. : Oh! ça va changer! Avant on avait peur. Ils sont nombreux dans ma classe; on n'est que cinq Français, sans compter les Italiens et les Juifs.

Mme F. : Attention, mon petit, ils sont sauvages!

Mme N. : Si vous saviez ce que j'ai pleuré pour ces innocents. Si j'avais un fils, je serais folle!

Je quittai le talus, si exalté que je me retrouvai au beau milieu de la route, pressant le pas sans plus de précautions.

Mon père « prenait le soleil » devant la porte. Il saluait des soldats invisibles… Toute la soirée, il s'acharna sur moi: j'étais fou, je me croyais plus malin que les autres, je ferais massacrer mes parents, etc. Ma mère pleurait. Les reproches redoublèrent après le couvre-feu, quand une balle de mousqueton fracassa la tête de la folle du village, jeune fille famélique et solitaire… Elle fut abattue tout près de chez nous, en allant à la fontaine.

Je fus arrêté le lendemain matin (13 mai).

Je revenais du salon de Si Khelifa, où j'avais filé avant le réveil de mon père.

Si Khelifa nous avait appris, les camarades et moi, à pénétrer les secrets du village, à fumer, à apprécier les jeunes filles et à leur envoyer des missives. A soixante ans, le coiffeur jouait avec nous aux dominos, partageait nos distractions depuis les plus enfantines, répondait à toutes nos questions. Les bourgeois de X. haïssaient le coiffeur. Ils voyaient en lui le corrupteur de la jeunesse. On chuchotait que c'était un agitateur politique, sans pouvoir le taxer d'appartenance à aucun parti. Il avait fait toutes sortes de campagnes, était décoré de la Croix de guerre; malgré la misère, il envoyait ses deux enfants à l'école. Pour ma part, je ne pouvais avoir confiance qu'en un homme précis et compliqué tel ce vieillard à la taille démesurée. Sa prudence et son audace, sa sagesse et sa fantaisie se mariaient si bien! Libre et discipliné, coiffeur, penseur, organisateur, sexagénaire! J'éprouvais une admiration croissante pour Si Khelifa. Chaque fois que je venais en vacances, je transportais chez lui des livres, des journaux, des cigarettes. Un rideau divisait le salon en deux, dissimulant le coin où Si Khelifa recevait ses clients. Les amis arrivaient l'un après l'autre. Lakhdar prenait une carapace de tortue transformée en mandoline, et composait, aidé d'un mendiant aveugle, des chansons satiriques dédiées aux « grosses têtes ». Tous parlaient couramment l'arabe et le français, bien que notre groupe comprît un Juif, qui fut assassiné le 9 mai par un trafiquant mêlé à la foule, et un Italien qui venait de quitter l'école pour le chantier paternel.

Luigi était comique et moqueur, timide avec les filles, adroit au jeu, connaissant sentier par sentier le pays. Élevé parmi les manœuvres de son père (entrepreneur de travaux publics), Luigi parlait l'arabe mieux que moi, et aussi bien que le coiffeur. Une chose le distinguait : sa présence assidue à la messe, au milieu de ses six frères et sœurs… Il assistait pensif à nos discussions. A qui voulait le sonder, il répliquait invariablement : « La politique, c'est du vent. Moi ça me donne mal à la tête. »

Le matin de mon arrestation, j'attendais Luigi chez le coiffeur. Les événements avaient obligé notre camarade italien à se barricader à la gendarmerie, avec la population européenne, jusqu'à l'arrivée des tirailleurs. Après que l'armée se fut installée au village, j'avais perdu tout espoir de le voir, quand je reconnus sa voix en pénétrant dans le salon.

Béret à la main, suant, Luigi :

– Ils m'ont demandé si tu faisais de la propagande. Ils disent que tu étais au défilé de Sétif, et que tu as apporté le mot d'ordre de la révolte ici.

– Mais qui dit ça ?

– L'adjoint de l'administrateur et les inspecteurs. Ils m'ont appelé chez moi, de bon matin. Qu'est-ce que j'ai reçu, à coups de fouet !

Le coiffeur gronda.

– Maintenant ils s'en prennent aux Italiens.

– Tu as répondu ?

– J'ai fait le mort.

– Mais quelles preuves ils ont ?

– Un dossier formidable, sur le bureau de l'adjoint.

Je sortis sans en demander davantage, oubliant même de saluer les amis.

A notre seuil, je remarquai deux Européens. Mitraillettes au bras. Inspecteurs. Ils parlaient à mon père.

Il me fit signe de les suivre.

Ils gardèrent le silence jusqu'au bureau des gendarmes. A l'entrée, je reçus sous l'œil un coup qui me sembla tombé du plafond. Il y avait un nombre impressionnant d'inspecteurs, les gendarmes du village, et ceux d'autres casernes, venus en renfort.

– Ah ! c'est toi, cria le brigadier, qui m'avait frappé.

– Ton nom ! dit un gendarme étranger, en abattant sur ma poitrine un nerf de bœuf.

– Celui-là je m'en occupe, dit le brigadier.

Il me passa rapidement les mains sur les poches, sans sentir le paquet de cigarettes à moitié vide, arracha ma ceinture, puis me poussa par la porte.

Je reçus d'autres coups plus durs et plus précis. Je trébuchai sur une marche, et me cognai la tête sur un mur du couloir. Je saignais. En me saisissant par mon tricot, le brigadier se tacha la main, et fut pris d'une étrange crise. Il se mit à me secouer. Il m'envoyait des gifles du revers de la main, me relevant à coups de pied si je perdais l'équilibre.

Lorsque je repris conscience, le brigadier était parti.

Je me crus libre.

J'étais allongé entre deux tonneaux, dans la cour de la gendarmerie.

La petite fille du brigadier, qui venait parfois chez nous jouer avec mes sœurs, sautillait autour des tonneaux. Elle me sourit. La femme du brigadier était visible derrière son rideau.

Je me retournai, et distinguai, face à l'abreuvoir, deux hommes enchaînés. Leurs bras pendaient, fixés par des menottes, aux anneaux où les gendarmes attachaient d'habitude leurs chevaux. La position des anneaux était telle que les prisonniers ne pouvaient ni se laisser tomber sur le sol, ni se dresser de tout leur long.

Je reconnus le peintre Tayeb, avec lequel j'étais allé à la pêche pendant les vacances de Pâques, et un vieux forgeron, le même qui avait chassé Dhehbia de son atelier, le jour de mon admission chez Mlle Dubac…

Tayeb était un facétieux. Tous les jeunes l'aimaient, mais on n'en parlait pas comme d'un militant. Il était maladif, bien que personne ne pût marcher autant que lui : il faisait parfois cinquante kilomètres en un jour, pieds nus, après avoir visité les fermes et les marchés environnants où nombre d'amis et de parents l'aidaient à supporter le chômage.

Au village, il trouvait toujours quelqu'un pour lui offrir un café ou une cigarette. Ses nuits se passaient régulièrement en farouches parties de dominos. Quand tout le monde était parti, et que les gardiens chassaient les derniers noctambules, il s'enfonçait dans la forêt.

Son gourbi de terre sèche contenait une famille si extraordinaire qu'il renonçait la plupart du temps à l'affronter : en plus de sa femme et de ses cinq enfants, des parents et parentes de divers degrés se succédaient, pis encore que les « bouches inutiles » qui vivaient chez mon père, à Guelma.

Tayeb travaillait rarement. Il subissait la concurrence d'un peintre de Sétif, et ne possédait qu'un matériel dérisoire. Cependant, quand on lui confiait un travail, il prenait un air important, se moquait de tout le monde, et devenait susceptible. Tout le village résonnait sous le fracas de tonneaux qu'il poussait de son pied. De tels tonneaux, de l'avis général, n'étaient qu'un matériel de parade. Peut-être y avait-il quelque chose à l'intérieur, mais nul ne savait à quoi s'en tenir. On craignait trop, en l'interrogeant, de s'attirer ses quolibets…

La nuit tombée, je ne savais toujours pas quel sort me réservait le brigadier. J'avais tiré Tayeb de sa torpeur et appris qu'il était là depuis cinq jours.

Serions-nous fusillés, ou dirigés sur Sétif, avec les « chefs » ? Le forgeron protestait de son innocence, levant l'index au ciel en signe de résignation.

Je me souvins que j'avais des cigarettes, mais pas de feu. La fillette était toujours dans la cour. Je lui montrai mon paquet, et fis le geste de craquer une allumette. J'attendis longtemps avant de voir la femme du brigadier soulever le rideau et jeter une boîte.

— C'est malheureux pour des enfants comme toi, souffla-t-elle

Puis elle rentra précipitamment.

Tayeb fumait avec ardeur. Je vis qu'il était défiguré par les coups. Comme il avait les mains immobilisées, je devais lui tendre et lui retirer la cigarette.

La femme du brigadier revint avec du pain et une tasse de café au lait.

— Vite, mangez. Mon mari ..

— Un gendarme est un gendarme, mais une mère est une mère, dit Tayeb.

Le forgeron cessa ses lamentations.

Avant de nous conduire à la prison civile, nos gardiens ont organisé sous nos yeux un banquet imité de Néron. Nous avons vu égorger les moutons pillés chez les paysans. Le brigadier en civil a fait gicler au visage de Tayeb le sang d'un agneau, me lançant, sans m'atteindre, les tripes chaudes.

Cuites en broche, au centre du cercle formé par les invités – M. Bruno faisant fonction de chef cuisinier – les bêtes dégageaient un arôme d'ail qui nous rendit le vent intolérable.

Inquiètes de l'ambiance, écœurées de trôner sur un îlot entouré de sang, les femmes avaient déclenché un concert de bavardages dont nous tirions présage de tranquillité.

Clôture du festin ; le brigadier jeta le contenu de son verre dans notre direction. Comme un oiseau menacé au fond de sa cage, le forgeron ne put que replier ses moustaches… Les convives, en se retirant, passèrent près de nous. La fille du brigadier profita de cette occasion pour tirer curieusement sur ma chaîne. Le sirocco redoublait de violence sur nos corps imbibés d'alcool.

Triomphe de se retrouver avec Lakhdar dans l'unique salle de la prison civile, en compagnie d'une dizaine de détenus ! Triomphe, c'est le mot. On peut marcher, s'asseoir dans cette salle, dormir sur le ciment frais ! Surtout, on est entre amis… Si Khelifa est avec nous, calme et réconfortant.

Le vieux Corse qui fait fonction de gardien affecte d'ignorer notre sort. Il nous distribue un seau de soupe incolore, et un pain pour quatre hommes, deux fois par jour.

L'important est que nous sommes désormais dignes d'une salle de prison. Le moment des exécutions sommaires est donc passé ?

Quand nous avons franchi le portail de la prison, encadrés par les inspecteurs, nous avons scruté l'horizon.

Aucun passant. Les tirailleurs patrouillaient. En nous enfermant, le gardien n'a rien dit.

IV

Notre cour est déserte. Personne à ma rencontre. Mère a laissé périr le rosier. Elle accourait vite autrefois, savait me tendre une tasse de café miraculeusement prête.

Pourquoi n'entends-je pas la canne de mon père ? Mes sœurs ne se cachent pas derrière la porte, n'observent pas si ma moustache a poussé, si ma valise est lourde de cadeaux. Dans son lit, mon père retient ses gémissements. Il reconnaît mon pas. Étreinte muette. Visage brûlant, barbe, chemise sale, morceau de pain sec.

Dans l'autre chambre, mes sœurs, sans robes d'Aïd. Longues tresses défaites... Elles jouent aux osselets. Elles m'embrassent, en larmes, comme si elles ne croyaient pas à mon retour. Près d'elles, forme allongée. Désordre de cheveux blanchis.

– Il y a longtemps que mère dort, s'éveille et se rendort.

Une lettre est arrivée après mon arrestation, relatant la mort d'une grande partie de nos parents dans la région de Guelma, aux premières heures de la répression : mon oncle maternel, sa femme enceinte, son fils de dix ans, fusillés.

– Oncle Hacène n'a pas voulu trahir, dit Farida (11 ans). Ils l'ont tué parce qu'il refusait de prendre les armes. Mère ne sait plus parler sans se déchirer le visage, en levant ses prunelles taries au ciel. Elle parle aux oiseaux et maudit ses enfants. Depuis longtemps elle psalmodie pour moi la prière des morts. Au désespoir a succédé la mélancolie, puis la torpeur. Le courage de l'embrasser...

Un autre oukil judiciaire est arrivé depuis que mon père (il ne cesse de boire depuis le 13 mai) a vomi son kyste au poumon.

J'ai dû emprunter chez les notables de quoi le conduire à l'hôpital de Constantine ; dans le taxi, ma plus petite sœur, qui n'a pas toutes ses dents, chantonne :

> Mon frère est en prison,
> Ma mère s'affole,
> Et mon père s'est couché.

Il nous reste un oncle fermier près de Constantine. Je mène chez lui ma mère et mes sœurs. J'aurai seize ans cet automne.

Du travail et du pain.

Tels sont mes rêves de jeunesse
J'irai dans un port.

Un billet pour l'express Constantine-Bône, S.V.P.

V

Café de l'avenir.
Lakhdar allait tranquillement vers la table de
Mustapha.
— Tu es arrivé par le train...
— Comme toi.
— L'été dernier, j'ai appris qu'un étranger était arrivé
par le train de Constantine. A cause des habits, j'ai tout
de suite pensé à toi. Tu as un étrange costume.
— Pas à moi, sourit Lakhdar.
— ...
— Je le tiens d'un frère que je ne connaissais pas.
— De Bône ?
— Nous avons une tante commune...
— ... A Beauséjour.
— Tu en sais autant que moi ! Connais-tu mon frère ?
— Non.
— Tu ne connais pas Mourad ?
— Mourad !
Ils rêvassaient.
Puis Mustapha reprit :
— Mourad ne t'a pas parlé de moi ?
— Il m'a dit qu'il avait deux amis, et que l'un venait
des environs de Sétif...
— Je connais un marchand...
— Je ne veux aller chez personne, trancha Lakhdar.
— Tu te trompes. Le marchand est un brave homme,
un veuf qui s'ennuie, un ignorant à qui je lis les jour-
naux. Je suis sûr qu'il t'hébergera. Il aime discuter...

– Alors je viendrai plus tard. Actuellement, je loge chez ma cousine.

VI

– Allons téléphoner à Tahar, dit Nedjma. Après tout, on peut dire que c'est ton père.

Elle entre fièrement ; sans voile, elle a l'air d'une gitane.

Le receveur a glissé à force de faire les cent pas ; « il a suffi qu'il glisse pour ne plus oser la regarder », pense Lakhdar.

– Tiens, apprends à faire les numéros, souffle Nedjma.

Tahar : ... Tu dis que tu es à Bône ?

Lakhdar : Je crois que je vais travailler chez un notaire. Attends que je te passe la cousine !...

Tahar (buvant un verre d'eau de crainte que le téléphone ne trahisse l'odeur de l'anisette) : Écris à ta mère !

Lakhdar, à Nedjma : Dis-lui que c'est sérieux. Explique-lui ce que c'est qu'un notaire.

VII

Sur le matelas que Lella Fatma lui réserve au salon, Lakhdar contemple son pantalon de coutil. Kamel a déjà rompu le charme, en mettant sa garde-robe à la disposition du nouveau venu, qui a provisoirement refusé.

Nedjma pousse délicatement la porte, en pyjama ; la soie s'accroche à la poitrine déployée ; elle borde Lakhdar !

« Une femme pareille a quitté son lit pour moi », jubile un squelette au tricot sale : Casanova ou Lakhdar ?

Le premier salon qu'il connaisse : chambre aux tentures écarlates, cuivres qui auraient leur place à la cuisine, photographies sous verre : salon, musée, boudoir, casino ? Les chaises ont vomi de discrètes poussières sur les coussins verts ; le lustre hérissé de lampes procure, par la tentation de les allumer toutes, l'impression d'un règne indû.

– Réveille-toi quand tu voudras. J'éteins ?

« *Je suis fou. L'argent et la beauté. Un bijou pareil, je l'attacherais à mon lit. Il a au moins cent cravates... Qu'est-ce que j'ai, à ronronner comme un Don Juan hispano-mauresque ! Rustre, timide ! Le notaire achèvera de m'étouffer ; je préfère vendre des haricots de mer* »...

VIII

– Il est réveillé ! Votre déjeuner, monsieur l'agitateur...

Nedjma parle en français. Lakhdar fait jouer ses muscles hors des couvertures, coquetterie qui n'échappe guère à la mutine. Faire sauter ce pantalon de coutil à la dynamite !

– Tu ne racontes pas comment ils t'ont arrêté ?

– Paraît que je suis un émeutier.

Aussitôt Lakhdar juge sa réponse présomptueuse ; une atroce tactique s'impose à l'amoureux : fermer sa gueule.

IX

Journal de Mustapha (suite)

J'ai revu Lakhdar au café. Comme si nous nous étions retrouvés au cercle de la jeunesse, comme s'il n'y avait pas eu le 8 mai, la conversation fut gaie ; notre séparation avait pu dissoudre le passé, lui donner un sens désormais divergent...

Rachid et Mourad nous rejoignirent pour le repas du soir, dans la boutique.

Vaincu par la virulence d'un poivron, Mourad montrait les dents, larmoyait ; comme le marchand étalait une hilarité de mauvais aloi, Mourad abandonna le plat de gnaouia [1], tira un journal de sa poche et força immédiatement l'attention : « Footballeurs, et vous, spectateurs, ne vous êtes-vous jamais posé cette question angoissante : où sont passés nos arbitres ?... Dans le temps, notre sportive cité pullulait d'arbitres qui enthousiasmèrent non seulement notre département, mais aussi furent unanimement appréciés des ligues voisines et de la F.F.F Malheureusement il apparaît que beaucoup d'entre eux furent découragés soit par l'attitude des spectateurs récalcitrants, soit pour diriger des clubs locaux, soit par désenchantement. Voilà-t-il pas aujourd'hui que les dirigeants bônois font appel à des arbitres de Philippeville, voire de Constantine, d'où frais de déplacements, de séjours et primes supplémentaires ! Par contre, Philippeville ou Constantine se garderaient bien de faire arbitrer par un Bônois un quelconque match amical... »

Les larmes des mangeurs de poivrons se chargèrent d'indignation.

– En qualité de Constantinois, je suis d'accord, dit Rachid.

– Je savais bien que Bône se laisserait évincer, dit le marchand.

X

Journal de Mustapha (suite)

Nous suivons Lakhdar à contrecœur.
A quoi bon gémir ?

1. Plante comestible de l'Est algérien.

– A quoi bon s'extasier sur les villas et les femmes qui s'y prélassent ? gémit Rachid.

Lakhdar force l'allure, hirsute. En vérité, comment ne pas le soupçonner de nous mener, en douce, vers Beauséjour… Il habite toujours chez Nedjma… Sait-il que je la connais ?

Nous gravissons le talus !

Se sont-ils brouillés ? Dissimulés au prix de sérieuses acrobaties (inspirées par Lakhdar), nous voyons Nedjma dans son jardin. Elle est adossée au citronnier.

XI

Rachid se raidit. « C'est elle. C'est bien elle. La femme de la clinique. »

Nedjma se tourne, insouciante, et Lakhdar s'est caché derrière un cactus.

– Tu la connais ? demande Rachid.

Nedjma se tourne un peu plus, intriguée, comme pour tuer sur sa nuque gonflée de lumière une mouche.

Lakhdar !

Rachid et Mustapha dévalent le talus ; ils ont le flegme et l'humilité de deux renards ayant laissé leur compère aux approches d'une volière, face à un oiseau rare qui les eût fatalement poussés à la bagarre, s'ils n'avaient abandonné la partie.

XII

Ce fut une nuit d'hiver éclairée par une somme de cinq mille francs inopinément acquise par Mourad en flânant sur le port, pilotant un Norvégien dans la vente de douze chronomètres suisses. Mourad sonna long-temps ; il éveilla Lakhdar, lui suggérant une grande soirée, et Nedjma, qui n'avait pas quitté son lit, en l'absence de Kamel...

Cousins de Nedjma, Mourad et Lakhdar l'étaient au même degré, mais Mourad était né dans la villa, tandis que Lakhdar, découvert seulement ce printemps aux yeux de la famille, ne pouvait que prendre ombrage des allées et venues de son frère ; Mourad entrait dans la chambre de Nedjma une fleur à l'oreille, s'asseyait sur un coin du lit, parfois en présence du mari, et tombait tête baissée dans les jeux de la femme, dont les rires clouaient Lakhdar au salon et ne manquaient pas d'imprimer un relief lugubre à ses pensées... « *Je ne peux être le frère et le cousin de tout le monde* », grondait le vagabond, au lendemain de son installation à Beauséjour, en fils des Hauts Plateaux incapable d'admettre qu'un homme (Lakhdar tenait malgré tout son frère pour un homme) pût avoir avec une cousine des rapports platement familiers.

Mustapha fut invité, mais Rachid resta introuvable.

I

La soirée se tint dans le salon occupé par Lakhdar, qui fit disparaître les photographies sous verre représentant Nedjma, partie avec Lella Fatma pour plusieurs jours, en compagnie d'autres femmes conduites par une cartomancienne, chargées de cierges et de pâtisseries qu'elles espéraient faire admettre à un célèbre saint sur sa tombe, dans un douar des environs. Mourad était passé prendre Mustapha au café ; Lakhdar avait préparé une soupe parcourue d'icebergs huileux et grésillants ; la menthe sèche étouffait les émanations des tomates conservées en bouillie ; le persil perdait sa fraîcheur au sommet de pois chiches croustillants (il eût fallu les mettre à tremper la veille), et la chair d'agneau avait été coupée en rectangles réduits, donnant la saveur du nombre autant que de la jeunesse... Mourad et Mustapha marchèrent sur leur fringale, entamèrent le troisième billet de mille, et revinrent onctueux, une bouteille sur le cœur ; Lakhdar découvrit la tête d'agneau rôtie au four ; les joues fumantes furent prestement arrachées ; la cervelle piquée de poivre et la langue épaisse parurent longuement chuchoter sous les mâchoires ; tout cela causa la perte irréfléchie de la bouteille, car le trio craignait les retours saugrenus de Nedjma ; elle sonna d'un doigt fervent, tandis que Mustapha s'éloignait, à la recherche d'une seconde bouteille.

L'averse qui faisait rage au dehors ne permit pas de délibération ; Lakhdar alla ouvrir.

– J'ai laissé ma mère au mausolée ; je m'ennuyais...

Nedjma passa devant la porte que Mourad et Mustapha ne maintenaient fermée que du regard...

Elle n'entra pas, dansa en direction de la chambre nuptiale, entraînant gaiement Lakhdar par la main ; il la suivit à contrecœur, songeant à Mustapha, invité de deux cousins sans grand pouvoir dans la famille, et qu'il n'était pas question de présenter... Il eût fallu donner l'alerte à Mourad, faire disparaître Mustapha, cacher les restes du repas, la bouteille en premier lieu...

Mais Nedjma retenait Lakhdar dans la chambre nuptiale. Elle lui avait apporté des cigarettes ; Lakhdar se retrouva sans parole sur le lit où il ne pardonnait pas à Mourad de s'asseoir ; il ne fit plus de mouvement pour sortir.

En ce moment, Kamel était en route pour Constantine, où l'attendait sa mère probablement morte ; Lakhdar demanda des nouvelles de l'absent ; Nedjma fit la moue ; elle reprochait toujours à Lakhdar d'évoquer l'époux en disgrâce.

L'étreinte fut d'une intensité jamais atteinte ; Nedjma pleurait. La lumière électrique affluait sur le corps moite de pluie.

Lakhdar vit le sac en peau de crocodile ; le portrait du soldat était collé au miroir poudreux que Nedjma venait de relever avec le rebord du sac, sans s'en apercevoir.

Lakhdar arracha le portrait. Il ne dit rien.

En larmes, Nedjma évoquait la délicatesse de Kamel, qui venait de s'asseoir au chevet de sa mère, parlant de sa précieuse épouse Nedjma et de son salon si bien meublé, où Mourad et Mustapha n'osaient commenter la désertion de Lakhdar, depuis le coup de sonnette; Mustapha était partisan d'attendre. Mourad sortit silencieusement.

II

Mourad visita un à un les bars de la vieille ville; à la première tasse de café, l'ivresse fut dissipée; il se remit à boire et s'obstina, dans l'obscurité, à déchiffrer l'allégorie de Sidi Boumerouene : *Je l'atteste la maison de Dieu est pleine de mystère c'est un monument grandiose tout brillant de clarté les étoiles sublimes paraissent moins sublimes et grâce à lui se lèvent à Bône les astres du bonheur.*

III

Lakhdar alluma une cigarette, et fit brûler le portrait; son silence acheva de précipiter Nedjma, rouge et sinistre, hors de la chambre. Quand il se lança à sa poursuite, il l'avait déjà entendue ouvrir la porte du salon d'où, se collant contre la porte, il ne perçut que le halètement insistant du vent. Il tourna la clé de l'extérieur et revint dans la chambre vide.

Enfermés Nedjma et Mourad enfermés, sifflait le vent en légères bourrasques, foudroyant la lumière électrique dans l'atmosphère en gésine, fourvoyant ses odorantes immensités, butant contre les volets, dispersant la forêt en pluvieuse résine et la mer en tourbillons décapités, en morsures dans la mémoire. Lakhdar posa la clé sur un livre : « Le catéchisme de l'amour. » Le vent avait rasé le salon, proscrit toute vision, et le tourbillonnement du sang ne permettait à aucune idée de se fixer, comme si la ville, à la faveur de l'orage, était délivrée des feuilles mortes, comme si Nedjma elle-même tournoyait quelque part, brusquement balayée.

Nouveau coup de sonnette.

IV

Mourad rentra, ivre mort.

Lakhdar immobilisa son frère d'une poussée aussitôt refrénée. Lakhdar ne semblait pas voir Mourad, et demeurait pensif devant lui, à la manière d'un savant qui aurait rencontré un revenant. Paisiblement, Lakhdar réalisait que Mustapha était seul avec Nedjma. « *C'est à Mourad que je pensais en tournant la clé de l'extérieur ; c'est pour mettre Mourad et Nedjma face à face que j'ai risqué ce coup de sonde dans ma passion, sans prévoir que j'innocentais Nedjma, en la livrant inconsciente à Mustapha ; je le croyais sorti pour acheter du vin. Il est donc revenu ; mais pourquoi Mourad est-il parti ? Par jalousie, parce que je n'étais pas retourné au salon, après le coup de sonnette.. »*

Les images perçaient comme des clous.

Lakhdar marcha, la clé en main, à l'écoute du vent et de la haine. Il chantait.

« *Quand je les ai enfermés, Mustapha n'existait pas, il était resté dans l'ombre comme l'arme secrète de la réalité ; mais, rompant les amarres, je savais qu'un vent ami rendrait le naufrage inéluctable. Ce vent était Mustapha et le naufrage me rapprochait de l'amante autant qu'il m'en éloignait ; c'est une femme perpétuellement en fuite, au delà des paralysies de Nedjma déjà perverse,*

déjà imbue de mes forces, trouble comme une source où
il me faut vomir après avoir bu ; de l'amante qui m'at-
tend, Nedjma est la forme sensible, l'épine, la chair, le
noyau, mais non pas l'âme, non pas l'unité vivante où je
pourrais me confondre sans crainte de dissolution... »

Lakhdar entendit des coups de pied dans la porte du
salon ; il conclut que c'était le petit pied de Nedjma. Il
s'allongea de nouveau contre la porte du salon, remit la
clé dans la serrure, tourna et sortit.

V

Ils ne quittaient pas la boutique du marchand de beignets. Depuis deux jours, grêle et pluie se déversaient
sur la ville ; ils attendaient.

Rachid faisait claquer la semelle de son soulier, en
poussant Mustapha du coude, et Mourad, sa barbe des
jours de pluie rongée par des démangeaisons calmement
attendues, suivait les évolutions de la rue Sadi-Carnot,
respirant de toutes ses forces une odeur de parapluie
féminin.

Ils ne quittaient pas la boutique du marchand de beignets, qui pensait avoir remporté une victoire sur leur
impatience de trouver du travail, en son âme de père
adoptif et de manant qui jubile, fier d'accueillir (au bout
d'un long célibat) quatre étudiants à sa merci ; il avait
disposé, en guise de papier d'emballage, un paquet de
leurs lettres renvoyées ou restées en souffrance ; Rachid
les relisait furtivement, dans l'espoir de posséder tôt ou
tard une arme à feu :

« Monsieur le Directeur de l'École du Bâtiment,

« J'ai l'honneur...

« J'ose ajouter que j'ai une instruction qui se borne à
plus de douze ans d'études...

« Comptant sur votre large esprit d'équité...

« Monsieur le Directeur des Docks et Silos,

« ... Ma conduite a toujours été... Famille hono-
rable... Malgré mon jeune âge...

« Monsieur le Directeur de l'A.A.T.,

« ... un emploi dans vos services comme comptable,
secrétaire, réceptionnaire ou guichetier.

« ... soutien d'une famille de quatre personnes...

« ... le directeur de l'institut Pasteur m'a fait parvenir
votre lettre par laquelle vous lui proposiez la vente de
vos yeux... »

VI

Lakhdar rentra comme Mustapha se levait pour s'éti-
rer.

— Souriez, macaques !

Rachid blasphéma sans porter atteinte à l'attitude
méditative du marchand, et Lakhdar reprit son souffle,
en secouant ses habits ruisselants.

— Fini le chômage ! Demain nous sommes embauchés.

— ... Si c'était vrai, on serait des princes ; avec un travail comme ça, plus question de penser ; pourvu qu'on
mange et qu'on boive, adieu les soucis !

— J'ai peur que tu t'évanouisses au premier coup de
pioche.

— J'ai déjà été fossoyeur au cimetière européen de
Constantine, pour payer les dettes de la bien-aimée...

— La danseuse ?

— Elle savait pas d'où il ramenait les drachmes...

— Voyez comme Rachid est content, dit Lakhdar. Il a
jamais parlé comme aujourd'hui ! Raconte ta vie, ne te
gêne pas.

Rachid blasphéma de nouveau, d'un ton retenu, et
troubla, cette fois, les spéculations du marchand, qui
n'attendait qu'une occasion de refroidir l'enthousiasme
de ses protégés :

— Tu parles sérieusement, ho, Lakhdar ?

Mustapha était sûr que Lakhdar disait vrai, et il tâtait ses muscles, sidéré à l'idée de devenir un homme de peine, sidéré, repentant et orgueilleux.

– Et le nom de l'endroit ?

– Tous les villages sont les mêmes, si on a de quoi vivre…

– Laissez-le raconter, dit le marchand.

– Je suis entré dans un hangar, pour éviter l'ancien joueur de la J.B.A.C. qui avait passé mille francs à Mourad…

– Maintenant je vais pouvoir les lui rendre.

– Il ne savait peut-être pas que Mourad est ton frère…

– … Bref, je voulais éviter le joueur, et c'est pourquoi je me suis planqué dans le hangar ; je suis entré, et j'ai lu sur la plaque : Béton armé. J'ai poussé vers la cour pleine de briques. Bureau à gauche. A la porte, déjà, y avait des vitraux en couleur. J'ai trouvé un chauve en train de se gratter les ongles. Il nous a inscrits presque sans me regarder. L'air d'un noceur qui s'ennuyait dans la paperasse paternelle, les doigts enflés tant il a dû essayer de bagues dans sa vie. Il était marié ; je pensais que les hommes mariés sont plus ou moins chauves, j'imaginais que sa femme lui avait arraché les cheveux pendant leur voyage de noces, et je rigolais intérieure-ment, peut-être aussi pour qu'il me regarde ; j'avais l'air d'être plusieurs personnes en train de le harceler ; il avait à vrai dire les yeux de tous les côtés, mollement tournés vers quelqu'un, mais je n'arrivais pas à me faire voir comme je le voulais, et j'étais pourtant seul ! Je vous dis ça parce que j'avais peur jusqu'au bout de n'être pas engagé, et je crois bien que, en cherchant son regard, je voulais m'assurer que c'était bien moi qu'il employait, et personne d'autre… Enfin, il a relu nos noms, et je me suis trouvé soulagé ; j'avais même une drôle d'affection pour lui, pendant qu'il relisait… Ce que c'est que le chô-mage ! On arrive à considérer un patron comme Dieu le père… Quand je lui ai répété que nous étions quatre, il n'a pas bronché : « *Du même âge ?* » J'ai dit oui. Il n'a pas estropié nos noms. C'est donc un Algérien de longue date. «*Demain à cinq heures, ici. Il y aura le camion. Vous verrez le chef d'équipe au chantier. Débrouillez-vous pour apporter de quoi manger.*» J'ai encore dit oui. Trop heureux!

– Le patron croit que nous avons nos femmes, ou nos mamans?

– On aura deux cents francs par jour.

– Tu lui as demandé le nom du village?

– Qu'est-ce que ça peut faire?

Le marchand pointa l'index vers le Créateur, en signe de mauvaise humeur et de résignation.

– Vous reviendrez me voir, ça m'étonnerait qu'on vous garde.

VII

Pendant que ses deux acolytes vont chacun de son côté, un barbu rencontré dans un bar reconduit les quatre nouveaux venus dans leurs chambres louées par une vieille Italienne, situées en bordure de la route, où les maisons sont rares, hâtivement construites, à peine blanchies; l'Italienne habite à l'autre bout du village; elle ne vient jamais chez ses locataires, d'après ce que rapporte le Barbu. Il prétend que la vieille a peur de sortir, osant tout juste percevoir les loyers malgré son avarice, l'ombre d'un visiteur suffisant à l'épouvanter. «*Elle n'a jamais pu se faire à l'idée de vivre parmi nous, et son mari était garde champêtre... Elle a peut-être des économies.*»

Mustapha ne cache pas sa désillusion.

– Qu'elle reste où elle est.

– On lui enverra son loyer par mandat.

– Ou bien dans une valise.

– Pourquoi pas dans un cercueil?

Le Barbu est content d'avoir bu avec des jeunes; il a

les cheveux blancs, les yeux rouges, la peau jaune, les dents noires, les mains bleuies par le froid ; la nuit s'épaissit ; dix heures ont sonné à l'église ; les gardiens de nuit sifflent le couvre-feu.

– On vous empêche de veiller, depuis le 8 mai ?

– Y a toujours eu le couvre-feu, dit le Barbu. A partir de dix heures, les gardiens ont le droit de tirer sur les inconnus, s'ils ne s'arrêtent pas au coup de sifflet.

Rachid se retourne.

– Et ce gosse qui joue de l'harmonica ?

– Le fils du receveur ? Un jour l'Italienne l'a vu en train de casser des branches de son cerisier. Il a vu qu'elle le surveillait par la fenêtre. Il est tombé du cerisier, et il est demeuré accroché par sa culotte en franchissant le grillage. Ils sont restés je ne sais combien de temps à se reluquer, lui suspendu par le postérieur, elle terrorisée devant sa fenêtre. Ensuite, on l'a vue se traîner sur la route en criant : « *Y a un parachutiste boche dans mon jardin !* » La guerre était finie. Trop grand pour son âge, le gamin…

Lakhdar exulte.

– Bien fait pour elle !

– Si c'est pas malheureux, dit Mourad, cent francs par jour, pour des cellules pleines de courants d'air !

VIII

Lakhdar est en prison ; la bagarre a scandalisé l'ensemble du corps administratif, ainsi que la population entière, sans distinction de race ni de religion ; l'avis général est que les étrangers exagèrent ; pareille histoire à sa première journée de travail suffit à la condamnation de Lakhdar par tous les villageois, en leur âme et conscience ; il y aurait beaucoup à dire de cette condamnation… Un jugement aussi sommaire, aussi généralisé, ne peut s'expliquer *a priori*, puisque M. Ernest est connu

pour sa scélératesse ; tout le monde le déteste franche-
ment au village, et pourtant c'est la conduite de Lakhdar
qui est désapprouvée... L'hypothèse la plus plausible est
que les gens, y compris les ouvriers victimes plus d'une
fois des manières du chef d'équipe, sont vexés de voir
un inconnu, venu de la ville, vider de but en blanc une
vieille querelle qui s'envenimait de jour en jour, et devenait l'affaire de chacun...

IX

Les étrangers seront-ils congédiés ?

X

Ils décident de ne pas se montrer au village avant plusieurs jours ; au crépuscule, un gosse leur apporte une
bouteille de vin.
– Ça tombe bien.
– On va chasser la mélancolie.
Vers neuf heures du soir, les trois manœuvres reçoi-
vent la visite de deux hommes qui entrent avec mille
précautions : le Barbu, accompagné d'un ami aux
longues oreilles, timide, voûté, qui déballe une galette
aux graines d'anis et un paquet de graisse de mouton
bouillie ; une autre bouteille de vin se balance au capuchon du Barbu qui bat la semelle à travers la chambre
pour se réchauffer.
– Ça tombe bien, répète Mourad.
Mustapha place un vieux journal sur l'un des matelas plié en deux : « *une table comme une autre* », sou-
rit-il au nez de l'homme aux longues oreilles de plus
en plus pourpre ; le second matelas, transporté par

Rachid, est étendu en longueur, et Mourad s'y accroupit *illico*, aux côtés de Mustapha qui flaire la galette, très digne ; son détachement ne paraît pas pouvoir durer ; Rachid lui tend le paquet de graisse, en riant jaune.

– Nourris-toi, mon fils. Y en a juste assez pour toi.

Le Barbu nourricier trouve la plaisanterie dépourvue de sel ; les oreilles de son ami sont en feu, comme si l'homme craignait de les voir tomber elles aussi sous la dent du trio.

Mustapha rompt la glace et la galette, en commençant à manger.

Le Barbu tente de faire diversion.

– Je savais que vous ne sortiriez pas. Quelle histoire !...

Les manœuvres mangent et boivent, décidés à parler le moins possible ; « *Sales villageois ! Ils nous apportent de la galette aux grains d'anis pour nous épater, alors que trois kilos de pain bis auraient suffi* », pense Mourad, sur le point de finir sa part. Le Barbu raconte comment, hier soir, après les avoir quittés, il a été poursuivi par le mari d'une de ses amantes.

– Tu étais armé, c'est l'essentiel, chuchote son ami.

– Je n'ai pas cherché à comprendre, mais, à mi-chemin, je me suis arrêté pour allumer une cigarette, et je l'ai vu faire demi-tour, pis qu'un poltron.

– Tu n'as pas eu peur ? demande Mourad, en considérant respectueusement les cheveux blancs.

– Je suis habitué.

– On ne sait jamais, siffle Rachid.

– Je sors armé, d'habitude...

– C'est ainsi quand on s'intéresse aux femmes...

– On meurt de mort violente.

L'ami du Barbu montre une photographie et ses yeux se ternissent.

– C'est un naïf, dit le Barbu, il s'attaque à une de ces pucelles !

– Elle le rend jaloux ? demande Mourad, extraordinairement intéressé par la photographie.

– Il veut la fille du Cadi. Tu parles si c'est commode ! Il ne fait qu'envoyer des émissaires... Seulement elle ne l'a jamais vu... Il a beau passer et repasser devant sa fenêtre, elle dit qu'elle ne distingue pas ses traits. Y a de quoi devenir enragé !... Un jour, nous avons appris qu'elle allait au bain, avec sa vieille servante. Nous les guettions au passage. Au bon moment, il est allé droit sur elles, évitant de justesse de faire tomber la servante. Heureusement, il n'y avait autour de nous que des gamins, et la jeune fille n'avait d'ailleurs pas attendu qu'on lui parle... Personne n'a rien vu. Le lendemain, nous envoyons une lettre à la demoiselle, une carte en couleurs représentant les adieux d'un couple séparé par la guerre, pour lui rappeler que celui qui lui écrit n'est autre que celui qui faillit faire tomber sa servante, sans oser lui adresser la parole... Bref, la lettre était compliquée, mais nous n'avons pas eu de chance... Après avoir lu, non sans plaisir, selon notre émissaire (un enfant bien élevé qui a ses entrées dans les familles honorables), elle a répondu (sur le dos d'un calendrier) qu'elle ne voyait toujours pas qui pouvait lui écrire ainsi ; elle a ajouté qu'elle se souvenait parfaitement du maladroit, non de son faciès.

– C'est terrible !

– Mais cette photo, alors ? insiste Mourad.

Le Barbu hausse les épaules, mis en gaieté par son propre récit. « *C'est la cantatrice Osmahan* »...

Le premier coup de sifflet des gardiens de nuit se fait entendre, suivi par un long silence, alourdi par la fumée.

– Il finira par se lasser...

Les longues oreilles pourpres s'éteignent avec la bougie.

– Elle finira bien par me voir, dit le malheureux, s'enhardissant subitement dans la paix obscure de la veillée.

XI

Lakhdar s'est échappé de sa cellule.

A l'aurore, lorsque sa silhouette est apparue sur le palier, chacun a relevé la tête, sans grande émotion.

Mourad dévisage le fugitif.

– Rien d'extraordinaire. Tu seras repris.

– Ils savent ton nom.

– J'ai pas de carte d'identité.

– Ils viendront te choper ici.

– Fermez-la. Ne me découragez pas.

Plus question de dormir.

Lakhdar aperçoit la bouteille vide.

– Vous avez bu?

– Grâce au Barbu. Il sort d'ici.

– Et moi, j'ai pas le droit de me distraire?

– Écoutez, propose Mourad. On va vendre mon couteau.

XII

« N'allumez pas de feu », a recommandé le vétéran.

Lakhdar grogne, la tête enfouie dans la paille.

Les étoiles grouillent.

Le froid est vif.

Mustapha chantonne, à la fois pour lutter contre le froid, et faire venir le sommeil; les étoiles grouillent.

Au lever du soleil, ils dévalent les mauvais sentiers de la forêt.

Ils ne se parlent pas.

C'est le moment de se séparer.

Ils ne se regardent pas.

Si Mourad était là, ils pourraient prendre les quatre points cardinaux; ils pourraient s'en tenir chacun à une direction précise. Mais Mourad n'est pas là. Ils songent à Mourad.

– Le Barbu m'a donné de l'argent, tranche Lakhdar. Partageons-le.

– Je vais à Constantine, dit Rachid.

– Allons, dit Lakhdar. Je t'accompagne jusqu'à Bône. Et toi, Mustapha ?

– Je prends un autre chemin.

Les deux ombres se dissipent sur la route.

Le Cercle des représailles
théâtre
Seuil, 1958
et « Points », n° P575

Le Polygone étoilé
roman
Seuil, 1966
et « Points », n° P380

L'Homme aux sandales de caoutchouc
théâtre
Seuil, 1970
et « Points », n° P938

L'Œuvre en fragments
Sindbab, 1986

Soliloques
poèmes
La Découverte, 1991

Le Poète comme un boxeur
entretiens
Seuil, 1994

**Minuit passé de douze heures :
écrits journalistiques 1974-1989**
Seuil, 1999

Boucherie de l'espérance : œuvres théâtrales
Seuil, 1999

Parce que c'est une femme
théâtre
Éditions des Femmes-Antoinette Fouque, 2004

COMPOSITION : INFOPRINT

GROUPE CPI

Achevé d'imprimer en septembre 2004 par
BUSSIÈRE CAMEDAN IMPRIMERIES
à Saint-Amand-Montrond (Cher)
N° d'édition : 28947-6. - N° d'impression : 043528/1.
Dépôt légal : avril 1996.
Imprimé en France